# DINAH FANTÁSTICA
## CONTOS DE FICÇÃO CIENTÍFICA REUNIDOS

**DINAH SILVEIRA DE QUEIROZ**

© 2022 Editora Instante
© 2022 Titular dos direitos autorais de Dinah Silveira de Queiroz

Direção Editorial: **Silvio Testa**

Coordenação Editorial: **Fabiana Medina**
Revisão: **Laila Guilherme, Natália Mori Marques** e **Carla Fortino**
Capa e Ilustrações: **Fabiana Yoshikawa**
Diagramação: **Estúdio Dito e Feito**

1ª Edição: 2022
Dados Internacionais de Catalogação na Publicação (CIP)
(Angélica Ilacqua CRB-8/7057)

```
Queiroz, Dinah Silveira de
   Dinah fantástica : contos de ficção científica reunidos :
Eles herdarão a Terra e Comba Malina / Dinah Silveira de
Queiroz. — 1ª ed. — São Paulo : Editora Instante, 2022.

   Junção das obras: Eles herdarão a Terra e Comba Malina
   ISBN 978-65-87342-33-7

   1. Ficção brasileira   2. Ficção científica   3. Contos brasileiros
   I. Título

22-4977                                CDD B869.3
                                       CDU 82-344(81)
```

Índices para catálogo sistemático:
1. Ficção brasileira

Texto fixado conforme o Acordo Ortográfico da
Língua Portuguesa de 1990, em vigor no Brasil a partir de 2009.

**www.editorainstante.com.br**
facebook.com/editorainstante
instagram.com/editorainstante

*Dinah Fantástica: Contos de ficção científica reunidos —
Eles herdarão a Terra* e *Comba Malina* é uma publicação
da Editora Instante.

Este livro foi composto com as fontes Arnhem,
Big Black Bear, Oui Tobias e Pluto, e impresso sobre papel
Pólen Natural 80g/m² em Edições Loyola.

# SUMÁRIO

4 **Uma escritora brasileira de ficção científica**
Rita Lenira de Freitas Bittencourt

## *Eles herdarão a Terra*

15 **Carta a um incerto amigo**
PARTE I: A antecipação
21 **A Universidade Marciana**
61 **O Carioca**
89 **Eles herdarão a Terra**
PARTE II: O cotidiano
117 **Partido Nacional**
PARTE III: O sobrenatural
143 **A mão direita**

## *Comba malina*

155 **Comba malina**
171 **Os possessos de Núbia**
197 **O céu anterior**
209 ***Anima***
231 **A Ficcionista**

270 **A verdade do vertiginoso abismo sideral**
Ana Rüsche
278 **Sobre a autora**
280 **Sobre a concepção da capa**

# UMA ESCRITORA BRASILEIRA DE FICÇÃO CIENTÍFICA

*Dinah Fantástica* é um livro que chega em boa hora, tanto por trazer ao nosso conturbado início do século XXI notícias da década de 1960, em contos que dão a ver, em detalhes, um não menos conturbado século XX, quanto por condensar em volume único dois conjuntos de contos da notável escritora Dinah Silveira de Queiroz: *Eles herdarão a Terra*, de 1960, e *Comba Malina*, de 1969.

Seguindo, com alguns desvios, os protocolos do gênero em projeções a respeito do futuro — parte do que hoje chamamos de presente —, suas investigações filosóficas em torno das mentalidades, da natureza e do humano aproximam a imaginação literária dos cenários e da cultura nacionais. Assim, os ambientes e enredos criados pela autora, que foi uma das pioneiras da escrita de ficção científica no Brasil, nunca foram tão familiares, no sentido enunciado por Sigmund Freud, em 1919, no ensaio *Das Unheimliche* — que, nas várias edições publicadas no Brasil, foi traduzido ao português como "O estranho", "O inquietante" ou "O infamiliar" —, bibliografia basilar das ficções da especulação, do mistério, do fantástico, do maravilhoso ou do sobrenatural, que aproxima psicanálise e literatura.

Ao contrário do que se poderia pensar, o arco temporal dessas ficções não se limita concretamente a datas e a períodos específicos, sendo "líricas vadiagens" ou "fantasia despojada", como afirma a própria escritora em "Carta a um incerto amigo", espécie de prólogo destinado ao leitor do primeiro livro. Tampouco os espaços literários seguem o previsível. Embora, muitas vezes, evoquem lugares identificáveis, costumam escapar a mundos imaginários, descolados das dimensões conhecidas, operados, no trato composicional, em modo expandido. A beleza da escritura de Dinah é atemporal e transespacial, ainda que, em simultâneo, nos figure muito próxima.

Na presente edição, os contos "A Universidade Marciana", "O Carioca" e "Eles herdarão a Terra", alocados na parte denominada "A antecipação" no volume original de 1960 e repetidos em *Comba Malina*, livro no qual não foi usada a mesma divisão em partes, foram sabiamente reconduzidos a sua origem, recompondo uma vizinhança em tensão com os demais, que escapam para o universo de "O cotidiano" e de "O sobrenatural", segunda e terceira partes, e acomodam, respectivamente, "Partido Nacional" e "A mão direita". Assim, em termos de convenções do que poderiam ser as características da ficção científica, raramente praticada no Brasil até então, evidencia-se a permeabilidade desse gênero com o estranho e o maravilhoso: o cotidiano apresentado em "Partido Nacional" conecta-se aos absurdos da política, que muito nos definem até hoje, e "A mão direita" remexe na formação religiosa judaico-cristã, sendo a culpa e a tentação projetadas numa espécie de metonímia física. A variedade desta coletânea talvez justifique as apreensões da autora em sua carta, na qual chega a se desculpar com sua notável e letrada família, comentando que a teria assinado apenas como Dinah.

O deslocamento dos três contos para o segundo livro deve-se provavelmente a um amadurecimento temático e formal em direção, justamente, à ficção científica. O livro *Comba Malina* é uma composição por semelhança que, se perde em diversidade, eliminando a flutuação poético-temática da produção da autora na primeira montagem, ganha em focalização e em coerência, além de se articular às linhas de

DINAH FANTÁSTICA | 5

força gerais de sua obra. Assim, o livro de 1969, que inclui os três contos mencionados, deslocados, e "Comba Malina", que dá o título, "Os possessos de Núbia", "O céu anterior", "*Anima*" e "A Ficcionista", configura uma série que explora analogias, valorizando, dentre os ditos "gêneros menores", os traços do que apresenta melhores possibilidades expressivas em seu campo de interesses.

Em torno das possibilidades de antecipação, a ideia de uma universidade, destinada aos terrestres, cujos professores seriam alienígenas com qualidades mais avançadas do que as dos humanos e formas peculiares de ensinar, ou as habilidades de um cientista, criador de vários tipos de robôs capazes de interagir com as pessoas até para além de suas programações, exploram as potências da ciência e nossas infinitudes cognitivas em chave otimista, sugerindo que novos tempos possibilitariam melhores condições de vida. "A Universidade Marciana", inicialmente ambientado no Rio de Janeiro, com a zona sul em ruínas, narra na voz do próprio escolhido — um filósofo, criador de uma teoria original, o carioquismo — a visita de marcianos à procura de alunos para o projeto dessa instituição intergaláctica; em "O Carioca", uma viúva solitária, habitante do cenário urbano de um condomínio vazio, acaba por desenvolver um tipo de amorosidade capaz de alcançar até corpos não humanos, enquanto suas relações com as pessoas se deterioram e se perdem. Ao contrário da imagem das ruínas, neste conto vê-se um grande complexo arquitetônico e seus primeiros habitantes.

Uma desconfiança das máquinas, já presente na mencionada relação com os robôs, que é ambivalente, atravessa os enredos, implicando perda de humanidade. A proposta é levada ao extremo quando se funda, num futuro distópico, uma máquina capaz de registrar todas as ficções do mundo e dispensar os poetas e os escritores. Com um aparato denominado de "A Ficcionista", que às vezes lembra os efeitos da chegada da televisão ao Brasil, a partir da década de 1950, a sociedade se torna incapaz de imaginar e criar, passando a viver em uma terra arrasada e passiva, sem acesso à interioridade que não seja a dependente da tecnologia. No mesmo conto, um filho de laboratório narra suas memórias em movimentos de desconcerto, lançando dúvidas em relação ao futuro, e parece ter, paradoxalmente, assimilado uma condição sensível e destituída de propósitos puramente mercantis, empresariais e capitalistas.

Cabe aqui mencionar que 1969 foi o ano em que se transmitiu, em cadeia telemidiática, de dimensão planetária, a chegada do homem à lua, o que para muitos não passou de um bem engendrado roteiro de ficção científica, sobretudo em um Brasil de abissais contrastes e diferenças socioeducacionais, mergulhado na onda desenvolvimentista. Ao retomar, então, o clássico motivo da viagem, Dinah não se esquece de articular as experiências individuais aos impactos coletivos, interferindo num contexto híbrido e desigual. Por isso, predomina a mobilidade: no tempo, para situar um acontecimento futuro; no espaço, para invadir a Terra, tentar estabelecer uma colônia em outro planeta; em conjunção espaçotemporal, que foge em direção ao passado, quando um deslocamento para fora do corpo propicia o encontro com uma cigana, no mesmo lugar, dois séculos antes dos acontecimentos narrados; ou, ainda, na contaminação entre mitologia e transcendentalismo numa suposta expedição em que os corpos permanecem num laboratório e também são projetados do sopé do Corcovado em direção a Vênus, sob o comando do cientista Jorge Alves, que vai eleger o amor em vez da ciência. As situações exploradas fogem completamente de uma crítica política explícita e direta, das projeções nauseantes dos impasses de quem não sai do lugar, desenvolvidas em "Partido Nacional", ou revertidas em imagens de autopunição, como em "A mão direita", os contos que não foram transpostos ao segundo livro.

O interesse pela viagem é uma linha forte da produção da escritora paulista, cuja biobibliografia menciona as leituras de Júlio Verne e H.G. Wells ainda na infância, por intermédio do pai, Alarico. Não por acaso, os professores de "A Universidade Marciana", sendo espécies paternais primordiais, se chamam todos "Alarí". Vários deslocamentos, com e sem corpo, em rotas para fora da Terra, em naves espaciais cujo destino é conquistar e habitar outros planetas ou em trens de alta velocidade que se dirigem ao interior do planeta, em direção a uma espécie de sanatório ou estação de águas, para descanso e recuperação da saúde, figuram no livro *Comba Malina*. Aliás, a saúde foi a temática central em *Floradas na Serra*, o primeiro romance de Dinah Silveira de Queiroz, de 1939. Trinta anos depois, transfigurado em unidade de tratamento a astronautas e a outros viajantes espaciais, um hotel-útero subterrâneo, na zona mais central da Terra, volta a abrigar desajustados e doentes no conto "O céu anterior". Também em "Os possessos de Núbia", mesmo que se estabeleça uma hierarquização entre as categorias — humanos, sub-humanos e infra-humanos —, o foco geral é no corpo e nos artifícios para produzir prazer e pacificar: anestésicos e outras substâncias químicas, além de um inusitado tratamento psicológico, são utilizados na colônia de Núbia, a fim de que a distância e as condições sob as quais se dispuseram a viver, em uma nova experiência de colonização, se tornem suportáveis aos terráqueos. Fala-se também em transplante, hipnose, gravidez e filhos gerados artificialmente, embora a autora opte por um desvio do cientificismo duro, na carta já mencionada: "[...] o que há para mim de mais fascinante em relação à ficção científica é ainda o esplendor de seus fantasmas e de suas fábulas: é a história, e não a ciência que ela possa conter" (p. 17).

Ou seja, é inegável, por ser evidente, que Dinah explora a literatura de ficção científica em produção de textualidades mescladas, tratando-as como desdobramentos de seu projeto de criação humanista e cristão, simultaneamente atravessado por um cosmopolitismo sem fronteiras disciplinares. Ao pensar o *seu* presente, novamente no trecho da carta, ela acrescenta:

Em breve veremos nosso mundo, *mas do lado de fora*. Isso me faz pensar que a ficção científica — a desta época presente —, já tão caudalosa nas revistas e nas edições americanas, francesas e inglesas, está para nós como a legenda das aventuras, dos fantasmas, dos monstros e demônios, enfim, como o rebentar da fábula no tempo [...]. (p. 17)

A hipótese é histórica, tecida em avanços e retornos. Se o primeiro romance era ambientado na serra paulista, envolvendo as personagens num tempo levemente diferido, em luta contra a tuberculose, em condição grupal compartilhada, dez anos depois, em *Margarida La Rocque* (1949), o cenário remonta à pré-renascença e a uma ilha deserta, tendo as grandes navegações como pano de fundo e a busca da sobrevivência negociada ainda mais intensamente com o não saber, ou com o desconhecido, desenhado dentro e fora do sujeito: uma mulher, que é a protagonista. Geralmente classificado como pertencente ao gênero fantástico, o romance tornou-se famoso e o mais traduzido. Na carta, quando descreve seus contos, a autora não deixa de mencionar sua obra-prima: "Poderia ter feito uma nova Margarida; essa seria a da Era Sideral, em que os fantasmas da técnica substituem os elementos humanos na luta contra o medo e a desolação das criaturas" (p. 17). Por isso, há pelo menos duas fortes razões para o estabelecimento de uma relação entre a protagonista do romance e a natureza dos contos de ficção científica: a ênfase nas características femininas e a marca de um desejo de criar outra Margarida, da era futura, talvez viajante do cosmos.

Praticando um pouquinho a arte da especulação, tento delinear esta personagem, que anacronicamente denominei "Margarida de Copacabana", como habitante principal de um livro que Dinah não escreveu. Retornando ao conto que deu título ao primeiro livro, "Eles herdarão a Terra", ela seria uma descendente de Tuda, a moça alegre, vestida com uma capa vermelha, levada de sua ilha por alienígenas, em uma das versões do desfecho. Nada nos impede de imaginar que essa

Margarida, ao mesmo tempo humana e extraterrestre, tenha retornado à Terra, que recebeu como herança, e ao cenário da zona sul do Rio de Janeiro, dentro de uma metáfora da cidade como complexa arquitetura de destroços, na época em que se estabeleceu, no Vaticano, a Universidade Marciana.

Já então teriam se tornado comuns as missões espaciais, o teletransporte, a convivência com os robôs e outras artificialidades, e a hipótese para o retorno da nova Margarida poderia ser o resgate de certos traços pós-humanos, sobreviventes nas mulheres, como na viúva capaz de domesticar máquinas; na cigana, cujo nome transcende tempo e espaço para contar uma história montada em série — da queima das bruxas à punição xenofóbica e étnico-racial no Rio colonial — e, entretanto, sobrevive em rituais afrorreligiosos do presente do narrador; ou na esposa que permaneceu na Terra tendo filhos de modo orgânico e exercitando a amamentação, enquanto o marido cosmonauta foge dessa perturbadora "animalidade" e se aventura na conquista de outros mundos.

Na década em que Dinah escreve sua ficção científica, o Rio deixa de ser a capital do Brasil, a ditadura civil-militar se instaura, e, em 1970, estaremos diante de verdadeiras máquinas de produzir espetáculo, aparelhos que invadiram todos os lares, enquanto a máquina de guerra estatal se empenhava em domesticar, pela violência extrema, os corpos indóceis. Os chamados "contos absurdos" perdiam de longe para a dita realidade. Assim, a Margarida de Copacabana circularia com curiosidade neste passado, também futuro, entre corpos doentes de aids e de covid, atravessando os planos de uma dramática instalação tupiniquim cubofuturista. Consta na carta de Dinah que "literatura de antecipação parece nome mais adequado a um gênero que tateia, como nenhum outro, o rumo de nosso amanhã" (p. 17).

O distanciamento temporal dá a ver com mais nitidez, hoje, os temas e as estratégias narrativas da escritora que, possivelmente, encantará a nova geração e animará a antiga, testemunha dos esforços de uma nascente literatura fantástica no Brasil. Sua heroína, se existisse, seria testemunha de tempos caóticos, encontraria seres ainda mais solitários, que sofrem o enjoo de existir, enredados, em *looping*, nas aventuras de uma ciberespécie que insiste em se alimentar dos próprios equívocos.

A imaginária descendente de antigos terráqueos traria, talvez, outra proposta de habitar este lugar? Encontraria o carioquista e sua boa alegria, ou as mulheres que adotaram um filho monstruoso no planeta Núbia? Haveria, para ela, a chance de intervir em mentalidades e suturar feridas históricas? Se Dinah tivesse escrito a Margarida de Copacabana, é provável que fizesse despertar em sua criatura o que expõe na carta: "[...] piedade pela solidão humana cada vez mais povoada de aparelhos e de máquinas" (p. 18), tornada membro trágico de um coro: "[...] minha procissão fantástica, como as mil e uma faces do autor num espelho partido" (p. 19).

Construídos em mosaico de partes informes e reflexivas, os contos aqui apresentados — e talvez toda a obra de Dinah Silveira de Queiroz — tematizam a consciência do que, segundo Jorge Luis Borges, faz das imagens do pensamento e da arte algo *finamente biográfico*.

**Rita Lenira de Freitas Bittencourt** é professora de Teoria da Literatura e de Literatura Comparada na Universidade Federal do Rio Grande do Sul (UFRGS), autora do artigo "Dinah Silveira de Queiroz na máquina do tempo", publicado na coletânea *Entre livros e discursos: a trajetória das mulheres da Academia Brasileira de Letras* (URI, 2018), e organizadora do livro de ensaios *A ficção científica de Dinah Silveira de Queiroz: leituras e perspectivas teóricas* (Bestiário, 2022).

# DINAH FANTÁSTICA

# ELES HERDARÃO A TERRA

(e outros contos absurdos)

# CARTA A UM INCERTO AMIGO

Não, não se iluda com o subtítulo mandado imprimir: contos absurdos. Absurdos, eles são, mas contos... não. Se não fosse tão pedante, teria sido preferível *racontos*, mas entre nós dois — você num mundo solitário do leitor, e eu na minha soledade de criadora — não haverá discussões por tão mesquinha coisa.

Ofereço alguma fantasia despojada, alguma coisa que você poderá amar se guardar, como a maioria das pessoas, uma criança escondida dos outros. É a tal criança que faz com que jamais saibamos que a velhice chegou. Os outros não a vislumbram, mas, como a nossa meninice sobe à tona frequentemente, nós nos sentimos muito diferentes de como os outros nos veem, pois para eles a nossa criança morreu sem deixar memória, e só nós sabemos desse maravilhoso e simplório segredo de que ela ainda mora conosco.

Pensei em assinar *Eles herdarão a Terra* simplesmente como "Dinah". Deixaria o "Silveira" e o "Queiroz" do lado de fora e me apresentaria diante de meus leitores com a humildade e a simplicidade com que forjei esses enredos. Seria como se eu estivesse com meu penhoar velhinho, de trabalho, e de pés descalços. Mas Gumercindo R. Dorea fez questão do "Silveira de Queiroz", das duas famílias de intelectuais, mais importantes do que a autora. Perdoem-me, queridos, se os levo a participar destas líricas vadiagens, destas absolutamente informais escapadas ao Território do Absurdo.

Agora, algumas considerações a respeito da ficção científica. Não gosto também do nome, embora saiba que um cientista como o professor Grey Walter — que, aliás, figura neste volume, em "O Carioca", e é o criador de espantosas coisas no reino da cibernética, compara um autor deste gênero, Olaf Stapledon, a Virgílio — e que autênticos sábios publicam no mundo inteiro artigos favoráveis à ficção científica; que existe um departamento nos Estados Unidos só para estudar a possibilidade de se construírem novas armas derivadas da *science fiction* e a melhor escola politécnica do mundo, o Instituto de Tecnologia de Massachussetts, tem um curso de Science Fiction; que muitas das previsões de Júlio Verne e de H. G. Wells bem se cumpriram, malgrado em várias "profecias" se tenham eles enganado e sejam hoje acusados por seus "erros científicos"... A propósito, convém citar aqui o comentário de Jacques Bergier sobre essas acusações: "[Júlio Verne e Wells] cometeram menos enganos do que a maioria dos sábios".

Lembremo-nos, simplesmente, de que Hertz não acreditava na telegrafia sem fio; Rutherford achava impossível a energia nuclear e J. Robert Oppenheimer negava a possibilidade de se construir o submarino atômico! Se há erros de detalhes nas concepções de Júlio Verne ou de Wells, o mérito de suas obras está no sentido da história. Pouco importa que a máquina de explorar o tempo não seja realizada. O Universo de quatro dimensões descrito por Wells, antes de Einstein, é uma das bases da ciência moderna. Pouco importa que o submarino *Nautilus* seja impulsionado por um motor nuclear, e não por pilhas químicas, tal como descreveu Júlio Verne. Os próprios construtores exigiram que ele se chamasse *Nautilus*!

Embora, no plano científico, esse gênero literário seja a tal ponto valorizado que o presidente da Academia de Ciências da Rússia, Nesmeianov, há alguns anos, declarou em discurso: "Nós vamos cumprir o sonho da ficção científica" — e de fato o estão cumprindo —, embora haja uma íntima aproximação entre as maravilhas dessa literatura, o último Lunik e os avanços das explorações siderais de russos e americanos, o que há para mim de mais fascinante em relação à ficção científica é ainda o esplendor de seus fantasmas e de suas fábulas: é a história, e não a ciência que ela possa conter.

Estamos numa época em que a solidão humana ganhou uma perspectiva capaz de produzir verdadeiras alucinações. Pensávamos nas tremendas distâncias que separavam os homens em cada canto do mundo. Tínhamos perspectivas terrenas para idealizar essas distâncias. Agora, pomos um pé em cima da janela para o salto e apelamos para nossa imaginação, a fim de sondar a verdade do vertiginoso abismo sideral. Em breve veremos nosso mundo, *mas do lado de fora*. Isso me faz pensar que a ficção científica — a desta época presente —, já tão caudalosa nas revistas e nas edições americanas, francesas e inglesas, está para nós como a legenda das aventuras, dos fantasmas, dos monstros e demônios, enfim, como o rebentar da fábula no tempo dos Descobrimentos esteve para a humanidade que ia assistir à eclosão da Renascença. Aliás, quando escrevi *Margarida La Rocque*, com seus fantasmas, vindos da mesma solidão, em sua ilha, eu a coloquei em tal era porque aquele tempo foi o grande forjador dos sonhos fantásticos. Poderia ter feito uma nova Margarida; essa seria a da Era Sideral, em que os fantasmas da técnica substituiriam os elementos humanos na luta contra o medo e a desolação das criaturas. Chamo, aliás, a atenção do leitor para o fato de que os três *racontos* de ficção científica deste volume são rigorosamente três histórias de pessoas solitárias.

Literatura de antecipação parece nome mais adequado a um gênero que tateia, como nenhum outro, o rumo de nosso amanhã. Algumas vezes, ele brota com o sentido divinatório de um Wells e de um Júlio Verne, que, não sendo "científicos" em certas ocasiões, acertaram na Antecipação, o que é bem mais glorioso do que estar em dia com a ciência da época. Daí ter escolhido como título para a primeira parte deste volume "A antecipação". Trata-se mais de qualificação literária do que, propriamente, de um salto no tempo. Rigorosamente, só a "Universidade Marciana" dá o clássico pulo sobre os anos, embora as outras duas histórias sejam já o fruto das especulações e do sonho da era sideral.

É possível, meu amigo, que você me pergunte: "Então não encontrou maneira melhor de apresentar um *marciano* do que fazê-lo parecido com os que povoam as narrações extraordinárias sobre discos voadores e que vez por outra aparecem na imprensa?".

Sim, devo explicar que fui fiel a uma *legenda* que existe. Centenas de pessoas, no mundo todo, sustentam que conheceram seres humanos, de outras raças que não as de nosso planeta, e os descrevem com a simplicidade com que os navegantes e os aventureiros de outrora pintavam suas descobertas.

Assim como as narrativas do século XVI foram a semente para *Margarida La Rocque*, esses "encontros" com entes extraterrenos fornecem o cerne das criações "Eles herdarão a Terra" e "Universidade Marciana". Contudo, "O Carioca", inspirado nos progressos da cibernética, é o de maior preocupação científica. É mais do que isso — de piedade pela solidão humana cada vez mais povoada de aparelhos e de máquinas: os seres absurdos, as tentações demoníacas dos solitários de nossa era dos desertos de cimento.

Deixando o *absurdo na antecipação*, vamos ao *absurdo no cotidiano*. Absurdo de que todos participamos, pequeno painel da náusea política do momento. Quem jamais sentiu a garganta fechada, o nojo de tudo que nos cerca? É ele também um ensaiozinho sobre o proverbial derrotismo brasileiro. Um caro amigo que leu "Partido Nacional" o classificou de "soco no olho". Perdoe-me, se doer. Tanto não me senti como verdadeira dama ao escrevê-lo que quis assinar só "Dinah"...

Resta o último: o absurdo mais aceitável, que é o do *sobrenatural*. Esse é, de fato, um conto e não carece de maiores explicações. Você perceberá, todavia, a constante da solidão e do fantasma. Talvez isso não seja senão a fábula, de que sou prisioneira, e a tradução, em imagens diversas, da solidão de um criador diminuto que fabrica demônios, fantasmas e robôs, na incapacidade orgânica de fazer transbordar até seus iguais os gritos de vida e de calor humano.

Receba, portanto, a minha procissão fantástica, como as mil e uma faces do autor num espelho partido.

Afetuosamente,

D.

# PARTE I
## A ANTECIPAÇÃO

# A UNIVERSIDADE MARCIANA

A Lúcia Benedetti

Agora que se sucederam os anos àquela furiosa tempestade de emoções, posso contar tranquilamente sobre os dias vividos na Universidade Marciana.

Foi pouco tempo depois da ascensão do papa Pio XIII, que, pelo seu significado dentre os continuadores de São Pedro, agitou de tal forma a cristandade. Embora muito se tenha silenciado sobre isso, uma grande maioria ficou desgostosa e perplexa com a eleição do papa chinês. "Ele nos trará inovações muito difíceis de serem suportadas", comentavam às escondidas. Foi unicamente pelo interesse apaixonado do grande papa que se tornou possível a concretização de uma Universidade Marciana. Aquele homem extraordinário que permitiu a propagação do cristianismo, numa intensa e quase instantânea ação no Oriente, considerou o culto aos mortos, barreira intransponível até então para a disseminação do catolicismo na Ásia, como objeto de uma tradição respeitável que sua Igreja não condenaria; aquele homem fez aceitar muitas coisas do xintoísmo como permitidos princípios filosóficos e não religiosos, que não impediram a fé em Cristo, e abriu para nós as portas da Universidade Marciana, considerada como impraticável pela diplomacia do mundo inteiro.

Mas devo dar ordem ao assunto. Decorridos vinte anos, eu me ponho a considerar os primeiros contatos com minha condição de aluno dessa notabilíssima e tão controvertida — na opinião universal — escola marciana. Naquela época eu era das poucas pessoas que habitavam Copacabana. As deploráveis consequências da trágica enchente que fizera unir o mar à Lagoa Rodrigo de Freitas e praticamente arrasara com Ipanema e Leblon ainda não haviam sido superadas. Os edifícios, em sua grande maioria, estavam arruinados. Não havia luz. Os encanamentos não funcionavam. Frequentemente, os prédios minados se esboroavam. Além disso, maltas de ladrões e de vagabundos bem se haviam instalado nos edifícios mais resistentes e impediam a volta das antigas famílias. Era então uma época muito deprimente para os cariocas. Criara-se a casta aristocrática dos brasilienses, que mostrava o Rio aos alunos de seus ginásios como o exemplo típico da incapacidade diante do progresso do planeta.

Confesso que me dava bem em meu apartamento, apesar de tudo. Parecia-me o topo de um navio encalhado e abandonado; a paisagem, então, era lúgubre, principalmente à noite, com os edifícios semidestruídos, defronte à nossa rua. Ouviam-se gritos ferozes e disputas tremendas entre os malfeitores. Mas, nesse cenário de ruína, eu havia conseguido uma espécie de aconchego egoísta em meu décimo andar. Por uma absurda felicidade, tudo a meu redor estava intacto, e, antes que regressassem as multidões, que só reviveram ali muitos anos depois, nos novos edifícios convexos, eu me beneficiara daquela espécie de reclusão para meus exercícios filosóficos. Havia fundado com meus companheiros, antes do cataclisma, um círculo de estudos filosóficos, que tinha um sentido de humanização e de reação contra a orgulhosa fé progressista dos brasilienses. Como que exprimia, procurando o seu sentido histórico, o carioquismo, a nossa doutrina, a essência vital do ser humano, com suas razões, seu desrespeito sagrado às coações e certa indisciplina inocente. O carioquismo era o canto filosófico de uma cidade em seu momento de desgraça. Compunha-se de um longo passado, em que eruditos e filósofos eram invocados nas origens do samba e da piada nacional, esquecida com o advento da supremacia dos brasilienses, sorte de cristãos-novos do patriotismo.

À noite, armado, vagueava pela rebentada praia de Copacabana, e quem a conhecera tão bela, agora mero saudosista, bem se imbuía de fé. Alguma lição havia ficado entre aqueles escombros. Nós deveríamos aproveitá-la.

Foi numa dessas caminhadas de inspiração e de sonho que o primeiro contato se deu. Já então os debates da mocidade, em todas as universidades, eram em torno das mensagens marcianas.

Depois do envio fracassado da Expedição ONU ao planeta Marte, houve um grande hiato nas explorações interplanetárias. Mas os foguetes não tripulados, de rotineira inspeção, com seus potentes aparelhos, foram pouco a pouco desvendando o mistério. Marte era um planeta praticamente morto. O urânio e o ouro, pelo menos em grande quantidade, como se havia apregoado, não entravam na composição marciana. Marte ficou sendo considerado como a Grande Desilusão do século. De tudo isso vocês se lembram, e seria inútil esse retrospecto se não houvesse nele uma ligação com as mensagens, ditas "marcianas", para que tivessem um nome. De onde viriam? Aqui mesmo da Terra ou até de outra galáxia? Aventou-se também a ideia de que poderiam vir de altitudes inatingíveis do Himalaia. O Abominável Homem das Neves não seria só aquele ente primitivo, amplamente estudado pelos russos, mas um ser superior, com uma civilização à parte. As mensagens como que se estampavam impregnando reflexos na água, sinalizando no brilho dos espelhos, no luzir da areia, sob o reverbero. Essas eram as materializadas, discutidas como sendo um mero delírio coletivo. Estava mais do que provado que seres humanoides não viveriam em Marte. Todavia, até crianças inocentes, incapazes de mentir, *viam* esses misteriosos sinais. E houve também a outra sorte de loucura coletiva: as mensagens telepáticas, em vigília, as imagens no sonho. Estaríamos sendo enlouquecidos pela poeira atômica? Cerrou-se a vigilância, funcionaram os Grandes Centros Purificadores do Ar nos Estados Unidos. Soube-se que na Rússia, novamente, vigorava a teoria de que tal enxame de mensagens era disseminado de qualquer ponto oculto do Tibete. Um exército de pesquisadores partiu para decifrar o mistério. Havia uma sorte de Homem das Neves, intensamente mística, que fazia práticas utilizando-se dos raios de luz que se filtravam nas cavernas. Não se encontrava, porém, o mais longínquo princípio científico, e sim apenas rasteira superstição nesses "recados" dos enormes yetis.

Estavam as coisas nesse pé quando, numa noite em que, diante do esqueleto de Copacabana, eu me aprofundava no carioquismo, planejando toda uma série de volumes de sabedoria nitidamente carioca, pensei que a excitação mental me levara à febre e à perturbação da vista. À minha frente, na areia, surgiram pequenos desenhos que poderiam também parecer hieróglifos: luazinhas, triângulos, folhas, enfim, um rodopiar de pequeninas figuras luminosas. Sentei-me, tremendo, na praia. Cuidei depois: e se houvesse recebido uma das tais mensagens marcianas? Houve um período de sombra negra, em que ouvi o mar. O cheiro do mofo e de podridão veio das casas através do vento. A sombra era tão espessa como se fora uma parede erguida de súbito. Então, nesse negrume, um único sinal brilhou: um sol, como o desenham as crianças, e, sobre o círculo, dois traços sombrios. Foi um instante. Compreendi: o sol — duas vezes. Dois dias! Aquilo quereria dizer: "Daqui a dois dias". Convenci-me de que interpretara corretamente o sinal. Duas noites depois, àquela mesma hora em que vira os sinais misteriosos, desci, perturbadíssimo, de meu refúgio e me vi, novamente, na triste solidão de Copacabana abandonada. Esperei, o coração em fúria. Nada nas sombras, nada na pouca luz noturna. Como me estirasse na areia, senti sono e moleza. O tempo, então, me pareceu estático. Eu havia atingido esse limite, essa plenitude, em que, na mesma ocasião, se goza o sono, mas ainda, por um último alerta de consciência, se pode saber onde se está, em que lugar se está. Há quase uma cisão entre o corpo e o espírito nesses instantes. Pois bem: foi então que cuidei ver, quando abri a meio os olhos, sem susto, um monte de areia plantado a uns dez metros de distância. Dir-se-ia uma inacabada estátua de areia. Francamente, não me importei muito com aquilo, até o momento em que dominei a sonolência, criada pela monótona espera. Não havia dúvida; aquele estranho monumento como que se movia. Um monte de lixo? O vento nele desmoronara qualquer coisa? Levantei-me, fiz alguns movimentos em sua direção e fiquei paralisado, contido em meus passos. Não poderia ir adiante, numa contradição física com minha curiosidade? Principiei a esfriar, como numa vertigem. Eu já havia tido perigosas quedas de pressão arterial. Caí ao chão, inundado de suor gelado. Foi aí que a montanheta obscura se foi erguendo e cresceu no campo de minha visão, qual se desdobrasse de si mesma. Era um fantasma? Movia-se, já agora, francamente. Não tinha dúvida: aquilo era um sinal — o longo traço branquicento de um de seus braços ordenando que mantivéssemos distância. O indivíduo devia ter mais de três metros. Calculei assim, de acordo com meu tamanho de homem de altura média: um metro e setenta. Era um ser humano, um ser humano longuíssimo, difícil de ser observado em seus detalhes de onde eu estava. Apenas lhe via a configuração, a silhueta, enfim. A cabeça era ovalada; seu todo era espichado; os braços caíam quase inertes e muito longos; os movimentos que fazia, excetuado o gesto de aviso, eram de cabeça. Agora, já não posso dizer se ele me disse "Acostume-se" ou se entendi assim, se deduzi de sua atitude que deveria tomar costume e confiança com sua presença. Minutos depois, já era profundamente tranquilizante a sua bizarra, mas majestosa, figura. Contam que na Índia, ainda hoje, em lugarejos perdidos, os santos homens são como as árvores amigas que se procuram pela sombra benfazeja. Vão os que desejam abafar as angústias e os tormentos procurar essa atmosfera capitosa de serenidade, passando dias inteiros sentados a alguma distância desses santos, e voltam depois pacificados, sem dizer palavra. Foi só o que eu experimentei nessa primeira noite: confiança e pacificação. Também não me recordo se houve uma ordem ou um pedido para que me retirasse. Vi-me deixando a praia, as pernas muito pesadas, tendo a esquisita sensação de que aquilo se haveria de repetir. Sem dúvida, eu recebera uma daquelas mensagens que a maioria das pessoas sensatas cuidava ser loucura contagiante ou simples ilusão. Quando tive de enfrentar dez lances de escada, já não existia aquela espécie de encantamento. Minha natureza veio à tona, numa reflexão: "Mas você é estúpido mesmo; não viu como foi que ele veio ou saiu da praia".

Não tenho o menor escrúpulo de contar tudo, porque já agora estou velho e desiludido de minha pregação carioquista. Consideram-me um sujeito aborrecido que quer ressuscitar um mundo superado. Tenho a certeza de que me vão dizer que tudo isso que estou escrevendo é mera senilidade, pois a maioria dos espíritos se recusa a crer na Universidade Marciana, e o papa Pio XIII, que sorveu tão magistralmente o senso político dos jesuítas, tem relegado ao silêncio essa questão.

Naquela noite, em que eu havia estabelecido, como já disse, o primeiro contato com um marciano, ou fosse lá quem fosse, eu absorvera algo: aquele estranhíssimo ser queria que eu me acostumasse com ele; queria criar em mim, sem dúvida, uma aceitação de sua presença, e isso fora obtido. A essa primeira noite sucederam-se alguns dias. Eu me guardava de contar minha experiência a quem quer que fosse. Embora decadente, naquela ocasião a cidade, amputada em parte de sua zona sul, era no mais um foco de vida normal, de gente que se interessaria de forma apaixonada pelo que eu poderia contar desse encontro. Mas os primeiros contatos de criaturas extraterrenas se deram com pessoas habituadas à solidão, com seres imaginativos, que sentiam mais a sedução do mistério do que o medo pelas coisas que não se explicam. Milhões de indivíduos observaram fotografias do deserto marciano e fizeram a melancólica constatação: a Terra seria o único fruto "bichado" pelos humanos. Aqui, existiam as únicas condições de vida possíveis à natureza animal. Fora dessa prova científica, tudo mais era crendice, atraso.

O segundo encontro foi uns dez dias depois: fiquei mais perto. Estava acostumando, mas ainda não havíamos conversado. E, nessa segunda vez, parece que não se cogitou nada além disso, que eu me habituasse com a companhia. Vi-o chegar e vi-o partir, caminhando pela orla marítima, talvez até pisando a água. Ele fluía mais do que andava. Não se percebiam seus passos. Vinha como uma sombra corredia avança pelo campo da visão. Aquele ente parecia fazer da sombra e da luz um domínio seu: ele se dissolvia nela e depois aparecia aflorando, emergindo na pouca luz existente. Devia estar escondido em algum canto de escombros. Dada a sua altura, não seria fácil encontrar um lugar próprio, mas, evidentemente, ele resolvera o problema — porque vinha por ali mesmo.

Já da terceira vez em que nos encontramos, acocorado como estava, seu corpo dobrado ao meio, lembrando sempre a esquisita forma de uma construção de areia, procurou murmurar algumas palavras. A mão espichada e enorme traçou um caminho — escura e trevosa — sobre o peito.

— Iguí — disse. Era o seu nome. Tornava-se evidente que eu poderia absorver a sua ideia, mas não sabia fazer nele ecoar a minha. Transformara-me em mero agente seu, e ele preparava o terreno para que aceitasse também o seu diálogo. E houve, enfim, essa conversa, com muita dificuldade de sua parte.

Estavam procurando contato com algumas pessoas que tivessem naturalidade suficiente para suportar a convivência, explicava entre gemidos e hesitações. Respondi-lhe que existiam muitas. Ao que ele informou não ser verdade. O pavor dominava de tal maneira os espíritos que, embora tendo procurado estabelecer relações com muitos seres humanos, só em raríssimos casos tiveram êxito.

Creio, depois de tantos anos, ter dificuldade em descrever esses encontros com Iguí, nas noites despojadas de luz, plenas de quietudes da praia deserta. Percebia que estava lá, era tudo. Ele me afirmou que as pessoas o tomavam como um morto, que a maioria dos esforços de sua mente adaptada à mente terrena eram inúteis, porque julgavam ser manifestações de espíritos. Até no meu caso, tiveram a impressão de que eu iria cair num pânico costumeiro; que o que eu tivera fora um começo desse choque. Era possível até morrer dele. Mas a minha personalidade, sendo como dizia, muito contemplativa, facilitava a convivência. Ele voltaria algumas vezes só para assegurar-se de que poderia contar comigo. Então, tornei-me suspeitoso:

— Que serviço espera de mim?

Iguí teve uma espécie de suspiro estridente:

— Não serviços — corrigiu. — Ensinar. Ensinar muitas coisas. Buscar.

Rolaram meses sobre essas entrevistas secretíssimas. Os jornais, a título de curiosidade, davam informações sobre as "mensagens". Um Estado agressor semeava incrível onda supersticiosa. Quando queriam dizer que alguém estava ficando maníaco, caçoavam: "Aquele já está com marcianos no sótão".

Quase um ano depois, quando lentamente a vida retornou em alguns quarteirões de Copacabana e foram construídos os primeiros edifícios da nova arquitetura, começaram a surgir os "profetas" da Universidade Marciana. Sempre eram pessoas tão imaginosas e dissociadas de seus semelhantes que robusteciam a crença de que tudo que diziam era ou mania ou mentira. As fontes de informação, os televisores nas praças públicas, traziam, como curiosidade, esses dementes, sempre dizendo que um grupo de escolhidos "participaria proximamente da mais espetacular experiência em nosso planeta". Que alguns marcianos já viviam entre nós e que eles iriam formar um Centro de Estudos. O comentário era sempre o mesmo. Havia vinte anos tal absurdo poderia ser difundido. Estávamos então no limiar da era interplanetária, mas a ciência ensinara, durante esse tempo todo, que só a Terra era habitada.

O ridículo, a convocação de homens ilustres que desmoralizavam sistematicamente histórias sobre o fantástico estabelecimento que iria ser criado em alguma parte do mundo, não conseguiu estancar, porém, a torrente de pequenas notícias sobre o assunto. Depois de certo tempo, esses maníacos adotaram uma única explicação, não de todo despida de verdade, como se verá mais adiante.

— Existe sabotagem mundial. Até hoje, o homem acreditou em sua superioridade. Toda a ideia de progresso é firmada neste ponto: o desenvolvimento de uma criatura que não conhece limites para seu próprio êxito. Mas, diante desses outros seres, os homens compreenderiam, enfim, que são inferiores. Um acabrunhante sentido de incapacidade parece estar sendo, assim, evitado por essa organizada força mundial contra a verdade a respeito dos marcianos.

E choviam outras desnorteantes notícias, que faziam sorrir as multidões e pensar os solitários como eu:

— Correm rumores de que mensageiros tentam aproximar-se de vários líderes do Oriente, para a instalação do Centro de Estudos.

Sim, quanto a isso não há dúvida; posso afirmar, depois de minhas especulações. Os líderes mundiais repeliram, de uma forma e de outra, as aproximações com os ditos marcianos. Vim a saber de inúmeros contatos infrutíferos com os homens mais proeminentes do planeta. O secretário de Estado americano, Walace Mora Smith, foi, por exemplo, totalmente impermeável a sugestões. Chegou mesmo a recolher-se a uma clínica privada, e os jornais deram alarmantes notícias sobre suas coronárias.

Houve, posso igualmente afirmar, certa atenção da parte do líder Lagore, da Índia, mas, tendo consultado secretamente alguns de seus partidários, eles desaconselharam a experiência: "A Índia está vencendo os preconceitos de casta, na sua última luta pelo progresso. E esse Centro de Estudos pretende mostrar um tipo de casta superior? Seria uma incoerência, dentro de nossa política".

A Suíça recebeu também, está provado, mensagens como as de Iguí, mas seu presidente, Gérard Honfleur, homem cuidadoso, viu pela própria experiência que a prova seria demasiado contundente e traria desordens infinitas.

Enquanto ocorriam essas tentativas, pastas diplomáticas levaram misteriosas mensagens de um a outro lado. Os soviéticos, com suas experiências científicas de vanguarda, estavam inclinados a permitir o círculo de aprendizagem. Mas o professor de antropologia Ivan Romitz, da Universidade de Moscou, assombrou, então, o mundo com a divulgação de sua descoberta: o "Abominável Homem das Neves" não era senão um ser transplantado de outro planeta, que buscava as solidões das grandes altitudes. Rematava assim a sua observação:

— Fala-se, hoje, com ou sem razão, num grupo de estudos orientado por entes extraterrenos. A quem acredita se torne possível esta assembleia, eu aviso: a degradação desses seres, em ambiente adverso, é espantosa. É preciso imaginar que o nosso oxigênio atua sobre eles, quando não os mata logo, como tóxico perigoso. Objetos de uma liga de metais desconhecidos, encontrados no Himalaia, pela última expedição científica que foi estudar os yetis, asseguram, amplamente, a certeza de que eles descendem de seres provindos de outro planeta e que só podem, com suas condições físicas, habitar zonas onde o oxigênio é rarefeito. Felizmente para nós, esses monstros não descem de seu "teto", pois, como já é sabido, são seres monstruosamente daninhos.

Essa descoberta científica pôs em guarda o primeiro-ministro soviético, quando teve contatos com agentes como Iguí. Tornou-se impermeável às outras mensagens. Qualquer tentativa nesse sentido poderia ter consequências desastrosas. E também, como Lagore, o líder indiano, achou pouco sensato admitir a existência de uma raça humanoide superior. Seria outra sorte de nazismo. Daí por diante, passou a fazer esforços mentais para banir o assunto de suas preocupações. Não, absolutamente não valia a pena experimentar.

Já o papa chinês, com sua curiosa personalidade, aceitou calmamente, e logo, a primeira mensagem. Nessa época, sua principal preocupação era a de que a religião deveria aceitar o desafio da ciência. Sempre o acusaram por suas inovações, mas o papa prosseguia imperturbável em seu caminho.

Ele teria tido, em seu refúgio de verão, uma prévia conversa com seu confessor, monsenhor Brunini. Admitindo-se a verdade científica da existência de seres mais inteligentes que nós, vindos de outros planetas, quais seriam as nossas reações diante deles?, perguntou. Monsenhor Brunini — um homem puro como criança, com a inteligência de um menino na idade da razão, agradava profundamente o sumo pontífice, pois ele se cercava, em sua intimidade, de criaturas quase simplórias — afirmou:

— Se eles estiverem em estado de pureza, como nossos pais antes do pecado, aceitaremos assim, sem nenhuma medida preparatória. Se não estiverem, se já caíram no pecado, como nós, então não é muito difícil. Batizamos... e pronto.

O papa chinês sorriu, no meio de suas rosas de Castel Gandolfo. Monsenhor Brunini tornava sua vida muito mais fácil do que o antigo confessor, o primeiro que tivera em Roma, um homem sábio, de vastos recursos intelectuais, mas também de angústias e de terríveis especulações filosóficas.

— Lembre-se, monsenhor Brunini, de que o Vaticano é o único Estado totalmente murado que existe. Aqui poderemos criar a maior experiência do século.

Brunini coçou a cabeça:

— Sua Santidade vai encontrar dificuldades no mundo inteiro.

O papa chinês riu novamente:

— Haverá uma grande vantagem. Todos quererão negar a existência do Círculo de Estudos, e nós trabalharemos sob um sigilo que não será preciso pedir a ninguém. Outros chefes de Estado já foram sondados, tenho a certeza. Então, querido monsenhor Brunini, o problema é simples: para o estado de pureza... nada. Para pecadores como nós... o batismo.

Pio XIII teve mais um dos seus sorrisos cortantes, extremamente inteligentes, e decerto pensou: "Nada como a simploriedade". Se a Igreja tivesse medo da verdade, ela teria findo o seu caminho no tempo em que a verdade bem se tornava o próprio destino dos homens. Todavia — e o papa se lembrou do padre Montclair, seu professor, um jesuíta de raça —, "a Igreja tem fome dos erros dos chefes de Estado, porque, quando eles erram contra ela, sua missão apostólica se torna revigorada".

Agora, com a pacificação mundial, com a superação das dissenções religiosas, um marasmo se poderia abater sobre os cristãos. Convinha que mais uma vez a Igreja se aproveitasse dos erros alheios.

— • —

Eu sabia por Iguí que iria ser chamado, mas a última vez que estivera com ele já ocorrera havia perto de um ano! Começava a duvidar e procurava afastar de minhas indagações a ideia de que poderia participar de um encontro intelectual com seres de outro planeta.

No fim do ano, quando me dispunha a sair com alguns colegas de uma fracassada conferência de quatro expositores sobre a filosofia carioquista, no edifício convexo e recém-inaugurado da Casa da Filosofia, em Botafogo, o secretário daquela instituição me veio saudar, todo enfático, à porta:

— Meu caro colega, você tirou a Bolsa Leão XIII de Filosofia. Parabéns, felizardo!

Os três amigos que haviam participado da exposição, perante o escasso e inerte auditório, me abraçaram com uma espécie de maravilhamento. O carioquismo não era uma futilidade. Fora reconhecido como grave linha filosófica pelos doutores de Roma!

Naquele momento, nem de leve desconfiei de que pudesse haver uma relação entre a Bolsa Leão XIII e aquelas aparições de Iguí.

Só vinte dias depois, a bordo do avião, tive a desconfiança quando conheci o homem que se sentava na poltrona ao lado: um argentino, que vinha das profundezas dos campos do sul do seu país, um agricultor e pastor de ovelhas da Patagônia. Não tinha tido com a civilização senão aquele primeiro contato, que o desorientava. Era quase analfabeto, mas, durante a viagem, se exercitou a meu lado fazendo garranchos. Nas oito horas de voo do Rio a Roma, ele bem se obstinou a traçar e retraçar o seu nome, como que receoso de que não pudesse assinar algum papel indispensável à entrada na Itália. As letras, muito compridas, reescreviam José Jimenez, sendo que, às vezes, o "s" saía ao contrário. E, no meio desses pacientes exercícios, como mera divagação, ele traçou, grosseiramente, tal e qual um menino, aquele mesmo sol com dois traços e ainda outros sinais miúdos que eu vira estampados na areia.

Lembro-me, como se a tivesse agora, inclinada para mim, da cara de José Jimenez, envolto em seu amplo manto de pastor, encorujado na cadeira a me espiar, depois a rir comigo, à semelhança de parentes a se descobrirem na multidão. Era moreno, tinha os olhos oblíquos e os dentes plantados fortes, como os de um bom cavalo. Sim, Jimenez seria meu companheiro de aventura. Era difícil imaginar que tão bronca pessoa pudesse vir a ser escolhida com um laureado em Filosofia. Enfim, a seleção era misteriosa, mas talvez tivesse o seu sentido. Antes de chegar a Roma, pelas coisas que José Jimenez me contou, num tosco e estranho espanhol, descobri a razão: José não conhecia o medo. Sua mãe dizia aos conhecidos, quando ele era pequenino: "Este menino é tão estúpido que não estranha nada. É mais estúpido do que um cavalo, que, pelo menos, conhece o dono e recusa os desconhecidos".

José relinchou alegremente, e eu ri um tanto perplexo quando as luzes e o ondulado das sete colinas de Roma apareceram sob nossos olhares.

— • —

Tivemos apenas dois dias para visitar Roma. Estávamos num hotelzinho com vista para o Tibre. Para ali fomos conduzidos por um jovem sacerdote que nos esperava à saída do avião. Avisou-nos de que teríamos quarenta e oito horas para nossos passeios e que, em seguida, seríamos recebidos pelo papa.

Comentava-se, então, em todos os cantos da Cidade Eterna, aquele extraordinário acontecimento: a interdição do Vaticano, determinada pelo Santo Padre. Tratava-se de uma monumental obra de reconstituição, encetada por Pio XIII. Os romanos queriam um grande bem ao papa chinês, mas brincavam afetuosamente sobre ele: "Dizem que o papa é tão ativo que nem tem tempo de rezar".

José Jimenez e eu atravessamos a grande praça deserta em direção à catedral mais famosa do mundo. Apenas alguns poucos empregados e guardas, com a vistosa farda suíça, se viam na imensa nave de São Pedro, aberta sob o deslumbramento dos raios que riscavam de alturas douradas. Jimenez dava pequenos assobios de admiração, de altar em altar. Depois, tomando um ascensor, subimos acima da calota externa, de cobre, enorme, que domina a cúpula. Roma nos foi revelada, então, por inteiro. O Tibre corria em meio a uma vereda de renques de árvores miúdas. Apontavam, aqui e ali, os inúmeros perfis das igrejas, e eu logo consegui reconhecer a de São Paulo, a de Santa Maria Maior; lá longe, vimos uma colunata branca — a do Capitólio. O Pincio ondulava suas espessas copas verdes. O Coliseu não era um espectro, assim de longe. Cá perto, os jardins do Vaticano, desse país de quarenta e quatro hectares. Um pouco mais embaixo estavam as enormes figuras dos apóstolos sobre a fachada. Lembrei-me de Iguí. Ele passaria despercebido entre elas.

Jimenez quis visitar o jardim e se descobriu, enfim, reverente, com um sentido religioso só então alcançado na simplicidade do quadro, diante da Senhora de Lourdes, numa gruta, ao canto do parque. Um jardineiro podava roseiras, à entrada. Inquirido, respondeu, o rosto encolhido sob o sol da manhã:

— É aqui que o papa vem rezar.

O papa deixava todas as grandezas do Vaticano, todas as maravilhosas criações de Michelangelo — a suma da beleza criada pela mão do homem —, para vir rezar ali, naquela gruta despojada a um canto do parque. Havia mais liberdade para sua alma.

Teríamos um dia, ainda, para visitar Roma, e depois nós o conheceríamos.

Jimenez bocejou no Coliseu, desprezando-o definitivamente em alguns instantes, deu de ombros às Catacumbas de São Sebastião, já perdido e inquieto. As luzes difusas da noite romana o excitaram, porém. Lembro-me de que saímos, de madrugada, de um restaurante ornado com pinturas eróticas. Procuramos orientação, buscando a Catedral de São Pedro. Vimos uma bela estrela cadente riscar o céu exatamente naquele ponto. Ao meu lado, uma mulher com rosto de alvaiade disse qualquer coisa que eu entendi, embora não falasse italiano. Ela não havia conseguido formular o desejo, era uma pena.

Jimenez dava pequenos esturros e silvava, sem encontrar expressões. Queria dizer qualquer coisa sumamente importante e não podia. Por fim, virou o rosto de olhos puxados, mostrando os dentes agressivos:

— Aquela estrela não me engana, não.

Puxou por uma vista, como fazem os que se julgam mais espertos:

— Na minha terra vejo, na distância, chuvas de estrelas cadentes no fim do verão. Aquilo é uma coisa... mas estrela — fez um gesto de desprezo — é estrela.

— • —

Às sete horas, o padrezinho veio buscar-nos no hotel. Já havíamos refeito nossas malas. Íamos conhecer, enfim, o papa. Atravessamos uma praça retangular, que soubemos ser a de São Dâmaso, depois enveredamos por uma alta porta. Fizemos, no segundo andar, um enorme passeio através de salas e salões majestosos. Vimos de relance a Sala Clementina, plena dos guardas suíços com seus uniformes amarelos e azuis, a pluma vermelha no capacete. Depois, veio uma sequência de peças totalmente recobertas de vermelho. Enfim, chegamos a uma sala menor, onde se via um pequeno trono:

"o troneto". Ali o Santo Padre dava suas audiências privadas. Algumas pessoas aguardavam. Jimenez contou com os dedos, sem o menor constrangimento:

— Somos vinte, com as duas moças. — E, em tom mais baixo: — Belas, belas.

O padrezinho tocou-nos o ombro:

— Ele já vem. Ajoelhem-se.

Ajoelhamo-nos, e o papa chinês se destacou, todo branco, do fundo de cores berrantes. Foi pisando curto e dando a bênção, um por um, até mesmo ao ruivo enorme que não quis dobrar os joelhos e que depois soubemos ser um fazendeiro do Oregon. Nós lhe beijamos o anel, e sua mão era de hóstia, tão tênue que dava medo de parti-la.

Era miudinho; sua face tinha um quê de simiesco, mas sua feitura era doce. Fez-nos levantar e disse algumas palavras:

— Meus filhos. Entreguei a vocês todos a Bolsa Leão XIII e vejo, para minha alegria, que estão muito interessados e ninguém faltou ao encontro, embora não conheçam bem aquilo que ela representa. É com o coração de pai lhes proporciono esta até agora inédita experiência. Vocês todos, eu sei, foram testados, um por um. Não posso assegurar o êxito deste Círculo de Estudos. Vocês serão instrumento da vontade divina. O que se seguirá a estas minhas palavras será a definição sobre nossa mesma cultura. Nós procuramos trilhar o progresso, mas não sabemos se damos o sentido mais certo às nossas especulações. Do lado de fora de nossa casa, há quem nos proponha outra senda para alcançar o conhecimento, e eu, como pai que sou, não quero fugir à oportunidade, ainda que não conheça, senão em alguns pontos, o método a ser empregado. Que o Espírito Santo os ilumine.

Depois, frágil e veloz, ele nos deu novamente a mão a beijar e nos abençoou, incluindo nesse gesto o trombudo homenzarrão do Oregon, que continuava de pé. As moças de mantilha negra se abraçaram. O Santo Padre dissera muito pouca coisa. Mas sua proteção como que dava garantia àquela misteriosa temporada de estudos no Vaticano.

— • —

Terminada a audiência do papa, trocamos algumas impressões e fizemos nossas apresentações, com as dificuldades naturais da língua, pois que vínhamos de vários países. Éramos uma pequena Babel. Entre os dezenove companheiros havia também uma grande diversidade de ocupações. Basta dizer que uma das moças era uma astrônoma da Alemanha (tipo da Baviera, morena e enérgica) e a outra uma corista das noites de Madri! Estavam, porém, tão unidas quanto Jimenez e eu. Conheci Raoul Clement, físico belga — este ficou depois em nossa sala —; éramos cinco em cada núcleo de estudos: um jornalista nova-iorquino, um médico sueco, um professor de História da Universidade de Moscou, um relojoeiro holandês, além do fazendeiro do Oregon — antipapista exaltado, que, segundo suas declarações, fizera questão de deixar bem claro: sua adesão ao curso não deveria ser estimada, nem de longe, como submissão ao papa.

Fomos, alguns minutos depois, encaminhados por um guarda à sala de aula. Tomamos um ascensor, seguimos uma galeria com raros soldados. Atingimos um salão com piso de mármore e um enorme mapa-múndi; depois, caminhando ainda um pouco, nós nos detivemos a apreciar uma vasta tela representando uma tumultuosa batalha naval. Estávamos na Secretaria do Estado, centro do governo do papa, explicou o guarda. Mas, naquele dia, não encontramos a azáfama que sempre houve por ali — o enxame de padres e de curiosos indivíduos de todos os rincões da Terra. Desfilávamos um pouco tolhidos por aquele portentoso palácio, asfixiados pela pompa sepulcral dos salões vazios.

Vimo-nos, por fim, numa sala recoberta de estranha pintura — aves com cabeça de mulher, cães de cara humanizada, centauros, plantas com flores que seriam mãos. A sala tinha uns oito metros de altura por uns doze de comprimento, e uma enorme janela se abria sobre o parque com cubos de fícus no primeiro plano e pinheiros largados e soltos além. Não havia uma única mesa, e nós nos entreolhamos. Apenas alguns confortáveis leitos, um palmo acima do chão.

— Fiquem à vontade — disse o guarda que nos encaminhou.

Ali ficamos nós: Jimenez, que se atirou bufando logo sobre um dos estrados; o físico belga, que se inclinou preocupado à janela; o fazendeiro do Oregon, que pôs os óculos e entrou a examinar, com evidentes sinais de reprovação, a pintura da sala; e o jornalista nova-iorquino, Carlton Smith, que lhe explicou:

— Já vi coisa igual numa casa em Pompeia.

O guarda disse que esperássemos e saiu pela porta menor, do corredor. (Esqueci-me de dizer que havia, à direita de quem entrava, uma muito maior, coberta com a mesma decoração bizarra.)

— Prestem atenção — disse aos companheiros, sentindo o impacto de uma angústia. — Parece que os outros já começaram a sessão antes de nós...

Era menino e no refeitório do Colégio São Bento ouvira leituras com aquela entonação. Um frade tomava um trecho para ler, como se cantasse a missa. No dia seguinte, outro continuava a leitura, naquele ponto, com a impessoal cantoria. Isso, diziam, era para que cada personalidade não influenciasse, com seu entusiasmo, ou prevenção secreta, o auditório, que decidiria livremente sobre a exposição.

Esperávamos sob o reboar majestoso daquelas vozes. Um a um os companheiros foram tomando os leitos. José Jimenez acocorou-se sem tirar os sapatões e puxou o manto aos olhos. O jornalista nova-iorquino espichou-se na cama e assobiou baixinho. O fazendeiro do Oregon fumava sem parar, de olhos fechados.

Aquele recitar me projetou em invencível lassidão. Fixei a janela, o azul com névoas que se dissipavam. Vi tudo negro e, de súbito, fui projetado de fora de mim mesmo para um caramujo de luz — por mais que o deseje, não sei de expressão melhor. Sim, eu habitava as profundezas de um núcleo luminoso, solto no espaço, que latejava a meu redor. Logo, o centro espadanou círculos e círculos luminosos que riscaram a escuridão. Em breve, eram eles como véus etéreos e se fragmentaram, sempre rodopiando, num formigueiro branco. Em seguida, eu me senti do lado de fora daquele foco de luz, que constituía o núcleo. Vi então, em cada um daqueles separados e incertos nevoeiros — eu soube —, a formação da vida. Ela se cristalizava com a rapidez do gelo, correndo em filamentos brilhantes sobre a superfície da água. Era vida, era vertiginosa vida, correndo, agitando-se, brilhando, num instante bulindo e depois logo extinta, sob a frieza imutável e branca. Eu via milhões de vidas assim, de mundos ou de seres, que eram luz e depois desmaiavam, enregelavam, mas tudo, mesmo os que morriam, continuava naquela sarabanda, em torno do núcleo de origem. Isso tudo me era revelado como num painel gigantesco. Por algumas vezes, no entanto, eu já não deparava com o todo. Descia a observar detalhes. E via um globo de mares oleosos, de terra fumegante, com gigantescos animais que urravam para o alto na primeira grande dor de existir. E observei espantosos terremotos. Desmoronaram-se em seguida as cordilheiras, a água sepultou berros e formas, depois, numa rocha perdida, vi seres que, compreendi, eram meus irmãos, porém tão feios, degradados, humildes, medrosos de entes gigantescos que os assombravam.

Novamente saí do detalhe e, passando sobre a visão da primeira fogueira cercada de vultos já humanos, eu me lancei a outras perspectivas. Vi então uma lua vermelha e dentro, como espelho de mil faces, a deslumbrante procissão da glória humana. Vi cabanas, casas, castelos, fortificações, massas humanas e, sucedendo a tudo isso, os oceanos escaldarem e secarem, como gotas numa chapa aquecida. Vi perder-se o vapor no céu que era azul e passou a verde desmaiado. Naves aéreas transportavam atropeladas multidões. O solo secou, gretou. Rachaduras monstruosas partiam, de cima a baixo, todo o arcabouço abrangido por minha visão.

O vento ergueu nuvens de poeira e me vi, desolado, em desgraça, apalpando o chão maldito e ressequido.

Novamente, o impulso para o alto.

Na noite silente, cada um dos inúmeros globos é um espelho fascinante, onde se indaga sobre a vida. Tudo rodopia, até mesmo os devastados mundos mortos, como um câncer acompanha um enorme corpo ainda vivo. Nevoeiros, tempestades com borbulhas de gases, globos em meia-luz, ou acesos, como ferro em brasa. "Meus irmãos, onde estão os meus irmãos?" Devasso mais adiante, caminhando perdido na negrura da noite. Muito além de todos os abismos da escuridão, num ponto que foi luz viva, se fez bruma e agora se corporificou como bom fruto maduro, um ser como eu vai amanhecer, mas perdido de dor terrível. Recuo, caindo em vastidões. Num ancoradouro de tons verde e laranja e céu azul, procuro a mim mesmo. Descubro, quase chegando, a minha sempre Copacabana. Mas, ao incorporar-me totalmente a meu eu, bem me levanto do leito, estremunhado. O palavrório cantado cessou. Minha vista com dificuldade alcança as mulheres-pássaros da parede.

Na sala, já sombria, o vulto do fazendeiro do Oregon se atira contra a parede, gemendo histérico. José Jimenez o acalma como se subjuga um bicho, pela força e pela ternura. Alguém acende a luz. E nós nos encaramos sem saber o que dizer. O jornalista de Nova York vai à janela e volta, com passos bamboleantes:

— Belisque-me — pede ao físico belga.

— • —

No jantar, ficamos todos silenciosos e confusos. Monsenhor Brunini presidiu àquela nossa primeira refeição no Vaticano, o que demonstrava o particularíssimo interesse do papa. Dispúnhamos de uma longuíssima sala só para nós, onde fomos ilhados em mesa que poderia ilustrar o pecado da gula. Ele nos observava afetuoso e meio brincalhão, fazia brindes.

Já havia, anteriormente, acompanhado os vinte bolsistas a seus quartos. Eu ficara com Jimenez, o que me agradou, apesar de seu cheiro noturno de ovelha. Tinha a impressão de que carneiros invisíveis o rodeavam.

Não perguntei pelo começo de nossas aulas. Nem ninguém, creio, se lembrou de fazer a pergunta. De forma geral, algo se passara com todos durante aquele falatório rezado. E isso nós imaginamos sem ter a bravura de trocar alto nossas considerações.

Depois do jantar, em que o sangue da melhor uva do mundo nos animou, fomos à biblioteca especialmente organizada para o grupo.

Lá, em nossas poltronas, ficamos à vontade. A pequena de Madri tirou da grande bolsa uma tapeçaria amarela e vermelha que sobrou por sua saia negra como um descortinado dia de verão. Jimenez veio admirá-la. A astrônoma alemã descobriu, aparentemente, numa estante, o volume que procurava. O fazendeiro do Oregon resmungou:

— Será possível que não haja uma bíblia nesta casa?

— Aqui está uma e em inglês — disse monsenhor Brunini. — Como veem, acho que não lhes falta nada...

O fazendeiro buscou o que queria e depois provocou o confessor do Santo Padre:

— Suponho que o papa seja pela evolução das espécies. Ele é tão progressista...

— Meu filho — respondeu Brunini com toda a paciência. — Não acha que Deus dispõe de sopro suficiente para animar, no devido tempo, o ser que fez homem?

— E essa, agora. Eu não entendo o seu inglês.

Brunini bateu-lhe no ombro:

— Meu amigo, solte-se com a fé, que ela é quem nos põe soltos.

— Entendi menos.

— Sabia.

Eu estava ouvindo uma exposição do jornalista nova-iorquino sobre a imagem concreta. Em Nova York e em

Moscou já havia presenciado várias experiências de cinema e televisão no novo processo.

— Assisti a um balé de Moscou, em imagem concreta, no Anfiteatro Green, de Nova York. A imagem vem do alto, não há tela, e pode ser vista com perfeição de ambos os lados. Os dançarinos estavam "vivos" ali no meio dos assistentes. Apenas eram um pouco mais vermelhos do que o natural. A cor não está ainda muito perfeita. Vi também um filme concreto com batalhas de arrepiar e uma nitidez que assombra. Senti-me participante...

O jornalista contava essas coisas com alguma formalidade. Seu interesse estava bem longe daquilo que expunha — hoje, convenhamos, uma velharia.

Nesse momento, Jimenez, que acompanhara com esforço não disfarçado o diálogo entre o fazendeiro e monsenhor Brunini, disse:

— Se a fé nos põe soltos, podemos sair, então?

— Para perto, não vejo inconveniente — respondeu Brunini.

Jimenez cortou a minha conversa com o jornalista:

— Vamos pastar, agora, que é preciso.

Ele não dizia aquilo para fazer graça.

Logo atravessamos, com muita atenção para não nos perdermos na volta, a fileira de salas. Tomamos o corredor, chegamos à porta altíssima, atingimos a Praça de São Dâmaso.

Sob o luar, entre uma pedra e outra, havia um tufo de plantinhas. José Jimenez arrancou-as, beijou-as:

— E viva a boa terra!

— • —

Quando alcançamos a Praça São Pedro, a lua iluminava a cúpula da catedral, dava relevo à cruz posta no alto acima daquela construção portentosa e como que enobrecia as maciças figuras dos apóstolos, entre os dois grandes relógios, sobre a fachada. Estava tudo alvo e silencioso. As colunatas, em semicírculo, tinham uma sombra oblíqua que as aumentava. São Pedro não era mais a pedra: "Sobre esta pedra eu levantarei minha Igreja", mas uma fluida construção, uma arquitetura imaterial. Ficamos ali, derreados pela grandeza. O obelisco, no centro da praça, espichava a sombra no chão alvacento. Era um luar como eu nunca vira, em tão transparente atmosfera.

José Jimenez, o manto enrolado ao pescoço, farejava a noite, alegremente, fazia vagos meneios de danças de sua terra como quem reverencia a importância.

Atingimos o centro da praça. A sombra do obelisco estava a nossos pés.

— Ei — disse Jimenez —, boa noite, senhor Jesus Cristo! Lá está Ele, Nosso Senhor, no meio de seus companheiros. Aquele com a cruz virada é São Pedro, o outro com o livro... será São Paulo ou São João? Porque São Paulo não andava com Ele... minha mãe, que me ensinou, dizia...

— Eu sei, Jimenez.

E eu vi então, lívida, a cara de José Jimenez, desembuçada, posta para as alturas da fachada:

— Olhe: tem mais gente... Por Deus, aqueles dois, junto do relógio deste lado... e aqueles dois outros, perto do relógio de lá!

Primeiro, sorri. Depois, analisando as estátuas, uma a uma, fiquei profundamente perturbado. De cada lado havia duas figuras que também eram de pedra, mas bem mais finas, como que mais delicadas, apesar de ter praticamente a mesma altura. Estavam rígidas e, como os apóstolos, pareciam guardar a igreja.

— Veja — disse Jimenez. — Neste canto... Alguma coisa se move.

Era a túnica da última estátua, à direita.

— Penso que aquela é a nossa.

— Que é que está dizendo?

— Vocês não abriram os olhos... Mas Jimenez nunca teve medo. É a nossa, é a nossa, eu lhe digo. E está se regalando com a bela noite e com tudo o mais, veja com está.

Eram parecidos com Iguí, que, aliás, poderia ser um deles. Eu não me lembrara de sua figura ao ver as estátuas pela primeira vez?

— Espere — disse Jimenez, perturbadíssimo. — Vou contar os apóstolos. Duas mãos e mais dois dedos. Começo deste lado.

Instantaneamente, aquela confusão como que se dissipou. A conta deu certo, não sobrou ninguém.

— Eles estavam lá, eu vi! — quase choramingou Jimenez.

Passei-lhe o braço pelo ombro e senti desprender-se de seu manto o cheiro de ovelha, na enluarada noite romana:

— Tenho a impressão de que falta pouco para nos avistarmos livremente com eles. Não sei por quê... mas acho que não vai demorar.

— • —

Chego à parte mais difícil de meu relato. É evidente que não poderei dar aqui, uma por uma, as "aulas" que nos foram proporcionadas. (As aspas só figuram porque aprendi, alguns dias depois, que cada um, dentre nós, tinha uma visão diferente dos ensinamentos.)

O mais curioso é que possuíamos a noção do secreto, da revelação personalíssima feita a cada um. E não trocamos impressões, nos nossos encontros no refeitório e na biblioteca, e falávamos de tudo o mais, menos do que havíamos visto e sentido por meio da hipnose.

Assim, aquele meu primeiro encontro com a outra cultura fora como que uma sorte de colocação dentro do universal, do cosmos.

No dia seguinte, fomos novamente à sala das mulheres-pássaros, ouvimos o cantochão da leitura, e tudo à volta desapareceu.

Fui luz, cortei a barreira do tempo, fui e voltei à nossa era, transpus galáxias. De uma enseada, repleta de seres fantasmagóricos, mas humanos, se avistava uma gorda lua avermelhada. Mas o povo, deitado na confusão de seus longos membros esquálidos, voltava a face descolorida para uma estrela azul. E, sobre aquela gente, se abatia uma ebriedade de desejo. Todos sonhavam com um lugar esplêndido, com o Mundo da Cor. E compreendi que os desejos desses homens e dessas mulheres tomavam uma direção conhecida, iam à nossa casa, à nossa bela Terra.

Algumas hipnoses a mais e eu soube que aquela triste enseada continha os restos de outras raças humanas. Experimentei, do alto, o rude ataque da inveja; era um clima insuportável e contundente.

Durante essas "sessões" germinavam, intraduzíveis, os mais belos e apaixonantes conceitos filosóficos. Eu sabia, eu retinha, mas como transmitir?

No sexto dia, nós a conhecemos. Era ela a nossa mestra. José Jimenez a avistara antes dos outros e a identificara naquela noite de luar.

A visão daquele ser, ainda que todos nós fôssemos preparados pelas "aulas" anteriores, causou assombro e até pânico. O fazendeiro do Oregon tapava o rosto e chorava, como uma criancinha; o físico belga desmaiou, e eu, que conhecera tão bem um seu igual, Iguí, fiquei a ponto, também, de desmaiar. É que parecíamos entregues, unicamente, a seu poder, naquela sala fechada. Sua esmagadora presença — a majestosa e altíssima figura sem cor, sem a mais leve pigmentação — se recortava contra a grande porta. Deveria estar acocorada. Era quase uma pirâmide em seu todo: a cabeça afunilada, os ombros descaídos e o todo largado e sem viço. Fez um gesto com o longo braço de uma só grossura, os olhos baços, aparentemente desinteressados, fixos em nenhum de nós, adiante, além de todos:

— Maneí.

Compreendemos ser esse o seu nome.

— Perguntar! — ordenou.

Só Jimenez teve coragem:

— A Terra? Que se faz com ela... para, sim, para custar a morrer, para dar tudo de que... precisa? Para ser boa, também...

Maneí movia os lábios, hierática, impenetrável. Era um zumbido ininteligível para nós. Mas Jimenez balançava a cabeça e se peneirava como um cachorro feliz sobre seu estrado. A resposta era só para ele, percebemos. Daquele dia em diante, cada qual teria a sua, se possuísse naturalidade bastante para perguntar.

Quanto a mim, soube facilmente logo o que queria. Maneí era a única mulher entre os "professores". Vinham de Deimos, mas sua origem era o devastado planeta Marte. Eram os últimos manuietis, raça cósmica que se extinguia, enquanto os aruietis se multiplicavam sob as condições mais terríveis.

Entre um e outro questionário dos companheiros que iam conseguindo vencer a abafante sensação de inferioridade diante de nossa "mestra", indaguei:

— Por que se consideravam os manuietis a raça cósmica? Qual a diferença entre os manuietis e os aruietis?

Tudo me foi explicado como se fosse na minha própria língua, de forma claríssima, mas percebi que a mensagem escapava aos demais. Os manuietis não tinham nem nome, nem lugar.

— E o seu nome, então? — perguntei.

Respondeu-me, com minha própria linguagem, que aquilo não era nome de dividir. Queria dizer: a que tem filhos.

— "Mãe", então?

Maneí concordou: queria dizer "mãe".

— E Iguí?

Ela prontamente esclareceu que era "aquele que dá o recado" e também "bom ar".

Com algumas rápidas explicações, soube que os aruietis eram um pouco menores, tão adiantados quanto os outros, mais prolíficos e viviam subjugados pela ânsia da Terra. Além disso, como nós, tinham individualidades muito diferenciadas, nomes especialmente seus e conservavam a memória de muitos feitos pessoais. Quanto aos últimos manuietis, eles se encontravam sempre em expedições siderais, depositando num e noutro ponto, onde houvesse seres capazes de absorver suas ideias, aquilo que constituía a sua razão de ser.

Inquiri, ainda, se não sofriam com a destruição de seu mundo de origem. E Maneí me respondeu que não, que todos os de sua raça prosseguiam vivendo no Sem Nome. Achei que aquilo era a maneira de expressar Deus. Aquele primeiro sonho me houvera revelado o centro da criação, a chama viva de Deus, produzindo a inimaginável gestação dos mundos.

— • —

Naquela noite, num encontro da biblioteca, houve o desafrouxar simultâneo dos vários segredos. Quem começou foi o fazendeiro do Oregon.

— Eles negam o nome de cada um! Com isso, negarão, naturalmente, o nome de Jesus Cristo! Eu perguntei por que tinham esta atitude contra os nomes individuais, e ela (a mestra) respondeu: "Porque são como as folhas iguais, que o vento levanta mais alto. Todos são folhas".

Em algum lugar eu havia lido qualquer coisa sobre isso. Sim, talvez no Padre Vieira.

Enquanto o fazendeiro ruminava sua decepção, o professor de história de Moscou bem se abismava em considerações quase frenéticas:

— Com isso, eles querem abolir a história, afirmando que enlouquece e divide. Como estimularemos o homem em seu sentido de progresso, amputando-lhe o nome? Com franqueza, não fosse ter recebido ordens expressas para ficar até o fim do curso, voltaria amanhã mesmo para Moscou. Mas é uma traição à raça humana! — resmungava.

Carlton Smith quis falar, mas a astrônoma da Baviera, placidamente, entrou na conversa tentando acalmar os ânimos:

— Por mim, estou plenamente satisfeita com a nova teoria sobre os meteoritos, assim como com a informação a respeito da origem dos cometas. Quanto à questão do tempo sideral, tive um esclarecimento que me satisfez muitíssimo.

O físico belga comentou, acaloradamente, a estrutura dos mundos, o que havia obtido sobre o que chamava de "composição inicial".

O nervoso jornalista nova-iorquino não conteve mais sua profunda revolta:

— Posso garantir, porque esclareci o assunto em todas as minúcias, que eles consideram a poesia como a própria incapacidade humana. Dizem — estava esbaforido — que a poesia não é mais nem menos do que o prenúncio de nossas faculdades telepáticas, ainda em enorme atraso em relação aos manuietis e aos aruietis. Eles reduzem a zero a poesia e a história. Sinto-me doente. Tenho náuseas.

Monsenhor Brunini chegou, rosado e sereno:

— Meus filhos — disse. — Sei que é difícil deixar de ser gente comum. Mas agora é necessário. Lembrem-se de que eles tentam chegar a vocês. E têm, pelo menos, duas virtudes teologais: a fé e a caridade.

— A fé, o senhor disse?

O fazendeiro do Oregon agarrava-se à Bíblia, para purificar-se.

— Segundo me foi contado, eles se referem a Deus como ao "Sem Nome". Maneira bem estranha de chamar, mas, afinal, eles sabem o que querem dizer.

— E a caridade?

O fazendeiro alisava a Bíblia como se fosse um ser vivo.

— Eles tentam entregar-lhes o que possuem de melhor. Caridade, meus filhos, sempre foi isso. E o fazem só pelo amor do... Sem Nome.

Ria, divertido e manso.

Reparei. Durante todo o tempo da conversa, o nova-iorquino fechava os olhos e colocava as duas mãos sobre o ventre, curvando-se na cadeira:

— Monsenhor — e gemeu —, creio que estou com uma crise de apêndice... Já tive uma vez e não me quis operar... Não aguento mais!

De madrugada, houve um pequeno tropel de enfermeiros e guardas. Ele foi levado, gemendo alto, numa padiola. Seu quarto era vizinho do nosso.

— Ei, companheiro! Vamos sair um pouco? Ouça os passarinhos. O americano já foi embora. Agora... Ai, que saudades!

José Jimenez, encorajado em seu manto, silvava para mim:

— Vamos, meu amigo.

Saímos, sem fazer ruído, para as bandas do parque. A grande porta gradeada, que fechava a nossa ala, fora deixada aberta pelos que carregaram o americano. Era madrugada, com brumas róseas baixando nos jardins do Vaticano. Havia um último orvalho, que nos esfriava as faces, um rumorejar de aves escondidas e ainda sombra negra nos ciprestes.

— Ei, companheiro, aquela coisa, como?, apendicite, foi dar justamente no jornalista. E jornalista não é da raça que põe a boca no mundo?

Aproximávamo-nos da gruta de Nossa Senhora de Lourdes. E um breve, esperto e exíguo vulto branco abriu a grade que fechava o pequeno recinto.

— O papa!

Jimenez apontou.

Ele veio chegando, ativo, o passo cadenciado e firme. Parou e nos abençoou. Disse-me:

— Sei que você é o nosso filósofo da boa alegria do Rio... A alegria nos faz caminhar mais rápido...

E para Jimenez:

— Você é o homem da terra. Sempre fiel à terra, e isso é bom.

Abençoou-nos, mais uma vez, e partiu, caminhando duro, rapidíssimo.

Chegamos à gruta. Encostada nela estava uma colossal imagem.

Era Maneí.

Respirava com esforço, toda coberta de umidade. Seria o orvalho? Ela ficara ali durante a noite? Flutuava um bom odor de leite recém-ordenhado.

Já não tinha nenhum receio. Perguntei-lhe o que fazia, e ela levou o longo braço murcho e branco em direção ao papa, dizendo que ele lhe havia revelado a nossa Maneí.

Ficou depois, derreada, lânguida, sobre a parede da gruta. E um grande pássaro deu um pio agudo e roçou por ela, tal se fora a sua costumeira pedra.

Maneí transmitiu-nos a sua mensagem: jamais havia visto um pássaro. Seu mundo, assim como outros que conhecia, não possuía esses seres.

O pássaro vinha e voltava. Ela, sempre estática, o seguia com movimentos instantâneos do olhar.

Afinal, Jimenez, dando um salto, o apanhou. Era uma bela gralha. Ele, impetuosamente, elevou muito o braço e o depositou à altura do colo de Maneí. Ela agarrou, rápida, a ave, que desapareceu em sua longa e reta mão, prendendo aquela boa vida quente que se debatia.

Transmitiu-nos:

— Nunca.

Estava mais e mais orvalhada, como lousa banhada por chuva copiosa.

— Nunca? — perguntei-lhe mais forte em minha pequenez. — Um pássaro... nunca. Junte isso, goze isso. Dou-lhe, feliz, a nossa poesia, que vocês recusam.

— • —

Os últimos esclarecimentos vieram. Fizemo-nos íntimos dos nossos mestres. Eles ocupavam um salão especialmente pressurizado e podiam descansar quando quisessem, num clima de altitude de dez mil metros.

Maneí era quem mais saía desse "conforto" e com risco para a própria saúde. O orvalho, que nela vira, não era senão o intenso transpirar, qualquer coisa de monstruoso de sua pele despigmentada. Os outros três mestres (eles se diziam Alarí, o que queria significar "pai") também já haviam chegado a uma proveitosa intimidade com os "alunos". Foi objeto de hilaridade, na biblioteca, ter contado a moça de Madri que um deles lhe havia arrebatado a tapeçaria, manifestando-lhe, fascinado, a convicção de que aquilo era o mais perfeito resumo do Mundo da Cor.

Depois do nosso encontro com Maneí, de madrugada, encontrei-a nas "aulas" bem menos pronta em suas respostas individuais. Sua face, que eu já aprendera a fitar sem constrangimento — aquela longa, piedosa e devastada face—, ficava alguns instantes paralisada, morta. Soube, mais tarde, que eu lhe destilara, sem o saber, o veneno de outra sorte de traição. Entre Maneí e seus companheiros a dúvida se instalou — segundo me contou a astrônoma, que tendia a aceitar, totalmente, as inspirações dos mestres. Maneí já estava correndo o perigo de se descaracterizar como verdadeira manuieti. A astrônoma me confiou num recanto da biblioteca:

— Os manuietis têm a saúde de suas convicções. Quando as perdem, adoecem e se degradam. Nosso mestre acha que Maneí não deveria ter vindo. Ele nos disse que no topo de nosso mundo há descendentes de manuietis de uma expedição vinda há dois séculos; que os terríveis yetis de hoje são descendentes da nobre raça cósmica! Eles não quiseram deixar o planeta, se degradaram e se animalizaram. Maneí deve sair, logo, de junto de nós. Ela já está sendo contaminada. Os sinais de doença são evidentes.

A sucessão de ensinamentos prosseguia, entretanto. Considerava Maneí com simpatia diferente. Um dia, quando levou seus longos e esquálidos dedos à testa, para alisar os descoloridos cabelos, tive a impressão de que ela se tornava uma caricatura de mulher, e uma ternura diferente me veio.

Em certa manhã, fomos chamados, quando havíamos chegado à nossa sala, por monsenhor Brunini. O papa queria ver-nos. Fomos diretamente ao salão, onde havia o "troneto". Agitado, inteiramente fora de seu ânimo natural, monsenhor Brunini nos fez uma pequena arenga aflita:

— No Anfiteatro Green, de Nova York, em imagem concreta, fora levado o espetáculo intitulado *A Universidade Marciana.*

O público viu descer a nave aérea sobre a Igreja de São Pedro, viu os mestres extraterrenos numa reprodução perfeita dos manuietis e, em seguida, acompanhou o enredo de um valoroso jornalista, que se introduzia no Vaticano para fazer a maior reportagem do século. Ele conseguia evadir-se, depois de vários atos temerários e de iludir a vigilância da guarda do Vaticano. E alertava o mundo todo: naquela casa se infiltrava, através da inspiração dos manuietis, o maior perigo para a humanidade. Eles eram destruidores naturais de nossas tradições; negavam nossos heróis e abominavam a individualidade, procuravam arrasar nossa história, como pomo de discórdia, e relegavam a poesia à imaturidade dos seres que não alcançaram a perfeita expressão. O espetáculo constituía, todo ele, um ataque à política do Vaticano, que permitira a realização dessa universidade desumana.

Quando monsenhor Brunini atingiu esse ponto, o Santo Padre, com seu passinho curto e vivo, entrou na sala. Ajoelharam-se todos — menos, é claro, o fazendeiro do Oregon. Depois de ter abençoado um a um, o papa, que ouvira as últimas palavras de seu confessor, tomou o mesmo assunto:

— Meus caríssimos filhos, o mais grave ainda não foi isso. Afinal, a discrição deveria ser esperada, mas não foi pedida, e o jornalista americano poderia ter saído livremente, sem recorrer àquele expediente da crise de apêndice. O mais grave é que, lançada a informação (e deturpada) sobre a Universidade Marciana, os resultados foram os mais contraditórios e espantosos, numa terrível repercussão do acontecimento. Basta dizer que ontem, no México, influenciados pela "nova cultura" exposta no espetáculo, os estudantes saquearam bibliotecas de história, e nem a polícia pôde impedir que mais da metade dos volumes fosse queimada! Na França, país de amor à literatura, foi idealizado "o inferno da poesia", como chamaram os moços. Por outro lado, líderes populares entraram no Museu do Louvre e arrancaram de lá as mais belas telas sobre batalhas e feitos heroicos! Vocês, meus filhos, saberiam disso, de uma hora para outra, pois, embora estejam entregues a seus estudos, têm liberdade de sair. Quero preveni-los de que chego a recear por tudo que conservamos para a humanidade em nosso museu! Foi um lastro de fogo que se abateu em dois dias, apenas, sobre o mundo. "Abaixo a história! Abaixo a poesia!" é o que se ouve nas ruas. "Viva a nova cultura manuietí!"

Tudo foi contado naquela sua fala doce e meio feminina, gargarejada, às vezes dos asiáticos.

No mesmo instante, nós nos convencemos de que havíamos chegado ao fim de nossos "estudos".

— Meus filhos — continuou o papa chinês —, rezem e aguardem, que serão avisados logo do que se decidir.

— • —

Naquele dia, não tivemos mais aulas. Os mestres ficaram invisíveis, naturalmente resguardados em sua sala pressurizada, de acordo com sua natureza. Lembro-me de que tivemos uma tarde de trevas e depois uma noite ameaçadora com forte ventania. Parecia-nos sentir forçar, a cada momento, a enorme porta de nossa sala. Espiávamos pelas vidraças e víamos, sob a violência do vento, os vultos da guarda extraordinariamente reforçada, disposta em toda a extensão da Praça de São Dâmaso.

Quando nos reunimos, depois de um jantar de nervos tensos, na sala da biblioteca, tivemos uma surpresa: monsenhor Brunini nos esperava e com novas sensacionais. Mostrava-nos, rindo, várias folhas da imprensa, e nós só pouco a pouco fomos percebendo de que se tratava, pois ele baralhava tudo. O jornalista nova-iorquino comparecera à rede mundial das imagens concretas para dizer que aquele espetáculo não fora nem mais, nem menos que um simples enredo de ficção científica. E, a propósito, lembrou. Havia trinta anos, um homem chamado Orson Welles fizera também no rádio — hoje inexistente — a invasão marciana. Pessoas fugiram em pânico de seus lares, multidões procuraram as estradas. Houve até mortes nessa ocasião. O espetáculo dele, Carlton

Smith, fizera menos prejuízo — pois a história e a poesia continuam guardadas na memória de todos e na maior parte das estantes do mundo. Deixaria, afirmou, o jornalismo pela ficção depois disso, "embora me odeiem por haver criado este embuste. Nunca houve nem haverá uma Universidade Marciana. Como se pode admitir isso, sabendo ser Marte um mundo onde nem há mais vida animal?".

— • —

Quem seguiu até aqui o meu depoimento sobre a Universidade Marciana já considerou, evidentemente, vários "absurdos". Um deles seria o de que só tivéssemos duas personagens do Vaticano ligadas a nós: nem será preciso enumerá-las.

Se o encontro fosse em outro lugar, ele constituiria, na verdade, uma impraticabilidade, mas no Vaticano, não, pois que é, e até hoje, o único Estado onde as ordens não são discutidas nem fermentam porquês. É lógico que tínhamos o criado que arrumava nossos quartos, o que nos servia a mesa. Possivelmente, só Brunini, na ausência dos Alarís e de Maneí, entrava, desligada a pressurização, na sala dos mestres. Os raros habitantes daquela parte do palácio sabiam que ali estavam os bolsistas, em reunião. Por mais que me concentre e procure recordar um único olhar de curiosidade por parte dos criados, ou uma atenção mais atrevida dos vistosos guardas suíços lá do pátio para nós, verifico que só tivemos uma indiscrição: a de Carlton Smith, que procurara enfim remediar o mal causado. Os jornais continuavam a falar dele, aconselhando enfático à moçada, que se desregrava por onde fosse exibido *A Universidade Marciana* em imagem concreta. Usava frases de estupendo mau gosto: "Se houvesse criaturas que apresentassem razões contra nossos heróis e nossos poetas, nós as repeliríamos como se fossem ataques dirigidos a nossos pais!".

Em Buenos Aires, ergueram fogueiras, onde volumes e volumes de história da biblioteca municipal foram queimados. "Morra a história que mente e divide!"

Em Moscou, estudantes fizeram uma pira gigantesca só de livros de poesia. Dançaram em torno, até que foram presos: haviam também danificado uma ala da universidade, a de história, e cantavam: "A poesia é ignorância. A poesia é veneno. A poesia é inconsciência. A poesia é superstição".

Comentei com o professor moscovita aquela atitude de seus alunos, e especialmente a "fogueira da poesia" de Moscou. Custou a encontrar a frase que satisfizesse. (Falávamos ambos bem mal o inglês.) Afinal, conseguiu exprimir-se:

— É preciso ter outra perspectiva. — E passando à sua seara: — Eles têm, de uma forma diferente, estranha, a sua memória... quase que se poderia chamar de sua história. A memória... cósmica. Agora estou convencido disso.

— • —

O desmentido de Carlton apenas atenuara o mal, não o afastara.

Monsenhor Brunini enternecia-se com a ânsia de recuperação do jornalista:

— É um bravo rapaz. Faz o que pode.

— O senhor aprova a mentira? — perguntou, fermentando de malícia, o fazendeiro do Oregon.

— Não, mas aprovo os homens de boa vontade. Ele faz tudo que pode para reparar seu erro.

O clima mundial desencadeado pelo espetáculo que produzia, principalmente nos jovens, um fragoroso ressentimento contra a "nuvem da ignorância" (a poesia e a história) abreviou nossos trabalhos. Tivemos, entretanto, uma última aula.

Maneí estava tão suarenta e abstrata que nós nos sentimos comovidos. Assim mesmo, satisfez o físico belga. Era uma questão a respeito da transmissão das mensagens luminosas. Zumbia a sua informação, e só ele a captava. Mais tarde, o belga nos contou, muito por alto, zeloso já de suas futuras "descobertas". Contentou, também, o fazendeiro do Oregon, zumbindo, só para seu entendimento, sobre a proteção das plantações contra ciclones e estiagens. A Jimenez, particularmente, ensinou como criar os elementos que dão aos animais o impulso de viver. (Jimenez nos fez questão de revelar, depois, que Maneí tinha uma espantosa teoria, segundo a qual os bichos morrem também quando não têm vontade de viver. E Maneí tinha acrescentado: bichos e até mundos morrem de cansaço como qualquer manuieti.)

A mim, contemplou com sua riqueza de novas imagens da origem comum, ensinando-me a fraternidade dentro da criação. Por meio da mensagem de sonho de Maneí, um São Francisco do Espaço me falava. Depois, com enorme esforço, seus lábios lançaram legítimas palavras humanas. Eram tímidas saudações, adeuses constrangidos:

— Estar em nossos... sonhos.

Soubemos que não demorariam a partir. O papa encerrava a experiência e nos mandava dizer. Monsenhor Brunini estava alarmado com as últimas consequências da nova febre que empolgava a mocidade no mundo.

— Loucos já começaram a agir em nossas praças. No *corso* Humberto Primo rebentaram colunas.

— • —

Não vimos mais a nossa Maneí. O último encontro na biblioteca foi repassado de um sentimento de companheirismo triste. Voltaríamos cada qual para seu longínquo recanto e, provavelmente, jamais nos encontraríamos. Foi nessa última noite no Vaticano que monsenhor Brunini contou o que se passara com Maneí.

De madrugada, o Santo Padre, indo rezar à gruta, a viu arquejante, cercada pelos três companheiros. Eles lhe transmitiram ter Maneí sistematicamente, naqueles últimos dias, se recusado a dormir na sala pressurizada. O papa viu-a então, na claridade nascente, escorregar do encosto de pedra. Trazia na longa mão uma ave esmigalhada.

Os companheiros logo a iam carregando, toda transpirada e gemente. O papa pediu que esperassem. Eles estacaram, rígidos. E então o Santo Padre, pequenino diante do grupo colossal, formado entre os ciprestes do parque, ergueu a mão e disse as primeiras palavras do sacramento do batismo. Mas foi cortado por um alarí:

— Não, se ela tiver um nome não será mais nossa irmã, já não será manuietí.

O Santo Padre tentou andar. E não podia. E viu que a levaram, instantâneos, para sua sala, quase moribunda.

— • —

Despedimo-nos de Pio XIII às dez da manhã.

Fez-nos um pequeno sermão sobre a verdade:

— Cada um de vocês apenas libertou o que já tinha dentro de si mesmo.

E, para cada um dos bolsistas, calmamente, expôs o que julgava ter sido o saldo da experiência. Tudo que os manuietis ensinaram estava, em semente, dentro de cada personalidade. Cada qual pudera ver melhor o seu setor: o filósofo, o agricultor, a astrônoma, até mesmo o historiador, que se colocara num outro plano.

— Mas — concluiu — são reações certas quando no íntimo, mas erradas se tornarmos públicas. Ainda carecem de transplantação e amadurecimento em nosso meio. Houve boa razão para que os líderes mundiais desaconselhassem a experiência. Todavia, em Deus, não me arrependo. Sei que vocês voltam perfeitamente humanos.

O fazendeiro do Oregon não podia deixar de ser desagradável pela última vez:

— O papa decerto também ficou sabendo que os aruietis nos espreitam e nos invejam...

— Meu filho — disse —, o que nós devemos recear é o ódio dentro de nossa casa. Deus proverá. — E com uma careta de infinita bondade: — Não foi sem alguma razão que Ele

escolheu esta como a sua e aqui teve seu bom nome humano.
Foi o nosso régio quinhão.

— Santo Padre — eu tremia —, e Maneí? Que foi feito dela?
Ele teve um silêncio. Em seguida enrugou-se, satisfeito:

— Partiu, tocada pela graça da Terra.

— • —

Com mais dois dias no hotelzinho em Roma, a vadiagem por museus e monumentos, ansiei por nossa Copacabana. Jimenez abandonava-me, preferindo muito naturalmente a companhia da pequena de Madri, que seguia, de dentes à mostra.

Li, no *Osservatore Romano*, que havia começado, depois do "planejamento efetuado durante aquele mês", a portentosa obra de minuciosa reconstituição de todo o Vaticano. O papa, agora em Castel Gandolfo, havia recebido peregrinos e fizera um notável discurso em torno do nome cristão. Em cada nome se inscrevia a herança dos mártires e dos apóstolos. "É preciso honrar, e cada vez mais, o nome que nos distingue."

Na quinta página de outro jornal, li as declarações de um indivíduo que jurava ter visto enorme nave aérea, de tipo desconhecido, a pouca altura da via Appia. E havia, sob o retrato do assustado romano, este comentário: "Ainda há quem veja naves de 'marcianos'!".

— • —

Os ciprestes de Roma, as esquivas aves despertando sob o ruído dos sinos, as redondas árvores das praças, a cúpula de São Pedro e logo abaixo os apóstolos — menos quatro. Eu partia. Sentia falta de Jimenez, que retardava, até suas últimas liras, a partida de Roma e festejava a madrilenha com suas cavalares e saudáveis efusões.

Depois da longa estrada — aqui e ali um resto do passado numa estátua, numa visão fugidia —, atingi o aeroporto.

Meu companheiro no avião foi um brasiliense. Isso me arrepiou. Ele não parava de contar vantagens:

— Estamos inaugurando em Brasília o primeiro anfiteatro de imagem concreta no Brasil, e com aquele espetáculo que tem pegado fogo por aí afora: *A Universidade Marciana*.

— Sim... Deve ser boa diversão para cretinos...

O homem zangou-se. Eu me senti na pele do próprio fazendeiro de Oregon.

Voávamos a grande altitude, e agora era noite. Uma noite limpa, de germinação de estrelas. As asas do avião espalhavam uma claridade que, de pronto, foi como que esfacelada em pequenas imagens. Percebi claramente um longo seio de fêmea — um pássaro —, um rodopiar de folhas e, por último, um sol: o destino da raça cósmica, o sentido do fim de nossa Maneí.

— • —

Sempre haverá quem sustente que tudo partiu de um mero espetáculo de ficção científica, gênero muito popular então, mas agora totalmente esquecido. E os que provam por á mais bê que a Universidade Marciana nunca existiu dizem sempre: "O papa Pio XIII jamais disse uma palavra sobre o assunto". (Quando um jornalista americano pretendeu forçá-lo a falar no caso, Sua Santidade perguntou, bondosamente: "Mas por que, meu filho, você não entrevistou o próprio autor de *Universidade Marciana*? Você não estava muito mais perto? E ele não gosta tanto de dar entrevistas?".)

Essas pessoas também invocam: "que os outros alunos jamais se manifestaram... Não havia um motivo plausível para esse silêncio. Até mesmo a suposta coação moral do papa deveria ter cessado, pois que ele morreu um ano depois". (Lembro-me de Pio XIII no caixão, de sua figura em imagem concreta, e daquela ideia meio profana que me colheu. Parecia um mirrado macaquinho, um doce macaquinho sagrado em sua mortalha.)

Mas os que negam sistematicamente a grande experiência fingem ignorar que há um inexorável nexo entre várias descobertas científicas que ocorreram um pouco antes e também logo depois da morte do papa chinês. O primeiro relógio sideral foi construído na Holanda, lembram-se? De qualquer canto do Oregon um homem deu ao governo dos Estados Unidos as mais sábias sugestões sobre a defesa contra vendavais e tempestades — fato que culminou no contendor máximo, capaz de anular, quase, a força destruidora dos tornados e furacões. No sul da Argentina — recordam-se? — um indivíduo desconhecido forneceu a cientistas de Buenos Aires os elementos que determinaram a revolução do atrito da agricultura moderna e que praticamente estão revitalizando as áreas desérticas ou semidesérticas das Américas. Na Bélgica, novas leis da física foram promulgadas, e, na mesma ocasião, procurem recordar, um novo e triunfante conceito de história foi sugerido ao mundo por Moscou, abrangendo a vida como um todo. A astronomia ganhou outro sentido, não apenas com as expedições que se seguiram, mas, principalmente, com as descobertas feitas na Alemanha, por meio de geniais estudos oriundos de um grupo de astrônomos da Baviera.

O orgulho patriótico das nações recomendava, muito normalmente, que a inspiração não fosse mencionada!

Esta é a verdadeira resposta aos que reputam como grosseira mentira a nossa Universidade Marciana.

Vivi, sobrevivi. Conheci três Copacabanas. Agora, o novíssimo perfil da avenida de edifícios convexos, suas novas cores, os cristais lilás e superpostos das construções que se inclinam para a praia, os silenciosos e instantâneos coletivos que se sucederam aos alegres e rumorosos veículos de outrora como que abafaram minhas ilusões de filósofo. Sou um velho que, às vezes, chora pelo pouco que fez e às vezes ri, confortado, pelo muito que viveu. Um ancião que se comove em certas ocasiões e se regozija em outras, pois os moços já não depredam museus nem atiram livros ao fogo. Mas não há juventude que não esteja empenhada na nova ordem universal. É o hálito da origem que nos bafeja agora, e isso é bom.

# O CARIOCA

Às duas Zelindas

Ficaram à mercê do vigia, um nortista de falar sozinho, que bulia, ela pensava, nos fios elétricos e na instalação de gás. Às vezes, todos os aquecedores do prédio vazio enfureciam--se, incendiados por chamas vivíssimas. Outras, o único elevador, tapado ainda de sacos e esteiras, ficava teimando: não subia além do sexto andar, ou então despencava dois ou três andares, retomando sua descida natural após a vertigem dos visitantes que iam fiscalizar suas futuras habitações.

Moravam no último andar — o décimo segundo — e se avistavam através da área pelada de plantas e ainda triste de borrões de cal. Sabiam vagas coisas um do outro. Ao perguntar pela vizinha, ao guarda do prédio, ele ouvira a informação, dada de lábio espichado e levantar de ombros:

— Sei que é resto de defunto.

E ela, querendo saber a respeito do único morador daquela vastidão, cheirando a tinta fresca:

— Coisa boa ele não faz, porque tem tudo trancado.

À noite, o homem desligava a eletricidade, que havia oferecido as mais diversas manifestações durante o dia: lâmpadas que acendiam em luz vivíssima, piscando e queimando em seguida; rumores subterrâneos no aquecimento central que entrava a gorgulhar. E o vigia, soberano, dizia à senhora — a única a fazer reclamação:

— O azar é seu, madama. Quem pariu Mateus que o embale. Ninguém mandou a senhora mudar antes da hora.

Desligo a luz às nove, o resto é por sua conta e do outro que também se meteu aqui.

Com explicações como essa, ou nenhuma, o nortista desligava a energia do prédio e ia tomar parte numa reunião de paus de arara num outro edifício em construção. Eles se espichavam nas redes, fumavam. Uns tocavam violão, outros contavam histórias de suas terras. E um ventinho do mar mandava a saudade da arejada e limpa noite sertaneja. O horário do encontro com a terra tanto podia ser às nove como às oito, ou até às sete. "Os avexados que se danem."

Conheceram-se, de falar e cuidar, só uma semana depois de se terem avistado, diariamente, como ilustrações curiosas. Naquela noite, chegaram ao prédio às oito e meia. O vigia já havia desligado a luz. Então, subiram juntos as doze escadas, na escuridão, sob lampejos de fósforos e risos nervosos da mulher.

A princípio, ela conservou os sapatos de salto, tão ressoantes, a ponto de incomodar. No terceiro andar, quando falseou o pé por tê-lo enfiado numa falha de ladrilho, ele sugeriu que ela se descalçasse, e lhe pareceu gentil ver o vulto baixar de altura, suspirando. Sentiu-se, em seguida, vagamente interessado no ritmo comum das respirações. No quinto piso, como subissem depressa demais, passaram a respirar quase ruidosamente. Esse rumor compartilhado o levou à recordação de um seu velho costume — o da criatura que estertorava como para morrer. Mas essa respiração, a de sua vizinha, era muito mais jovem, delicada e até cheirosa, pois que seus hálitos se entrecruzavam acima das chamas dos fósforos. Se a vizinha era viúva, então agora deveria estar constrangida, com o fungar mais violento, que ele já não conseguia reprimir e como que se dirigia à nuca invisível da companheira. Isso não poderia deixar de trazer qualquer lembrança. Naqueles instantes, forçosamente, ela pensaria no marido.

No sétimo andar, havia uma quantidade de pias e de fogões atravancando o corredor. O vizinho, só então, muito gentilmente, ofereceu o braço à companheira. No oitavo, eles se separaram. Estava desimpedida a passagem, que desembocava em uma janela deixada aberta, retendo um clarão de lua invisível que fingiram ignorar. No nono, ela assustou-se com o bater das portas, e no décimo e no décimo primeiro, através dos movimentos iguais da vizinha, ele provou qualquer esquisita sensação de posse. Chegando ao décimo segundo, a ilusão desfez-se:

— Muito obrigada. Se o senhor quiser descansar um pouquinho...

Aquilo era encantadoramente idiota, pois bastavam alguns passos para que ele atingisse a porta do seu apartamento e se largasse na cama. No entanto, aceitou o convite, se bem que se acusasse interiormente por não ter sabido manter o isolamento a que se propusera quando mudara para ali.

Um fósforo ainda — ela rodou a chave —, e se acharam numa escuridão apenas mais impermeável, recendendo a um vago odor de óleo de limpar móveis. Então, a vizinha tateou, rindo e falando no escuro, e acendeu as duas velas virgens que ornamentavam a mesa.

— Gosta do arranjo?

Calçou os sapatos, indicou o lugar ao companheiro, sentou-se dona de casa diante dele, à mesa. Só um olho seu clareou, meio lavrado e misterioso como recém-descoberto engenho de ouro.

Ele exagerou:

— A senhora fez milagres! O apartamento parece ter o dobro do tamanho do meu!

Era quase um salão. Percebeu o sofá-cama, um para-vento chinês, o vaso com flores de plástico e, acima da cabeça da vizinha, num grande retrato, o vulto de um homem numa canoa. Não via bem, mas achou que ele devia estar rindo e com a superioridade do riso da segurança.

— Algum parente?

— Meu marido. Morreu há dois anos.

— Ah!

Comovidamente, contou. Ela, que nunca soubera tirar boas fotografias, fora excepcionalmente feliz naquele passeio. Não poderia haver retrato mais parecido...

— Uma semana depois, ele caiu de cama e nunca mais se levantou.

Parecia estar radiante por ter a quem contar as dificuldades passadas. Elogiava o marido e se queixava da família dele, de suas mesquinharias.

— Não imagina como estou bem agora, aqui sozinha, depois do tal "apoio" que eles me davam. Trabalho de manhã na prefeitura, passo as tardes descansando e vou ao cinema na sessão de seis às oito. Ainda agora estou chegando do Metro.

A boca avermelhava, sob a luz, os dentes brilhavam, para ele, e os olhos, agora, eram sombras negras:

— E o senhor?

Ele pretendeu escapar. Fingiu que pensava que ela se interessasse por sua família.

— Meu pai era quase um velho. Um vice-almirante. Eu nasci quando ele estava em missão na Inglaterra.

Discorreu sobre sua infância descosida pelos mapas.

— Mas o senhor... o que faz?

Ele ficou tolhido:

— Tenho uma atividade pouco comum... Meu trabalho interessa a muito pouca gente. Nem vale a pena contar...

— Ao contrário.

— É um ramo no qual até hoje nenhuma mulher apareceu.

Ela achou que respondeu brilhantemente:

— Isso não quer dizer que elas não tenham aptidão para apreciá-lo.

— Eu me dedico à cibernética.

— Como foi que o senhor disse? Ciber...

— • —

A camaradagem e a convivência não vieram, em seguida, como era de supor. Pelas manhãs, uma toalha enrolada nos cabelos, a vizinha dizia vagos adeuses que o vizinho, de chambre severo, retribuía com certa formalidade. Nunca mais se encontraram a sós.

Dentro de duas semanas, os donos e os inquilinos do prédio começariam a mudar. Ela já conhecia algumas senhoras e havia feito festinhas às crianças que em breve estariam povoando de risos e gritos a área.

Passaram-se, assim, alguns dias em que se olhavam novamente, de longe, como figuras num livro aborrecido, quando houve uma mudança. As persianas dele ficaram fechadas. Não ocorreu mais o cumprimento. Três ou quatro dias após, o vigia encontrou-se com ela à entrada do prédio:

— E agora essa! O homem está ruim mesmo!

Com isso, deu as costas à viúva. Ela o reteve, adiante:

— Então o vizinho está doente?

— Está — respondeu de mau humor. — Não tenho outra coisa a fazer senão cuidar desse homem. É a tal história: mudam antes da hora, depois um pobre de Cristo, como eu, que aguente. Está com um febrão daqueles!

A vizinha foi visitá-lo. Ficou, primeiro, à porta, constrangida, perguntando se ele queria alguma coisa. O vizinho, já meio barbado, soergueu-se um pouco na cama, os olhos fuzilando de febre, o rosto em fogo:

— Deve ser gripe. Nunca fiquei doente.

No meio do quarto havia uma cortina descida e para ela corria uma enxurrada de pequenos objetos, papéis amarrotados, roupas.

— Quer que eu dê alguma ordem? O senhor teria mais conforto.

— Não é preciso, minha senhora, eu estou bem.

Ela forçou a oportunidade de servir. Ele cuidava: "Coitadinha, deve lembrar a doença do marido". E acabou concordando, debilmente.

Ela foi à cozinha, onde as pilhas de pratos, as latas abertas se amontoavam. Em alguns momentos, de lá voltou recendendo a sabão, com o café já pronto, fumegando na xícara posta em brilho e pulcritude.

— Enquanto o senhor toma, vou arrumar isto por aqui.

— Aí não, por favor.

Ela obedeceu, meio desapontada. Recolheu roupas do chão, varreu os papéis, e quando, visivelmente envergonhada, foi dizendo adeus e se esgueirando pela porta, ele pediu:

— Sente-se aí. Fique mais um pouquinho.

Ela sentou-se na ponta de uma cadeira, em cujo encosto havia aberto o roupão. Entraram a conversar muito polidamente quando, de súbito, ele sentou-se apertando o peito, em dispneia, quase chorando:

— Estou me sentindo tão mal! Não aguento mais. Eu... eu nunca estive doente, nunca incomodei ninguém!

Ela chamou o empregado do prédio, despachou-o à procura do médico da primeira farmácia. E afinal, com um pouco mais de tempo, cuidou descobrir o mistério do vizinho.

— • —

Ele já estava medicado e sentia certo alívio, mas a vizinha não o deixou. O vigia não estava na portaria. Saíra sem avisar, para não ouvir as reclamações da senhora. O doente estava ali completamente abandonado. Talvez, se continuasse assim, o melhor seria chamar a ambulância de um hospital. Ele ainda estava tão vencido pela febre que aceitou a permanência dela como coisa natural. De súbito, porém, a luz — pois que o vigia sempre tinha este cuidado e ele fora tomar um cafezinho no bar, em frente — apagou. Ela acendeu a vela no castiçal já sujo de espermacete e ficou olhando para o vizinho e se lembrando — agora, sim, era verdade — do marido, de como o sentiu seu dependente, agarrando-se às suas mãos como uma criança apavorada, poucos momentos antes daquilo que depois soube ser a sororoca. Agora estava ali ao lado daquele esquisitão — e não sabia por que se sentia tão acalentada por dentro, com essa doença do homem. Dava--lhe a sensação de voltar, mas voltar certo, não em equívoco, ao passado. E coisas doces e resignadas lhe vieram à cabeça, como se se confessasse por dentro e se pacificasse inteiramente. Foi então que ouviu um estalido, um rumorzinho pelo chão, e, lá das profundezas da cortina, alguma coisa se agitou e veio deslizando. Era uma coisinha rasteira e brilhava. O doente, com o rosto voltado para a parede, parecia, agora, absolutamente alheio à presença da viúva. A coisinha veio vindo — era um pouco menor do que um prato e semelhava uma tartaruga — atingiu o campo da iluminação da vela e rodou de lá para cá visivelmente fascinada, como se fosse um pesado inseto de verão, de asas arrancadas.

A viúva não podia nem sequer gritar. Aquilo era repelente, aquele bicho esquisito, jamais visto, que participava do brilho do metal e festejava a luz com animação tão evidente. Ela só conseguiu dar um gritinho, depois de levantar as pernas do chão e se aproximar da cama. Mas foi o suficiente para que o doente saísse de seu ensimesmamento. Voltou-se, assustado, e, afinal, compreendeu:

— Mas é o Toniquinho — disse. E ria manso.

— Faça essa coisa parar, faça essa coisa parar — implorou a vizinha, em aflição crescente.

Neste instante, já tendo chegado de seu café, o encarregado ligou a luz. E as numerosas lâmpadas do apartamento se acenderam ao mesmo tempo.

Agora, os pés ainda levantados, tremendo, ela viu aquele bichinho brilhante correr pela sala, esgueirando-se atrás da cortina. O doente sorria com mansidão:

— A senhora assustou-se com o pobre do Toniquinho.

Ela foi baixando os pés sobre o tapete, mas sentiu uma doida vontade de partir.

Ele sentou-se com algum esforço. Puxava a sua mão, exatamente como a vizinha, sem o saber, desejara havia alguns momentos, mas agora era diferente, e ela desconfiava dele.

— Não há outro remédio senão contar. Toniquinho é parte do meu trabalho. Aliás, não há nele nenhum mérito especial. Não constitui nenhuma invenção. — Estava cansado. Ela, com simplicidade de mulher, concluiu, já de pé:

— O senhor, então, fabrica brinquedos?

— Brinquedos científicos — assentiu o vizinho, olhando-a demoradamente. Sorriu, depois, com simpatia: — Toniquinho sempre me prega peças. — E explicou: — Ele reage à luz fraca, aproximando-se, e, à luz forte, afastando-se.

Deu um sorriso meio conivente para a cortina, atrás da qual Toniquinho estava escondido, fugindo àquela claridade insuportável.

Ela fez menção de sair. Sentia-se meio apatetada e desconfiava cada vez mais do vizinho. Mas ele puxava sua mão e a retinha. Continuava a falar, excitado, de Toniquinho, como um namorado que faz carícias e fala em assuntos diferentes, para não afugentar:

— O professor Grey Walter, de Bristol, fabricou três tartarugas como esta. — A viúva sentiu a quentura das mãos do vizinho. Ele não a deixava, mas também não dizia nada de terno. Agora, sem que ela mostrasse curiosidade, no paroxismo da febre, ele mesmo esclarecia: — Toniquinho, se você quiser chamar, sabe? Basta apitar, que ele aparece com um simples apito, pois. — Os braços eram tateados pelas mãos febris. — Estabeleci, como o professor Walter nas tartarugas dele — ela não percebia nada —, um reflexo condicionado em Toniquinho — as mãos viajavam nos braços dóceis. — Fiz reagir a uma luz, mas, experimentando esta reação com um apito, Toniquinho passou a reagir independentemente a ele.

A vizinha não entendia mais coisa alguma, mas, naquela noite, deixou-se ficar e beijar. E aquele esquisitão lhe deu uma sorte de piedade retrospectiva do marido. Ela se negara ao coitado, que ia morrer. Mas a este, não.

E ele, só então, na excitação da febre, se esqueceu de pensar que ela estava, justamente, pensando no marido.

— • —

Depois de três dias, estava completamente curado, se bem que um tanto desvalido de cansaço. E deu para queixar-se enquanto ela lhe coçava a cabeça: sofrera com a Fraulein, com o primeiro internato na Suíça, o segundo na Inglaterra e o terceiro nos Estados Unidos. E, principalmente, com o desinteresse do governo brasileiro pela cibernética. E, depois de sua canção do ressentimento, vibrou com alguma esperança:

— Juntei a carta do professor Ducroq sobre minhas experiências no requerimento ao ministro da Guerra.

— O Ducroq é o tal das raposas? — perguntava a vizinha, já quase bem informada em cibernética. E sem transição: — É triste que tudo tenha acontecido sem uma palavra de amor.

— Palavras... propriamente não — dizia ele fixado nos mistérios da curva de seus joelhos roliços. — Mas eu lhe posso dizer amor à minha maneira.

Bateu com o salto do chinelo no metal da cama. E as "primas", isto é, as raposinhas, segundo Ducroq, vieram para junto. Eram mecanicamente quase perfeitas.

— Não demoram muito e se afagam. Espere.

Foi o que aconteceu. Elas caíram numa sofreguidão ruidosa, e se encostavam, e se roçavam, e uniam gravemente os focinhos cromados.

— Você me desculpe, mas acho isso nojento.

— Coitadinhas das minhas "primas". São lésbicas... Mas como se amam! Amam-se porque se atraem irresistivelmente, como os que se amam.

E ele ria, com ternura paternal.

Então, de seu esconderijo, Toniquinho saiu.

— Veja — dizia ele —, Toniquinho está faminto!

A tartaruga rodou até um pequeno foco luminoso, no rodapé, junto a uma tomada de eletricidade. Voltava-se, agora, e se prendia à corrente, para restabelecer a bateria.

— As "primas" são temperamentais, mas Toniquinho é mais inteligente. Muito mais inteligente até do que o Carioca. Avalie: ele é capaz de esconder-se tão bem que...

— O Carioca?

— É. Um trabalho que ainda está na cidade.

Em algum lugar do Valongo sabia que ele tinha a sua oficina, ou seu laboratório. O Carioca estava lá. Decerto, era uma experiência científica semelhante àquela dos insuportáveis seres mecânicos, depositados atrás da cortina do seu apartamento: os coelhos com reflexos, os macacos com "pressão sanguínea". Tudo horrível do ponto de vista de quem aprecia os brinquedos alemães ou japoneses.

— Já vi um macaco que fuma e ri. Uma amiga trouxe de Paris.

Ele não chegava a irritar-se:

— A cibernética preocupa-se em criar vida, e não aparência.

Aos poucos, ela conseguiu fazê-lo, ainda convalescente, mais seu, mais companheiro, vindo passar algumas horas em seu apartamento. E se queixavam tanto da vida e se empurravam de tal maneira, desesperadamente, um para o outro, que eram como as raposas mecânicas segundo Ducroq. Só que não sabiam.

Para seus males — os dela — a vizinha já havia descoberto remédio. Possuía senso prático. "E se ele abandonasse o trabalho tão menosprezado no Brasil e criasse uma pequena indústria de brinquedos não científicos, reservando os de ciência para deleite próprio? Com alguns empregados mais..."

Aquela sugestão o feriu tanto que ele deixou a companheira abruptamente. Ela foi à porta de seu apartamento, tocou em vão a campainha. Percebia, no entanto, pelos rumores, que ele soltara o bando de suas criaturinhas repugnantes.

"Tenho de aceitar isso, como se fossem... bichos de estimação. Mais ainda... como filhos escondidos."

A vizinha meteu a sessão do Rian, de seis às oito, em cima de sua decepção.

Fizeram as pazes no dia seguinte, quando chegaram juntos — ela da prefeitura, ele de seu laboratório, ou oficina. E se queixaram novamente, mil vezes, e se prantearam e se acariciaram resmungando e foram duas solidões a forçar uma sobre a outra. Depois, ela fez café, o cheiro povoou o quarto, e ele tirou uma carta em inglês do bolso. Traduzia, gaguejando um pouco, entre os goles, muito animado.

Ela foi perfeita. Pôs mais açúcar na xícara, engoliu e fingiu curiosidade:

— Quer dizer que o governo americano está interessado em suas experiências... Você ainda vai ganhar muito dinheiro!

— Sim — disse ele, e voltou a ser homem magoado. — Mas o Carioca, como o nome que lhe dei, é bem nosso. Tem de ser reconhecido, oficialmente, como invento brasileiro. Acho que já posso ter confiança em você. Amanhã, às nove horas, vou apresentá-lo numa sessão secreta para a Escola Superior de Guerra.

— • —

Naquela noite, veio ao apartamento da vizinha e não se lamuriou, entre beijos. Estava exultante. Carregou-a para um jantar, regado a vinho. Foram depois ao teatro e após vadiaram pelas ruas, para desoprimir um pouco o insuportável aperto da alegria:

— O Carioca foi um sucesso!

Ela continuava a sentir uma prevenção orgânica, de mulher, por aquelas aberrações. Mas sabia fingir:

— Até agora não sei bem o que é o Carioca...

— Acho que nem posso esconder. Seria injusto. Aliás, ele vem amanhã mesmo. Faça um cafezinho que eu conto.

Subiram as doze escadas — ele radiante, ela com uma sensação estranha de logro, impossível de ser definida. Ainda um pouco sem ar, ele leu, sob a luz do novo lampião de gasolina — ela ninava as suas más recordações —, oferecendo-se pequeninos confortos, a manchete de um jornal: "Robôs serão os primeiros viajantes a Marte e Vênus". E embaixo: "Determinados cientistas russos e americanos julgam que os primeiros 'homens' a serem enviados ao planeta Marte ou a Vênus devam ser engenhos com algumas reações humanas. Devido ao progresso da cibernética, vários robôs, com os requisitos necessários a um completo estudo sobre o comportamento da natureza humana no espaço sideral, estão sendo feitos. Até agora, os mais notáveis são os de Krause, na Alemanha Oriental, e o de Geiffer, na Pensilvânia. Os cientistas reconheceram que ainda não resolveram alguns problemas básicos. Todavia, em breve, talvez possam proporcionar um ser mecanicamente tão aproximado do homem que...".

A vizinha quebrou uma xícara:

— Meu Deus... Então o Carioca é...

— Ele vem amanhã. Vou guardá-lo aqui. Agora que está pronto deve ser bem vigiado.

De manhã, quando a vizinha saía para o trabalho, viu, parada, uma caminhonete do Ministério da Guerra. Dois soldados carregavam uma enorme caixa, que punham em pé, no elevador, diante dos olhares suspeitosos do vigia.

"O Carioca", ela pensou. E imaginou o que diriam os parentes do marido se soubessem da história. "Ah, meu Deus, por que viera parar ali, por quê, entre tantos edifícios de Copacabana, ela escolhera justamente aquele?"

— • —

— Bem — disse o vizinho —, o que torna o Carioca extraordinário é a conjugação de esforços científicos que representa. Tudo o que a ciência produziu até hoje, como cérebro eletrônico, estudo da pressão sanguínea, com suas múltiplas reações, "comandos" da energia "mental", dirigidos aos membros, tudo isso fez do Carioca um super-robô.

— Deve ser verdadeira maravilha. Mas sabe de uma coisa? Prefiro não ver. De repente, tenho uma febre, desenrolo a língua...

— O Carioca vai ser conhecido universalmente. Logo virão buscá-lo, pois, nos Estados Unidos, dará os melhores testes nas câmaras de pressão. — Ele não compreendia que ela estava apavorada: — Já está todo montado. Venha.

Diante dos olhares do vigia, que atravessava o corredor com um molho de chaves, entraram no apartamento dele.

— Tem mais essa! Ô desrespeito! — comentou o homem.

A cortina fora puxada para um lado. Na enorme caixa em que viera o Carioca amontoavam-se agora, sem vida, as "primas", os coelhos, os macacos e Toniquinho. Havia uma grande cadeira, sob a lâmpada, coberta por um lençol.

Ela tremia.

Ele acendeu a luz de tom laranja, vivíssima, e descobriu o lençol. A risada da vizinha teve um engasgo:

— Pensei que fosse mais feio. É como um sujeito que vi num filme ontem: Explorador... Explorador do Espaço.

— Já lhe disse que a aparência não tem nenhuma importância. Mas fui obrigado a vestir assim o Carioca porque esta é a indumentária científica das viagens siderais. Também a roupa é testada por ele. Espere um pouquinho, veja sua reação ao calor.

Ela olhava aquele monstrengo sentado, de cabeça grande e metálica e enormes pernas gordas, em couro ou plástico. O que correspondia aos braços e às mãos estava tombado ao longo do "corpo".

Houve um barulhinho, como um tênue arranco de motor, e um "braço" levantou, a garra movente tateou pelo peito impassível, abrindo um grande botão. Então, da altura do "pescoço", saiu uma fumaça e como que o "homem" minguou, perdendo peso. A roupa, aparentemente, deixara sair o ar, estava mais leve, e ele, mais delgado.

Pouco a pouco, ela perdia o medo:

— Até que é simpático — falou baixinho. Mas ainda tremia e estava branca.

— Preste atenção. Vou submetê-lo a um ligeiro teste de pilotagem. Não poderemos fazer outros, porque aqui não tenho o aparelhamento indicado. Mas, quando houver necessidade de controle...

Ao lado da cadeira estava uma vara de ferro. Ele, rapidamente, deu um puxão, por trás, no encosto. E o Carioca, com a mão direita, fixou-se nela rigidamente.

— Agora, vamos experimentar seu sentido vital. Como todo ser vivo, ele deve ir à procura de bem-estar. Você vai sentir um pouco de frio, mas é preciso.

Ligou, no máximo, o aparelho de ar-condicionado. O robô estava imóvel agora. De súbito, novamente estalaram seus vagos ruídos, que foram aumentando. E, majestosamente, o Carioca levantou-se da cadeira.

— Vou-me embora. Vou já.

Batiam-lhe os dentes.

— Bobinha. Não tem confiança...

O vizinho estava no auge do contentamento. Esse teste havia falhado várias vezes, mas agora...

O Carioca veio vindo com seus rumores conjugados: os da "barriga" e os das "pernas". Com sua garra direita abriu a porta da cozinha, passou com dificuldade.

— Venha ver!

Ele a arrebatou, e ela quase chorava.

No centro da cozinha, o Carioca estava novamente gordo e protegido em suas vestes, parecendo aguardar, tranquilamente, que a temperatura melhorasse no quarto.

— • —

Já em seu apartamento, ela foi sofregamente ao armário do banheiro, apanhou o vidro do tranquilizante, que não tomava desde a última briga com o cunhado e a cunhada, e tomou duas pílulas.

Depois, deitou-se no sofá e ficou inquieta, esperando chorar docemente, mas o choro não veio. Meia hora depois, o vizinho apareceu, como sempre pedindo licença, com aquele seu jeito um pouco formal que a intimidade não conseguiu desfazer.

Ele se sentou ao lado e fez, depois de um grande esforço, a primeira confissão de bem-querer:

— Você precisa acostumar-se. Poderá ser para a vida toda, se você quiser...

Aquilo era um pedido de casamento ou o quê? A viúva desejou lágrimas, mas não as teve. Sobre eles pendia o retrato do marido, num riso mais do que evidente.

Ele lhe deu, e muito a sério, as primeiras lições sobre cibernética. Falou longamente em algo que chamou de teorias do modelo. Explicava tudo, como um adulto fala à criança, docemente, pausadamente:

— Quem estuda cibernética tem de enfrentar o problema humano da correspondência, da mensagem. Já é conhecida e vulgar entre nós aquela imagem das figurinhas que dançam numa caixa de música. Elas se movem segundo um modelo. Certamente, esse modelo não vai além dos limites compreendidos entre o mecanismo e os bonecos. Elas não têm, as marionetes, outro sinal de transmissão com o mundo exterior senão esse, unilateral, com a caixa de música. Os bonequinhos são cegos, surdos, mudos, e sua atividade jamais se afastaria do modelo preestabelecido. Aí está, minha cara, a diferença fundamental entre os brinquedos mais perfeitos, que você tanto elogia, e a nossa ciência. Nós estudamos os animais e, fazendo criaturas mecânicas, criamos a possibilidade, entendeu? De que elas se comuniquem, elas mesmas, com o mundo exterior, usando os próprios recursos. Criamos, assim, verdadeiras vidas autônomas, que, embora não sejam marionetes perfeitas, têm algumas reações semelhantes às dos animais.

Ela o mirava, primeiro, sem piscar. Várias vezes, em sua solidão, havia desejado uma voz de homem junto dela, uma presença de homem. E esse simples pensamento a perturbara. Agora ela o tinha ali, e as coisas de que falava eram tão impenetráveis quanto enfadonhas. Nem sequer pareciam misteriosas e perturbadoras. Aborreciam, simplesmente. Ela, tranquilizada pela droga, não sentia coisa alguma pelo vizinho, senão um interesse a que se forçava obscuramente.

Mais uma vez, nesse dia, ele falou do dr. Grey Walter, com quem se correspondia, a propósito do Carioca.

— Com poucos recursos e a boa vontade do Conselho Nacional de Pesquisas, consegui montar um aparelho, não tão aperfeiçoado quanto o toposcópio do professor Walter, é verdade... Mas, assim mesmo, fui feliz, submetendo nele a exames até seres humanos e animais. Cheguei a várias conclusões interessantíssimas a respeito do Carioca. Ele reage apenas um pouco mais rápida e violentamente do que um homem, em seu cérebro eletrônico, pois as correntes provenientes do cérebro humano são muito fracas, um décimo de volt.

A vizinha piscava agora, intensamente.

— Mas não consegui dele nenhuma reação semelhante às que o aparelho registra quanto a emoções e sentimentos humanos, que são as chamadas ondas da atividade do ritmo teta. Você ficará assombrada se eu lhe disser que Toniquinho...

Ela cerrava os olhos.

— ... reagiu dez vezes menos que um cão, é verdade, mas reagiu, sem nenhuma dúvida.

Ela abriu os olhos, sorriu fatigada, mas ainda com certo heroísmo.

— Acho que acabarei "pescando" alguma coisa disso tudo.

Ele repetiu a sua dose de esquiva ternura:

— Você me está dando sorte. Terei entrevistas seguidas com o ministro da Guerra. Se derem certo, como espero, o Carioca irá submeter-se aos testes na Flórida e depois participará do Congresso de Astronáutica de Roma, caso seja aprovado, como contribuição do Brasil.

Sim, ela começava a compreender. Aquilo não deveria envergonhá-la. Poderia ter até — a questão era aceitar a coisa — orgulho do companheiro. Faria um esforço para "adotar" os seus horrendos filhos cibernéticos. Mesmo porque não havia homem sem estranheza. As do marido... Ele tinha verdadeiro desprezo pelos seus terrores com as tempestades. E ela havia vencido seu pânico totalmente, num heroísmo de amor jamais alcançado. Agora, nem que fosse a poder de tranquilizantes, ela dominaria sustos e pavores daqueles filhotes eletrônicos.

— • —

Se a cunhada, entretanto, sabendo de tudo lhe viesse perguntar "Por que foi que você escolheu esse tantã?", ela não saberia responder sobre seu apego.

Tinha tido na rua, no cinema — principalmente no cinema —, algumas incomodativas atenções masculinas. Teria sido a subida da escada? Provavelmente sim: fora a subida. Mas quem entenderia isso? Sua natureza muito feminina estava inclinada a essa servidão, que nada indaga sobre amor verdadeiro. Muitas pessoas jamais compreenderão isso e nem deverão tentar compreender, pensava.

Assim, achou que iria caminhar naturalmente para um casamento e se vestiria de rosa, levando flores tais como orquídeas, cravos, camélias tintas de vermelho nas mãos, e teria, de toda a família do marido, incorporada, a demonstração mais perfeita da inimizade cordial, com os famosos e terríveis risinhos de debique.

Agora o vizinho saía cada vez mais, e ela se ocupava do apartamento dele como do seu. Compreendia por que no prédio as lâmpadas duravam tão pouco e havia os misteriosos ruídos no aquecimento central. O encarregado do prédio não era tão demoníaco quanto pensara. A culpa seria mais de Toniquinho, das raposas, de suas luzes vitais ou não.

A vizinha acreditava em regras para fazer amigos, em sistemas de boa vontade, que levam à plenitude da vida. Durante a ausência do companheiro fez, ela própria, algumas experiências com as raposas-amantes e Toniquinho. Acabou perdendo até o medo de um dos macacos, o Sepetiba, que tinha reações agressivas, sob determinadas condições — por exemplo, com simples mudanças atmosféricas —; era capaz de flagelar-se, rodando obstinado sobre si mesmo, ou então atirando-se ao encontro do primeiro móvel ou objeto, pois, normalmente, "sabia" contornar todos os "perigos" do seu caminho.

Ela custou, porém, a dominar aquela estranha sensação de desconfiança, de medo de fantasma, que o Carioca despertava. Só o fato de ter de limpá-lo, retirando-o de seu sudário, era o suficiente para produzir arrepios. Mas, com tenacidade feminina, tentava, depois de ter feito com os outros, a "amizade" com ele.

O vizinho dava-lhe a chave do apartamento. Passava por uma fase de excitação tão grande que nem tomava mais, sentado, o cheiroso cafezinho da vizinha.

Repontavam, apesar de tudo, velhos ressentimentos:

— É a tal história... Exército e Marinha. Há desconfianças com o filho do almirante. E há também burocracia no meio, só pelo fato de que eu não tenha feito curso completo de Física, você imagine. Eu, que mereço a confiança do professor Grey Walter! Isto aqui é terra mesmo do complexo de caipira!

Depois mudava, achava o ministro um homem arejadíssimo, e seu humor escaldava de entusiasmo. Mas, com tudo isso, distanciava um pouco a atenção da vizinha, ela sentia.

— • —

Tirou o lençol, acendeu a luz — a chamada luz vital — alaranjada e esperou, recordando vagas coisas das "lições" de cibernética. O Carioca, aquecido, fez o primeiro gesto: abriu o botão.

Então, ela teve um ato de audácia feminina ou de inconsequência dada pela droga: deu uma volta, numa violência contra seu pavor, e puxou totalmente a cadeira.

Pensou que o Carioca estivesse agora desconjuntado, imprestável. Estava caído, como um pneumático velho. Teve um vago prazer e imaginou o que o vizinho diria desse desajeitado teste seu.

Mas o Carioca entrou a gorgulhar por dentro, suas "articulações" tiveram um guincho, e ele se pôs de pé. Como se "visse" também atrás, fez marcha à ré e tornou a ocupar impávido a cadeira, dois metros mais longe.

"Como se chamava o tal raio? Teta? Tepa?"

Ela procurava raciocinar: as raposas se afagavam, o macaco era um sujeito neurastênico e hostil a si mesmo, Toniquinho, um imprevisível brincalhão, mas esse Carioca, até agora, não mostrara nenhuma "personalidade". Talvez o que ele tivesse fosse, só mesmo, tamanho, e essa roupa de viajante da Lua ou de qualquer mundo desconhecido. O companheiro não estaria exagerando suas possibilidades? Resolveu usar sua argúcia rasteira, mas prática, afinal. Sentia-se mais forte depois de ter dado o tombo no Carioca.

"Na verdade" — ela o considerava em sua massa de couros e de metais — "se não tem os tais raios" — e ele já fora mais do que experimentado nesse sentido — "é um aparelho engraçado, porém mais inútil do que o elétrico, de fazer massagem, que guardo no banheiro".

"Os tais tepas ou tetas devem ter uma influência decisiva no comportamento dos viajantes siderais. A dor da separação, o medo de estar sozinho, uma falta doída de gente igual..."

Contemplava a viúva o Carioca e refletia em coisas jamais pensadas de cambulhada com outras: que diriam os colegas da repartição se a vissem nesse momento?

Teve uma ideia para mais uma experiência: abriu a refrigeração, mas não no máximo. O robô fez os barulhinhos costumeiros, iniciou sua viagem para a cozinha. Mas, chegando à porta, hesitou, fez uma barulheira interior. Procurava o seu bem-estar, mas, aparentemente, ainda não decidira sobre o que lhe era mais desagradável: se a temperatura, não de todo fria, ou a hostil e contundente abertura, contra a qual sempre esbarra.

A vizinha aproveitou esse instante de indecisão para chegar junto. Tocou-lhe, com absoluto domínio, o ponto mais sensível: o "pescoço", que reagia ao calor e deveria reagir ao frio.

Passou a mão por ali e fez mais, com um absurdo prazer da descoberta: começou a soprar seu hálito quente junto de onde o Carioca soltava sua "respiração" de fumacinha quando minguara.

Agora não havia mais a contraditória barulheira interior. Dir-se-ia que o calorzinho da vizinha era delicioso para o Carioca. "O robô decidiu não mais sair", foi o que ela pensou, depois de uns momentos em que lhe mandou o bafo tépido.

Ela, depois disso, deu uns passos pelo quarto.

"Agora, sem aquele bom arzinho morno, ele deve procurar a cozinha", raciocinou. Mas, para seu espanto, depois de uma escala de ruídos desconhecidos, o Carioca fez a fácil marcha à ré e se colocou à sua frente, aguardando tranquilo.

— Não vamos acostumá-lo com isso — ela cuidou, um tanto admirada. E virou simplesmente o corpo.

Aí, o Carioca entrou a funcionar sôfrega e ruidosamente, enquanto ela quase ria, já de lado. E com impetuosa brutalidade a garra a alcançou, fê-la voltar-se, dolorida. Não a deixava, como não havia largado a vara de ferro.

Ela compreendeu que não poderia recobrar a liberdade enquanto não o satisfizesse. Bafejou pelo campo sensível junto ao "pescoço" do robô, e os ruídos pouco a pouco foram sendo pacificados. De súbito, ele a largou, e ela, aliviada, desligou o ar-condicionado. O Carioca, longe de voltar para a cadeira, teimava, a seu lado.

Não precisou muito para que ela compreendesse que ele a seguiria como um cachorro: "Estabeleci um reflexo, não é assim que se diz?, como aquele do Toniquinho com a luz e o apito".

Para que o Carioca a deixasse partir, foi preciso que ela o levasse à cadeira e respirasse bastante tempo ali, pondo nele seu hálito de vida. Depois, estando o robô inteiramente quieto, ela o cobriu com o lençol e apagou a luz.

Chegou a seu apartamento com a indizível sensação de uma conquista. E esperou em vão o vizinho, até de madrugada, para contar a novidade. No dia seguinte, ela mal o viu.

O vizinho viera tomar o café de manhã e falava, aos borbotões, num monólogo que só se interrompeu à despedida:

— Só falta convencer o último membro do Conselho... Vai ser hoje! Adeus! Deseje-me boa sorte!

— Boa sorte! Escute... o Carioca...

Mas o companheiro foi surdo como as marionetes da caixa de baile, do célebre exemplo da cibernética. Não houve comunicação possível, senão com o próprio mecanismo que era a atividade burocrática, em torno da oficialização do invento.

— • —

Agora ela experimentava como que um longe de sentimento de posse; até mesmo de um certo orgulho, quando lidava com o apartamento do companheiro. Precisava "ninar" o Carioca, para que ele a deixasse limpar e arrumar em paz. Conjurou até, num dia úmido e chuvoso, os demônios mecânicos do macaco Sepetiba, com a imposição de suas mãos, de calor mágico. "Ensinou", sem apitar, o fugidio Toniquinho a vir para perto. Sentava-se, e ele lhe procurava a sombra da saia.

Quanto ao companheiro — mistério do cotidiano —, tanto mais ela possuía o seu mundo quanto ele desertava do próprio ambiente, entregue às batalhas com militares, funcionários e cientistas.

Naquela noite, ela fora preparar-lhe a cama, como sempre fazia, dobrando os lençóis com tristes pensamentos conjugais. À falta costumeira do vizinho, que ela sentia sem nem saber por quê, teve furiosa vontade de alguma companhia. Se o encarregado do prédio não fosse tão intratável...

Maquinalmente, como quem põe um disco na vitrola, acendeu a luz vital e esperou que o Carioca viesse.

O robô em progressos livrou-se, sozinho, da coberta e marchou para ela. Para distrair-se, ela fugiu umas três ou quatro vezes, enquanto a engrenagem mecânica entrava em estado de superexcitação. Depois, estirou-se na cama, absorta. Seria possível que o companheiro não viesse à hora combinada, uma vez mais? Deitou-se esquecida, quase, do Carioca, que fazia raivosa marcha à ré junto da cozinha. De súbito, ela viu a porta abrir-se e se ia pondo de pé, para receber o vizinho, quando a garra do robô a empolgou. Ela ria. O vizinho entrou rindo, mas ficou sério quando viu o Carioca baixar-se.

— Ele quer... ele quer que eu respire... assim.

Inclinado a meio "corpo", o robô recebia a respiração, mas ainda não afrouxava a garra. Ela bafejava mais e mais, de fôlego curto porque queria rir.

— O que é que você andou fazendo com o Carioca?

— Deixe-me acabar que eu explico. — Ela ria.

Aquele aperto era ainda constrangedor, quando o vizinho calcou em dois pontos atrás da cabeça do Carioca e o imobilizou. Em seguida, arrastou o robô para a cadeira e o cobriu.

— Que foi que andou fazendo? — perguntou o companheiro, de fisionomia totalmente mudada.

— Uns testes, como você chama. — Ela não podia alcançar aquela zanga súbita. — Alguma coisa de mau aconteceu... O ministro...

— Nada disso. Conte-me o que fez.

Era difícil, no momento, dizer todas aquelas mudanças que considerava como pequeninas vitórias. Da maneira pela qual ele lhe fazia perguntas, aquelas aquisições agora a envergonhavam. Ela começou a dizer qualquer coisa, e, de súbito, a luz apagou. Acendeu, então, a vela, sentou-se junto e começou a explicar-se:

— Não vejo o motivo de tanta zanga. Você poderá fazer o mesmo...

E com inabilidade de mulher que diz infalivelmente a palavra certa para que o último grau de exasperação seja atingido:

— Até parece que você está com ciúmes, será possível? Meu marido também era tão ciumento que não permitia que eu abraçasse o travesseiro. Dizia... dizia que eu fazia uma cara indecente...

Riu sem graça e viu que ele se escondia além da claridade, apertando as mãos brancas, que se recortavam, nervosas, nítidas, na sombra.

Toniquinho deslizou de seu canto e, em vez de rodar, bêbedo de prazer, sob a luz fraca, enveredou por entre as pernas da viúva.

— Espere — disse ele —, o que você fez também a Toniquinho?

— Gosta de ficar aninhado debaixo do meu vestido. Há algum mal nisso?

Ela tomou a tartaruga e a colocou sobre seus joelhos, fazendo-lhe festas:

— O que acontece é que agora eu me dou bem com todos. Até com Sepetiba... E tudo isso eu fiz só por você.

A voz desafinava, minguava, e ela sabia.

O vizinho foi à janela, acendeu o cigarro, voltou. Queria começar qualquer coisa, mas estava tão perplexo que se agitava apenas. Depois de algumas indecisões, em que ela experimentou a desagradável sensação de ser julgada por ele como vândala — tão desoladora e triste era a impressão do companheiro —, a luz acendeu novamente, e ela pôs Toniquinho no chão. A tartaruga correu para seu esconderijo.

Ela estava assustada, os olhos já plenos d'água, mas tentava ser simpática, procurando acertar o motivo daquele desentendimento:

— Experimente você com o Carioca. É só ligar a refrigeração, no médio, e depois bafejar no "pescoço" dele. É do calorzinho que ele gosta. Você verá.

Com movimentos bruscos e passadas nervosas, ele foi até o comutador do aparelho de ar refrigerado, abriu e esperou. O robô, com lentidão e dignidade, saiu da cadeira, passou por ele e foi direto à viúva.

— Venha aqui — disse-lhe ela. — Faça como eu.

E, enquanto a vizinha se arredava, ele baixou e respirou sobre o Carioca, que, incontinente, fez marcha à ré, procurando-a. Por fim, alcançou-a, prendendo-a, rígido, em pleno estertor dos seus ruídos de impaciência.

— Desligue, por favor — rogou ela.

O vizinho tocou atrás da cabeça do Carioca e o paralisou. Estava no auge da cólera.

— Sinto muito — disse ela com voz de menina —, mas, em vez de você ficar tão zangado, por que não me explica, não diz o que foi que fiz de mau?

Arrastado o robô para a cadeira, e já coberto, o vizinho ia sair novamente.

— Não — disse ela interpondo-se à sua passagem e fazendo apelo a toda a doçura de que era capaz —, primeiro você tem de dizer qual foi o meu erro. Que prejuízo, enfim, eu lhe dei? — Com voz mais baixa: — Juro que pensava que você ia ficar até muito satisfeito com as nossas relações.

— Dizer a quem não tem a mínima ideia, o mínimo respeito por uma criação de cibernética? Mas eu não lhe contei que o Carioca vai ser testado agora nos Estados Unidos, que vai ser treinado para pilotar? E justamente quando eu o considero pronto você lhe põe um reflexo que poderá desmantelar tudo! Isso, exatamente, na véspera da partida!

— Por favor, lembre-se daquilo que você me disse sobre os raios tetas ou tepas, não sei mais. Se ele gostar de uma pessoa...

O vizinho fazia um ar de escárnio.

— ... também não oferecerá maior interesse nos testes?

— Não, minha cara — e ele agora continuava sarcástico —, o que nós remeteremos como o envio do Brasil, e você deveria ter pensado mais na importância nacional do invento do que em sua pequenina satisfação de doméstica, será um robô inteiramente viciado.

Ela ria já, por entre lágrimas, e ele perdeu a última possibilidade de controlar-se:

— Você ainda ri, sabendo que poderá ter estragado irremediavelmente o Carioca?

— Ele se esquece. Tem de esquecer. Você criará outros reflexos.

— Mas como, criatura, se um robô nunca se esquece, e tudo nele fica registrado?

Ela, de costas para a porta, procurava acariciá-lo, dominá-lo, enfim, com suas mãos capazes de aplacar Sepetiba.

— Tenho que sair. Preciso pensar sobre o que isso poderá determinar de mudança nas reações de controle do Carioca. Terei de preparar um novo relatório para o dr. Grey Walter. Talvez seja necessária uma modificação no cérebro.

A inabilidade simpática da vizinha tocava as raias da loucura:

— Quem sabe? Se houvesse alguma mulher, assim como eu... na base...

Firmemente, ele afastou-a do caminho.

— • —

Eram quatro horas da madrugada, e ela fixava o mostrador fosforescente do relógio quando ouviu os passos do vizinho no corredor. As doses do tranquilizante não lhe haviam proporcionado sequer minutos de sono. Divagava no escuro. Havia perdido o companheiro? Não. Aquilo fora um desentendimento tão estúpido que a situação não poderia ficar assim. Procurava, reunindo trechos de filmes, imaginar o comportamento do Carioca na câmara de pressão, diante dos cientistas, e o robô entrava e saía de filmes e se engraçava com a primeira cientista bonita que ela vira numa fita do Metro. Manchetes cobriam um terço dos jornais: "O Carioca prefere as mulheres", e gargalhadas urravam.

Em seguida, afastava esses pensamentos. Vinha-lhe uma tardia compreensão, alguma coisa lhe subia à tona; era uma sorte de presciência: "Ele não teve ciúmes de homem. Teve ciúmes de pai. Acha injusto que o Carioca me prefira, que Toniquinho 'goste' do meu aconchego, que Sepetiba fique em paz só com o toque de minhas mãos".

Preocupou-se. Deveria ir procurá-lo agora? Talvez se ela tivesse a oportunidade de um instante, pudessem até discutir, num momento de amor diferente, sem conversa de bem-querer, como naquela vez. Com esse companheiro, todas as relações viravam esquisitices.

Havia já meia hora que ele chegara, quando ela não suportou mais o remoer dos pensamentos. Vestiu o roupão, atravessou o corredor e viu luz sob a porta.

Estava tão transtornada que ficou indecisa, lembrando-se do Carioca à porta da cozinha: "Não sei como também já não estertoro em perplexidade!".

Encostou o ouvido na madeira, o coração bateu desenfreadamente, pois reconheceu, de pronto, o ruído de todos eles. Eram as vozes mecânicas mais contundentes de Sepetiba, mais doces das "primas", mais intermitentes de Toniquinho. Eram as expressões dos delicados mecanismos, com pequenos arrancos, dos coelhos. E era, principalmente, a nervosidade dos movimentos dos "joelhos" e da "barriga" do Carioca.

Ele se havia reservado uma sorte de balé, de Sabat, de suas criaturas e se comprazia com todas elas, como o rei de outro reino animal.

Com toda essa movimentação, ele jamais poderia perceber que havia alguém chorando atrás da porta. Alguém que agora retomava em desalento o seu caminho.

— • —

Ela saiu de óculos escuros, mas, assim mesmo, a claridade da manhã feriu seus olhos doentes de falta de sono. Ao desembocar na área, viu um tropel de gente que vinha espiar a movimentação de um grupo de soldados, levando, do interior do prédio para a calçada, a enorme caixa do Carioca com os dizeres: "Frágil. Frágil".

Dessa vez, havia uma enfática honra militar. Já lá fora, outros soldados aguardavam junto de uma pesada viatura do Exército.

O Carioca partia para a aventura dos testes, para a viagem sideral? Sentiu a garganta fechada e se abateu sobre ela um cuidado, assim como de uma ternura ofendida, de alguém ao ver embarcar seu cão num engradado, sujeito ao sofrimento de uma longa viagem. O Carioca partia, e ela rememorava: "Um robô nunca se esquece".

Ela experimentou, depois de ter visto partir o Carioca, um desejo de ver o outro, aquele que, por sua natureza, sempre se esquece! Não se importaria até de faltar à repartição. Entrou no elevador e só desta vez reparou que as esteiras haviam sido retiradas. Um homem uniformizado atendeu-a, antes de subir:

— Madama é do décimo segundo andar? Eu sou o seu porteiro.

— E aquele nortista?

— Foi mandado para uma construção da Companhia, na Tijuca. Eu me chamo José, sim senhora, e estou às ordens.

Chegou ao seu andar e foi diretamente ao apartamento do vizinho. A porta estava escancarada. Lá no fundo um homem desconhecido arrumava os coelhos, o macaco, as raposas e Toniquinho numa caixa. Era um sujeito despachado, metido num avental branco com manchas de café, numa atitude impertinente que fazia mal.

— Então, é a dona que mora aqui neste andar? O patrão me mandou também apanhar a chave que está com a senhora.

O coração dela diminuiu, encolhendo no peito. Ela já não tinha mais nada em seu lugar e ia desfalecer. Mas reagiu, e seu motorzinho entrou a funcionar: devia ser um engenho que se comportava segundo o modelo preestabelecido.

— Mas onde está seu patrão?

— A essas horas já deve estar no aeroporto, esperando o avião militar. O tenente que veio buscar a caixa atrasou um pouco. O patrão mandou pedir muitas desculpas, mas disse que, como vai ficar dormindo no laboratório, esses — bateu sobre a caixa — ficam mais bem guardados por lá.

Ela abriu a bolsa e tirou a chave, entregando-a sem dizer palavra. Agora voltava as costas àquele quarto que via, assim mesmo, como o Carioca, antes de dar marcha à ré. À direita estava a tomada onde Toniquinho matava a fome. À esquerda, a vela, ao lado da cama, em que fora infiel à memória do marido. Deixava o campo que florescia com o círculo de luz mágica, capaz de atrair a tartaruga a derivar para o aconchego de sua roupa. E lá, bem longe, largava a luz vital, que punha o Carioca em marcha — Carioca, o robô que nunca se esquece e que provavelmente seria submetido a uma operação equivalente à lavagem do cérebro.

Deu uma paradinha em seu apartamento, só para banhar o rosto escaldante e tomar mais uma dose de sedativo. Depois, desceu. Ao passar pela área, viu a chegada de duas famílias: uma era a de um senhor calvo, com três crianças, a babá carregando dois vasos de avencas e a senhora transportando, piedosamente, a gaiola dos papagaios em gritos histéricos diante da novidade; a outra era de gente estrangeira: uma velha senhora levava o cachorrinho, pela corrente, um homem, possivelmente seu filho, carregava um saco, de onde se desprendiam pungentes miados, e uma mocinha transportava um cachepô antigo com begônias ruivas. Era a irrupção da vida, de quente vida humana, naquela manhã de verão.

Mas a primeira moradora do prédio, atordoada, como que estranhava os novos inquilinos. Ela, que tanto desejara ver povoado o edifício, com crianças batendo bola sob as colunas e plantas alegrando as sacadas, achava intempestiva a mudança.

Transpôs a margem da calçada, onde homens em macacão desciam, de um carro de transportes, uma voluptuosa cama Luís XVI, contando sobre indissolúveis apelos conjugais.

Voltou-se uns segundos, desnorteada. Tomou, depois, o rumo de seu ônibus e pediu ao sol aberto, aos seres de carne, da manhã plena de seiva, que conjurassem suas doloridas saudades de coisa alguma.

# ELES HERDARÃO A TERRA

## A Helena Silveira, à sombra de nosso pai

Havia pensado que a solidão seria bem suportável, que afinal eu me parecia com meu pai, aquele bizarro sujeito que encontrara a vocação no farol da Ilha de Mola, à vista de Guaratiba. Durante os meses de chuva, afeiçoara-me àquela convivência com o velho, naquele imenso tubo que era nossa casa e onde, para sair de cada peça, se teria de agarrar o corrimão. Foi então que compreendi que o desamor de meu pai por minha mãe, e também por sua segunda mulher, à distância se acalmava. Ele gostava de considerar as coisas de longe:

— Veja você... quando a gente avista a cidade daqui, tudo fica perfeito. Nem miséria, nem sujeira de rua, nem lama nas coisas e nas pessoas. Essa grande cínica, de longe, vira mulher honesta. Até me esqueço dos falatórios do mulherio. Compreendo agora as pobres, são doentes de medo. Mulher fala demais porque vive apavorada. Não gosta de ficar sozinha, então enche o silêncio, tapa as ausências com a fala que Deus lhe dá. Ô raça disfarçada, essa!

Estava tão pacificado que um dia, amornado pelo vinho — bebido um tanto mais do que seria justo para os seus sessenta e quatro —, desapertou a alma, enquanto fazia a barriga saltar do cinto:

— Rapaz, já estou tão melhorado por dentro que sou bem capaz de mandar buscar a Tudinha. Você, afinal, nem conhece direito sua irmã! Quem sabe se a menina nem nos aborrece tanto assim? Depois, que diabo! É meu sangue e não pode ser tão burra quanto a mãe! Além disso, ando com uns... bem com umas ideias cá na cabeça... Toda a minha gente rebenta do coração. Nesta vida de macaco, subindo de galho em galho, sei lá o que me está reservado?

Foi assim que Tuda nos veio fazer companhia. Lembro-me da alegria que trouxe, quando a avistei de cima do rochedo e a vi descer no cais, ajudada pelo Piquira, o único empregado de que meu pai dispunha. Pareceu-me um passarinho de cabeça vermelha, empinando a boina, a capa de borracha aberta, voando. Fez-nos sinais para que não descêssemos: do cais ao farol eram cento e cinquenta degraus cavados na rocha viva. Nós a esperamos no meio do caminho e a trouxemos com a alegria de quem guarda um brinquedo.

Ela era esbelta, nervosa, o estímulo que parecia ter desertado daquelas lonjuras:

— Mas como tudo está tão bem arranjado! Juro que pensei que homem vivendo sozinho desse em mau cheiro e desarrumação.

Naquele dia, mais tarde, quando o velho se encarapitava na cozinha acima de nós, a preparar um pato de sua criação com molho de vinho, ela chegou a mim, confusa, e rapidamente disse:

— Você não se iluda, Marcos. O velho me chamou porque sabe que vai morrer. O meu padrinho também tinha, antes de ir embora — e ela calou-se um pouco, receosa —, essas distrações, esse modo de andar sem despregar os pés do chão, como se a terra quisesse agarrar o que vai ser dela, afinal. — Persignava-se: — Mas Deus nos livre e guarde...

Entretanto, o velho não era a figura trágica de quem chama os filhos para dizer adeus. Colecionava anedotas do "Conselheiro XX", lia e relia antigos almanaques e, em tradução portuguesa, tinha completa a coleção de Paulo de Kock. Ele contava episódio após episódio, de cambulhada com encantados comentários, e, às vezes, ria tanto que nem chegava ao fim da narração. Nós ficávamos esbulhados, mas ele era feliz — feliz pela bebida, pela ausência de vizinhos e, principalmente, por umas tantas descobertas que havia feito e lhe davam novo sentido à vida.

Acho que se impeliu para estudos do céu, de tanta raiva que tinha da gente da terra. Começou com uma velha astronomiazinha "popular" de Flamarion, foi ficando mais exigente e, com as facilidades de que dispunha, ajeitou para seu uso lunetas e cartas celestes, naquelas solidões da Ilha de Mola. Minha irmã estranhou aquele varrer de luzes contínuo, que nos excitava um pouco sempre ao começo das estadias no farol. Era no quarto, contudo, que se via menos aquela luz a varar os mares. Eu também havia padecido de insônia em meu canto da sala de jantar, agora transformada em dormitório por meu pai que cedia à filha o melhor aposento da casa, o mais próximo do chão. Os raios do farol incandesciam a mata brava, fechada, tão tofuda e tão áspera, além dos penhascos, devassando-se interminavelmente. Os antecessores de meu pai haviam apenas cortado algumas árvores, mas ninguém tivera coragem de abrir picadas na espessura da floresta. Para onde levariam elas, se a vida era o farol? E os jatos de luz mostravam desvãos da rocha, faziam viver insetos, acordavam pássaros, remexiam e espertavam a noite. A luz não deixava dormir a ilha; era um eterno suceder de claridade e de sombra, como antes do primeiro dia da Criação, quando Deus separou as trevas da luz, para o grande apaziguamento do Universo.

Numa noite de inquietação, o velho percebeu que a filha estava acordada. Levou-a para suas explorações celestes. Tuda ficou vivamente contaminada por aquela paixão do céu. O pai mostrava-lhe Júpiter e as suas luas, dava-lhe a face de Marte com leve calota polar para observação e, por estar a Lua em seu crescente, e propícia a investigações, assentou as lentes sobre aquela paisagem devastada de fim de mundo, abrindo uma perspectiva diferente para o sonho de minha irmã:

— Agora eu acredito na Lua. Antes, para mim, ela era maluquice de namorado ou de quem faz poesia. O que estava lá por cima, que os outros chamavam de Lua, nunca me interessou até agora.

Um dia, ela me perguntou:

— E se nós pegássemos esse farol para mandar sinais?

Eu me ri com aquela inconsciência:

— Bem razão tem meu pai de dizer que mulher é bicho doido. Existem leis severíssimas. O farol é para funcionar assim como você está vendo. Nada mais nem menos do que isso. O resto é cadeia.

Ela fez um ar de desapontamento e disse:

— Então para que o velho estuda esse negócio de sinalização? Até eu mesma já aprendi nos livros dele.

E, quando Tuda acabava de dizer isso, meu pai despencou na sala muito zangado:

— É o que se ganha, minha filha. Você também, como as outras, não merece confiança. Não tem um mínimo... — ele procurava, arquejando, e já dizia: — ... um mínimo de juízo. O que passa pela cabeça, a boca despeja.

Pensei que Tuda chorasse. Simplesmente, com ar muito atrevido, encarou meu pai e disse:

— Eu não gosto nada de mulher também. Só que as minhas razões são bem diferentes das suas.

Os dias iam passando, e Tuda movimentando, vivificando o nosso isolamento. Até Piquira ficara enfeitiçado, degustando sua admiração com a boca mole, desdentada, e os olhinhos de rato assanhado. Largava o serviço no poço do farol para, inteiramente escravizado e feliz, pescar siris com ela na praia de seixos e areias negras, coberta de bruma do mar batido. Eu deveria chamá-lo vezes sem conta:

— Piquira, olhe isto, olhe aquilo... Há dois dias que você não limpa os metais!

De manhãzinha, Tuda avisava:

— Quem olhar para a praia, o Diabo fura os olhos!

Ia nadar despida, tão corajosa naquelas águas bravias que meu pai sentia orgulho — porque a filha não era medrosa e frágil como toda mulher.

Depois de uns dias de chuva, o céu clareou tanto que as estrelas fagulharam mais perto. Habituado, já, àquela claridade vadia, o velho pacientemente aguardava as trevas para poder fazer suas observações. Nós estávamos, minha irmã e eu, jogando baralho na salinha atulhada de lembranças que se foram acumulando com o correr dos anos por meu pai — recordações de visitantes, presentes antigos e novos, objetos que ele comprava só pelo prazer de adquirir qualquer coisa na cidade —, quando lá no patamar, acima do farol, estrondou a voz do velho.

Em breve, ele barafustava pela porta. Nós ouvimos suas passadas — e íamos acompanhando a sua degringolada nervosa —, até que finalmente desabou pelo corrimão da sala e chegou tão esbaforido que mal pôde articular qualquer coisa. Tuda deu-lhe um copo d'água, e ele o empurrou porque tinha pressa em contar. Gesticulava, murmurava coisas sem sentido, apontava para o alto, ria, ria muito e, de súbito, levou a mão ao coração. Apertou o peito como contendo aquela fúria que se extravasava. Agarrou-me a mão e a de Tuda e disse só estas palavras:

— Eu consegui... eu consegui...

Depois, quis falar qualquer coisa ainda. Notei que seus traços, de repente, afilavam, escureciam nos cantos. Começou a suar, derreou-se sobre uma cadeira, parecia querer recuperar um pouco o ânimo. Chegamos a imaginar que ele havia conseguido superar o mau momento, porque ainda riu um riso fraco, riso a que sucedeu a máscara fixa com um ricto de dor. E depois foi apenas o amolecimento de corpo que se entrega, que não pode mais lutar. Pendeu o tronco para diante, resvalou. Tuda ergueu-o piedosamente, mas natural, como quem soubesse o que iria acontecer. Colocou-o docemente na cadeira, beijou-lhe a testa e me disse, severa, sem tremer, como daquela vez:

— O velho foi homem. Foi mais homem que você!

Entendi que ela se referia a uma provável insubordinação, como a um ato de coragem.

Mas a quem mandaria esses pretensos sinais? A quem? E de que modo? Pacificamente, o raio certo e nítido, duas vezes claro e uma sanguíneo, volteava seguidamente e varava a imensidão da noite. Não fora utilizado o jato do farol, ah, isso não fora...

Supus que o uso imoderado do vinho no jantar houvesse provocado aquele desfecho. Viajava agora meu pai de uma solidão a outra.

No dia seguinte, deveríamos enterrá-lo ali mesmo, ao lado do farol, como sempre desejara ficar. De minha parte, seria unicamente necessária uma pequena atividade burocrática na cidade e nada mais. Também deveria pedir um substituto e mandar Tuda de volta. Foi o que fiz afinal e então conheci amplamente aquela solidão profunda, imensa, varada noite após noite pelas rajadas luminosas do farol.

Meu pai está ali enterrado ao pé da rampa, junto da sepultura da mulher do último empregado. Em torno dele as vozes do oceano, o grasnar das aves, e o mar e o céu se entrosando em seus mistérios, em seus apelos de abismos.

— • —

Passei alguns dias em trabalhos miúdos, atento ao imenso cenário que se descortinava do farol. Esperava o novo funcionário com certa sensação de antagonismo, se bem que agora ansiasse por abandonar aquele mundo de desolação. Minhas distrações eram poucas: polir metais, cozinhar, observar ao largo a passagem de cardumes, os saltos dos peixes, os pescadores em sua faina e, vez por outra, vislumbrar alguma lancha vadia que passasse por ali. Meu pai tinha sua estação de rádio para amadores, mas achei essa ocupação algo extremamente enervante. Tentei distrair-me com ela e cheguei à conclusão de que todos os radioamadores só falam de seus próprios aparelhos, se estão ou não em bom funcionamento, o que lhes falta, e de que não há nada mais insípido e incapaz de produzir sensações do que essa aparente "revelação" de pessoas longínquas que se buscam. Todos pareciam da mesma família, comentando com falas desmaterializadas e impessoais, no mesmo tom, melhorias técnicas ou, para variar, discorrendo sobre o tempo. Mais do que a presença do velho, agora fazia-me falta Tuda, com seu riso, sua compreensão feminina, aquele gosto na amizade fraterna que viera conhecer tão tarde na vida.

Certo dia, acabava de lavar a louça do almoço, quando, deitando um olhar já meio amolecido pelo sono, a que me entregava em meu ócio todos os dias àquela hora, vi que a lancha de Piquira estava chegando ao exíguo cais do farol. Imaginei que já fosse o novo empregado, mas, com grande surpresa, em breve apareceu a cabecinha vermelha de Tuda, sua capa de borracha esvoaçou ao vento e logo avistei três sujeitos, dois dos quais desceram com grande dificuldade. Diziam-se de uma Comissão do Ano Geofísico, que esperava estudar a ilha como base para certas observações sobre correntes marítimas, pesquisas de determinada cadeia vulcânica, da qual Mola seria o pico mais alto. Um dos visitantes era ruivo, barbudo, espinhento, o largo paletó cheio de nódoas e caspas, e insistia sobre inscrições de raro valor que existiriam nos penhascos da ilha, testemunhando sobre velhas civilizações. Esse era falante, pois o companheiro, apresentado também como geógrafo, era mudo e desligado em sua atmosfera particular, de míope e enfezado. O último se disse amigo de meu pai. Conhecia bastante o farol. Era pernalta, descansadão, molenga. Tuda animadamente acompanhou os homens, primeiro ao farol, como dona de casa. Depois, saiu com os geógrafos, e eu percebi o maravilhamento deles. Ela era uma dessas moças tão femininas que a simples presença de um estranho pode perturbar, tirar-lhes a naturalidade. Notei que Tuda ficara diferentíssima: mais bonita e ágil, falando mais alto, estremecendo por pouca coisa. Os dois sujeitos só tinham olhos para ela. Duvidei muito de que o barbudo e o outro viessem apenas munidos de interesse científico. O "amigo" de meu pai disse que ia dar uma espiada "lá em cima". Subiu desembaraçadamente, enquanto Tuda e os seus dois companheiros desciam ao penhasco, tiravam fotografias, partindo dali para a praia, onde os cientistas continuaram as explorações. Desconfiado, vigiava aquele estranho visitante: cordial, mas um tanto superior em sua intimidade, procurando qualquer coisa pelas prateleiras, abrindo até uma gaveta de meu pai. Fechei-a, acintosamente, e perguntei por fim, bastante irritado com aquela sem-cerimônia:

— O senhor era mesmo assim íntimo de meu pai?

Ele deu um risinho meio cínico:

— De seu pai e da Polícia Marítima. Esqueci-me de que você é novato aqui e não sabe que devo fiscalizar isso tudo. Até é melhor que se retire, para que eu fique mais à vontade.

Era verdade, sim, e ele mostrou seus documentos, com o ar cansado de quem deve explicar as coisas muito bem explicadas a crianças. Desci, fui para o quarto e, de lá, avistei o grupo na praia: Tuda gesticulando, ladeada pelos dois sujeitos. Senti uma ameaça qualquer, mas ainda não a poderia precisar. Um pressentimento desagradável apenas. Uma hora depois, o investigador encerrava suas pesquisas, pedia-me cigarros e tentava certa conversa muito especial comigo:

— Felizmente, para a memória de seu pai, nada foi encontrado. Houve uma denúncia, muito séria, aliás, de que ele se aproveitava do farol para orientar contrabandistas. Encontrei tudo em ordem. Há, entretanto, umas coisas esquisitas em seu caderno de apontamentos...

Conhecia bem esse livro onde meu pai, habituado a longos monólogos, discorria sobre o tempo, os gêneros recebidos, as fases de Vênus, tudo de cambulhada com pequenas anotações sobre a própria saúde. Era um falar alto grafado no papel. O sujeitinho colocou o dedo comprido, de unha preta, num meio de página: "Desta vez, eles atenderam. Era apenas um sinal lá longe, mas, de repente, aquela luz cresceu e se aproximou tanto do farol que eu pensei que a coisa se espatifaria contra a torre. Cheguei a deslizar para o poço. Era o pânico. Tão grande aquela visão que, de ambas as janelas, se avistava...".

— Uma vez — disse o visitante —, encontrei seu pai embriagado, sozinho aqui nesta sala. Quase dei parte dele. Depois tive pena. Mas isto aqui, esta "coisa" que aparentemente iria tocar no farol só pode ser... bebedeira. — Acendeu outro cigarro. — A não ser que se seja tão maluco a ponto de acreditar... — Ficou zangado consigo mesmo e impediu a boca de declarar tão grande tolice. — Todas estas coisas misteriosas, que aparecem no mar e no céu... a gente, prestando bem atenção, viram... muamba. Mas, no caso de seu pai, coitado!, isso devia ser bebida.

Baixei a cabeça. A sensação de opressão começava a tornar-se intolerável. Olhei para a praia, via-a deserta. Lá longe, as árvores principiavam a balançar. Imaginei uma tempestade, e aquela gente presa no farol conosco. Voltei-me para o funcionário da Polícia Marítima:

— Vem tempestade. A travessia pode ficar perigosa!

Minutos depois, de nariz vermelho, ruborizada pela animação, pelo vento e, principalmente, pela companhia, Tuda barafustava na sala, dizendo que iria fazer chá, que eles precisavam tomar qualquer coisa antes de ir embora. Os homens estavam iluminados. Até aquele que, primitivamente, era o mudo se mostrava eufórico. Conversavam sobre as descobertas que fizeram, trocaram algumas impressões muito técnicas, muito difíceis para mim, sobre a flora da ilha, depois bem se largaram sobre duas espreguiçadeiras, com jeito de donos de casa. Em breve, Tuda servia chá bolorento e roscas velhas aos três visitantes. Eles saboreavam aquilo de olhos brilhantes para ela, frágil, magrinha e, no entanto, feita um perigo agora, um perigo tão diferente daquela bondade que antes representava. Achei detestável a amizade fraterna, achei odioso ser irmão de uma pequena que parecia pôr em ebulição os sentimentos de masculinidade de quantos se aproximassem dela. O fiscal interpretara a minha casmurrice de outra maneira:

— Rapaz, não se assuste. Está tudo legal, entendeu? Tudo legal.

E só à noitinha, por mais que eu avisasse que a tempestade vinha mesmo, foi que eles partiram.

Tuda tencionava também voltar, como se a ilha, agora, representasse para ela um simples passeio. Retive-a, irritado com aquela camaradagem tão incompreensível de minha irmã com os estranhos. Ela não se zangou. À noite, quando ficamos sozinhos, foi que seus olhos aumentados me confiaram o segredo:

— É muito dura para mim a ausência de papai. Só queria ver você. Lá longe, era como se ele estivesse vivo. Cada raio do farol me falava dele. Aqui, a morte é tão sabida que a gente não pode fingir.

Combinei com ela que o Piquira iria levá-la no dia seguinte. Não podia permitir que ficasse tantas horas em companhia de desconhecidos. Tuda teve um comentário irritante:

— Eles são muito científicos —disse. — A gente aprende muita coisa. Você nem imagina quanta coisa eles me ensinaram... — Tornou a rir. Compreendi o ódio do velho pelas mulheres. No entanto, como eu queria bem a essa irmãzinha que me fora entregue, como moça feita, um belo dia, por meu pai! Aquela tempestade que eu tanto anunciara afinal veio, e com violência tremenda. Tuda parecia aterrorizada, mas não quis mostrar medo:

— Você vai ver que estopada! Enquanto fizer esse mau tempo, Piquira não volta. É capaz de nem voltar amanhã.

Não voltou mesmo, o preguiçoso. Nem com céu azul e tranquilidade das águas. Tuda me veio acordar, beijou-me sem nenhum ressentimento e depois, rindo, disse a sua frase costumeira:

— Quem olhar para a praia, o Diabo fura os olhos!

— • —

Enquanto eu fazia a barba — a presença de minha irmã me obrigava a certos cuidados antes relaxados —, Tuda chegou vestida a meio, os cabelos escorridos a pingar água sobre a blusa que ainda abotoava:

— Tem um paraquedas aberto, lá embaixo. Deve estar preso nas árvores. — Palpitante, puxou-me pela mão: — Veja, lá está. — E muito constrangida, tal se fora pega em culpa: — Eu senti. Juro que me estavam espiando. Virei a cabeça com aquele baque aqui dentro — apertava o coração — e vi lá longe aquele paraquedas.

Procurei divisar o paraquedas de que falava Tuda. Devia ser um pedaço de rocha, lampejando ao sol, por entre as árvores:

— Veja, meu bem. Você acha que um paraquedas podia ficar sempre imóvel, aberto sozinho? "Ele" não está em cima das árvores, está entre as árvores. Venha tomar seu café, e depois vamos ver essa novidade que você descobriu. Mas por que essa tremedeira? Do frio? A água devia estar gelada... Ou foi susto mesmo?

— Ando nervosa. Tive esta noite um sonho tremendo.

— Conte.

— Não posso. Tenho vergonha. É uma coisa feia. Mas... não é como você está pensando. Foi um sonho com espíritos... — Bateu na boca e disse rápido: — Deus me livre e guarde, amém. — Compunha-se depressa. Ao terminar de arrumar o vestido, sacudiu os cabelos e me apanhou pelo braço: — Em vez de café, vamos tomar um pouco de rum com leite, como o velho gostava?

Aceitei. Se Tuda fosse homem, eu gostaria até de me embebedar com ela, como fazia com meu pai. Desde a véspera, sentimentos contraditórios me possuíam. Não confessara à irmãzinha, mas também tivera sonhos estranhíssimos, com apelos de almas que me queriam levar para distâncias incomensuráveis. Chamavam-me, e eu sabia que, se correspondesse, rolaria num precipício, seria possuído por uma voragem. Era um pesadelo que jamais tivera. Tuda serviu o leite, que eu já havia aquecido, despejando, porém, em cada caneca de ágata quase três dedos de rum. Sorvemos a mistura vagarosamente, roendo as bolachas duras. Quando viria Piquira com a nova ração? Tuda, que eu pressentia palpitando ao alcance de minha mão, como bicho assustado, pouco a pouco foi ficando colorida, radiosa, segura. Terminado o leite, bebemos mais um tanto de rum puro. Tuda virou a cabeça de ave, circunvagou o olhar pelo aposento e disse, servindo novamente:

— O velho está mamando a bebida por nós!

Recordei-me, então, daquele trecho das anotações de meu pai. Referi-me a elas. Tuda chegou os olhos bem perto dos meus:

— E você não acha que poderá haver uma relação entre isso e aquela espécie de paraquedas, ou que diabo for, lá no meio das árvores?

Dei uma risada curta, depois quedei pensativo: "Mulher tem cada ideia!".

Resolvi espiar pela janelinha a coisa mais uma vez. Então vi que um vulto magro, vestido de cinza, subia airosamente, em grandes e leves pernadas, a escadaria do farol. A rápida ascensão durou um nada. Quando nós abrimos a porta, ele já estava lá.

Tanto aquele rum matinal me subira à cabeça que não pensei em tomar precauções contra a exótica figura. Procurarei descrevê-la com maior fidelidade, enquadrada à porta, altíssima, cercada pela paisagem de verde e azul intensos. Seu vulto semelhava uma fotografia enorme e descolorida, um cartaz escorrido pela chuva. Era estranhíssimo, vestia-se... como? Poder-se-ia chamar de batina àquela veste estreita que descia reta, modelando-lhe as pernas, mas com tal flexibilidade que poderia dar as longas e aéreas passadas? Tudo nele era cor de couro curtido: o rosto, até os cabelos. Faltavam-lhe viço e relevo e, no entanto, não havia dúvidas, não era um fantasma, era gente como nós. Soprados pelo vento, os cabelos descoloridos se agitavam em mechas. Olhava-nos fixamente, e sua mão que parecia um galhozinho seco — seus dedos eram longos, jamais vira dedos iguais! — acenava para nós. Aquilo podia ser uma saudação ou seria o quê? Mas Tuda não perdeu tempo, vermelha como lacre, depois do excesso de rum. Saltou da cadeira, caminhou jovial para o recém-chegado, foi pegando aquela mão murcha e comprida com a mais cordial camaradagem:

— Uai! Então o senhor é que é o paraquedista? Mas que roupa mais esquisita!

Puxou-o, naquele excesso de pressão de amabilidade, fê-lo sentar-se. Reparei que seu olhar era sempre fixo, não evoluía naturalmente de direção, antes passava de um ponto a outro, com instantaneidade surpreendente. Traçado o rápido movimento, o olhar se fixara, penetrante, duro, e assim eu o via agora focalizar minha irmã. Ela o incentivava:

— O senhor levou um susto, hein? Cair nessas lonjuras... Quer um pouco de rum? Ah! desculpe. Pra susto, água é melhor.

Aquela espécie de padre... parecia, malgrado a facilidade com que subira os degraus e a normalidade de sua respiração, ainda incapacitado para articular uma palavra só que fosse. Movimentou duas ou três vezes os lábios, com enorme esforço. Tuda virou para mim o rosto de alvorada:

— Será que ele é mudo?

Levou a água à boca do recém-chegado. Ele tomou uns três goles e, com dureza de gesto, tão rápido quanto o olhar, colocou a caneca na mesa. Não havíamos visto nem sequer o percurso entre a boca e o pousar na mesa. Quando reparamos, já a sua mão-garra estava aberta junto da caneca. Tive uma ideia muito estapafúrdia: "Este homem deve ser um... um membro da Sociedade de Iogues que se reúne na praia de Bela Face, aqui por perto".

Enfrentei-o na sua calma hierática, sentado na cadeira, como estátua em praça pública:

— O senhor me quer dizer quem é e o que veio fazer?

Aqueles olhos da cor da pele continuavam a mirar-me. Se o uísque me dá doçura, o rum sempre me deu vontade de brigar. Senti uma onda surda de raiva contra aquela intromissão:

— Não é pelo fato disto aqui ser do governo que qualquer um pode entrar.

O visitante nem sequer moveu as sobrancelhas. Fez um grande esforço labial e depois disse:

— Saudaçons.

— O que foi que ele disse? — perguntei a Tuda, que abriu a gargalhada.

— Eu ouvi "saudaçons" — respondeu, sempre jovial, fungando, por não poder parar de rir.

O olhar do homem flechou Tuda. Então, depois de algumas tremuras dos lábios, saiu a nova palavra:

— Amicável.

Tuda careteou:

— Coitado! Não fala português, mas pelo que está dizendo é boa-praça. Será que ele veio da Rússia? — E ela já estava perdendo a naturalidade com a demorada fixidez dos olhos do homem. — Já vi uma reportagem sobre um lugar na Rússia chamado... Kassastan... com gente de roupa parecida com essa.

— Que Kassastan, que nada! Isso está mais é cheirando a contrabando. É capaz do fiscal ter razão! Coisa estranha é muamba.

Levantava-me, em minha suspeita. Mas — seria já o peso da bebida? — as pernas amoleceram, e algo me puxou para baixo:

— Senta — ouvi.

— Que ordens são essas? — disse para Tuda, cada vez mais irritado.

— Você está maluco? — respondeu-me. — Não lhe dei ordem nenhuma.

Levantei-me novamente e ouvi, com a maior clareza:

— Senta, senta já.

A visita continuava como morto-vivo, a me fixar com seu olho de ágata. Seus lábios estavam fechados, quase desapareciam naquele rosto incolor.

— E agora? — disse a Tuda. — Você quer dizer também que não me deu ordens?

— Claro que não.

Imperiosamente, a mesma fala vibrou:

— Espicha, descansa, dorme.

Enquanto isso, aquele homem-múmia continuava a me observar com os olhos sem sombreado algum. Senti uma luz na cabeça, apesar dos vapores do rum.

— Eu bebi um pouco mais do que devia — disse. — Calcule... — Ia contar à minha irmã sobre as palavras que ouvira e que naturalmente ela não poderia ter dito, porque eram palavras que o rum inspirara. Correu-me longa moleza pela espinha. Braços possantes como que me vergaram o corpo. Emborquei ali mesmo na mesa em sono pesado.

— • —

Lutei contra o sono profundo — quanto tempo? Levantava a meio a cabeça, via Tuda. Primeiro, ela estava mais longe, no seu lugar à mesa, olhando a visita, mas os dois sempre parados. Depois, via-a levantar-se... Estaria servindo bebida ao visitante? Mergulhava naquele sono invencível e varava por abismos coloridos, azulados, profundos. Reunia todo o meu sentimento de defesa. Um longe de razão me dizia que Tuda estava sozinha com aquele homem e que ele, decerto, era perigoso. Fui e voltei àquelas neblinas azuladas. Senti uma dor de cabeça terrível, e, quando por fim me vi dono de minha vontade, o estrangeiro — é lógico que ele só podia ser estrangeiro — emborcava a bebida como um autômato, e minha irmã ria às gargalhadas. A luz declinava... Passara tanto tempo assim ou estaria ameaçando chuva? Tuda virou o pescoço branco na risada. Quando terminou, disse-me:

— Você é tão frouxo... O velho teria aguentado muito melhor! Você já viu gente rir dando guincho ou assobio? Nem sei dizer como é, mas espere que ele já vai rir. Espere só.

Fixava-o com graça provocante:

— Com esse jeito de santo antigo, me diga uma coisa... — e apontava para si mesma — você gosta de mulher?

Então ouvi distintamente uma sorte de fervurinha, como o assobio de uma chaleira, a escapar dos lábios descorados do visitante.

— Estou aprendendo com ele também. É mais científico ainda do que os outros. Mas... espere, fique calmo, que você vai entender tudo que ele quer dizer.

Então aquela voz que me intrigara vibrou novamente:

— Calma, calma!

Talvez pensem que tudo que estou relatando seja efeito de bebedeira. Não, não. Naquele momento eu estava absolutamente lúcido. Prestei atenção e verifiquei. Era a minha própria voz que agora me dizia:

— Um erro. O seu pai me chamou. Vim porque ele chamou.

Meu primeiro impulso foi o de gritar-lhe ao nariz:

— O senhor fingiu de estrangeiro, mas está falando tão bem o português! — Mas, com o assombro que me subjugava, compreendi: as palavras não soavam para mim, soavam em mim. Eu mesmo me dizia aquelas coisas, e eu mesmo respondia àquele outro eu:

— Que quer de nós?

— De nós, não. "Nós" quer dizer mais de um, não é?

Senti a cólera crescer contra aquela divagação absurda, que me enlouquecia. E meu pensamento verberou aquela maliciosa resposta, que estalava dentro de mim mesmo com minhas próprias palavras!

— Fale logo com clareza. O que quer?

— Ela — disse simplesmente. — Despachado para ela.

Nesse instante, sem transparecer nenhuma emoção, a visita estendeu o braço reto terminado por aquela mão — agora eu via bem — em que todos os dedos tinham o mesmo tamanho e enlaçou o pulso de Tuda, que repentinamente ficou séria e pálida. Do divertimento passara ao medo. Encolheu-se.

— Tuda — pedi à minha irmã —, vá para o quarto. E, como eu a visse paralisada, arrastei-a escada abaixo, levando-a para lá.

— Virgem Maria — disse-me Tuda. — Por favor, não se zangue com este homem. Ele não parece uma pessoa de carne e osso! — Naquele seu velho sistema, persignava-se: — Deus me livre e guarde! Nós estamos sozinhos — continuou. — O pior é que não basta fechar a casa. — Seus olhos aumentavam, medrosos. — Porque ele, quando quer, entra dentro do espírito da gente, que nem luz varando tudo.

Cerrei a porta, reuni toda a energia e enfrentei aquele visitante fantasma, aquele fantasma vivo. Com bofetões ou signos me veria livre dele. Talvez eu o prendesse no fundo do poço do farol. Sentia-me agora dono de minha força. Afinal, não estávamos tão sós quanto Tuda havia dito. Para uma emergência assim, o transmissor de rádio serviria. Procurei recuperar minha calma. Os vapores de rum se haviam dissipado.

— • —

Pacífico, com o olhar reto de animal sobre a paisagem já escurecida, o visitante estava de pé, os longos braços cruzados no peito. Ao me aproximar dele, como que descobri que crescera. Media, pelo menos, meio metro mais do que eu. Ajuizava então agora a sua extravagante pessoa. Não, eu não teria medo de sua altura. Parecia um doente, com aquele seu perfil terroso. Entretanto, ainda mesmo o vendo de lado, observei que a sua vista tomava um tom avermelhado e sua testa vertia um ligeiro suor. Seria como um começo de vida naquela sorte de devastação.

Quem me ouve há de raciocinar assim: não me parece muito lógico que, em tão pouco tempo e com tanta suspeita, você tivesse lazer para tais observações. Achava-me mergulhado num estado de superexcitação, em que tudo toma um relevo esquisito. Esperava usar da violência que sua empáfia merecia. Vertiginosamente, a sua figura se deslocou da janela para mim. Os dedos possantes e finos, escuros, enlaçaram-me o pulso. A sua face árida e suada cresceu, quase colada à minha, o olhar avermelhado procurou o fundo de meus olhos:

— Amicável... amicável...

Isso ele disse. Arrastava-me com força singular para a porta. Talvez não fosse sua força, mas como que uma incoercível adesão de meu corpo àquele aperto de seus dedos finos em meu pulso. Não compreendi minha súbita fraqueza. Reagi, desvencilhei-me. Obscuramente, aceitava que aquele homem tivesse armas invencíveis. Não, eu destruiria essa absurda impressão. Minhas mãos estavam moles, mas, quando se soltaram, agarraram o primeiro objeto que estava perto: uma jarra. Com violência, atirei-a sobre o rosto do indivíduo. E foi como se eu batesse num boneco, porque nem ao menos fez uma careta de dor. Mas de sua testa pálida o sangue escorria grosso, cor de ferrugem, e se ia avolumando, coagulando, marcando-lhe o rosto com estrias. Ele abriu os braços e ainda disse "amicável" com esforço imenso. Um longe de dúvida me assaltou.

— Prove! — gritei-lhe, querendo gritar como um forte, mas clamando como criança desarvorada, e continuava gritando: — Prove! Já teve bastante tempo de dizer quem é e o que vem fazer aqui. Acabe já com esse mistério. Do contrário... — E eu corria para a porta, a única saída, pois que de lá do alto ninguém poderia escapar. Dava as costas à passagem e invectivava: — Isso que você tem aí na testa é o começo. Afinal, o farol é como se fosse a nossa casa. Você nos assaltou...

A face tatuada de sangue marrom me observava aparentemente sem emoção. Misturando-se, porém, àquelas tarjas escuras, o suor ia crescendo, e, sem nenhum aspecto de dor, os olhos marejaram, como se também transpirasse por eles. Isso me deu uma feliz impressão: era sinal de fraqueza, era medo, aquela transpiração — não pranto — que vinha do rosto todo borborejando. Uns segundos mais, enquanto eu lhe fechava a saída, observei aquela estranha mudança. Mas já saltava de posição e novamente me agarrava, dessa vez cruzando os braços em torno de mim. Não disse "amicável", mas dentro de mim suas palavras reboaram, feitas minhas, com a minha voz:

— Você não quer ouvir.

Respondi a mim mesmo — quem sabe se até não estaria falando alto, como um louco?

— Vê se dá uma boa explicação.

Desvencilhava-me com fúria, mas uma espécie de ópio se dissolvia em meu sangue e em minha vontade. Rematava:

— Diga o que tem a dizer.

— • —

Entro agora na parte mais difícil desta narração. Já não posso pintar bem a cena. Onde estaria o homem, onde estaria eu, então? Ele falava em mim exatamente como as figuras de sonho falam em nós, e eu me respondia dentro desse clima de fatalidade que há no sonho. Naquela súbita moleza, tombaram as últimas defesas de minha consciência. O tempo não contava mais. Vi tudo escurecer, e aquela voz — a minha voz — sempre falando. Primeiro, a nossa estranhíssima conversa foi cortada pela intermitência dos raios do farol, ora lívido, ora vermelho. O rosto do visitante se projetava sobre o meu, com aquele caminho de sangue coagulado. Depois... depois... minha irmã nos veio fazer companhia. Alçava na mão um candeeiro, tão bonita e tão calma. Dir-se-ia que vinha dócil, a chamado de alguém. Pousou a lâmpada, pôs as duas mãos sobre a madeira — sim, ela estava com as duas mãos aninhadas sobre a madeira —, e eu não tinha para ela nem uma palavra de reprovação. Agora, a luz sobre a mesa não nos deixava tão viva a presença do farol, e a conversa que nós três tivemos foi a mais espantosa que já se ouviu no mundo. Nessa confusa passagem, creio que nos embriagamos novamente. Sim, também acho que, se ele não houvesse conhecido os calores da bebida, não revelaria esse segredo monstruoso. Nós três, ali juntos na salinha do farol, e alguém fazendo com minhas palavras a maior revelação — sim, vocês que me ouvem, não riam —, a maior revelação desde que o mundo é mundo, desde que se cumpre a nossa história, do fundo dos tempos.

Abriam-se as garrafas, uma após outra, e Tudinha derramava ora sobre mim, ora sobre o estrangeiro, a chuva copiosa de seus cabelos. Às vezes, ela me falava, e sua fala era como um chamado à realidade, ao qual eu não poderia corresponder:

— Marcos, não tenha medo... Ele explicou que toda a gente dele é assim. Há séculos que não falam como nós. Por isso perderam a expressão. Diz que nós também falamos com o rosto e com as mãos...

Reunidos hoje todos esses farrapos de lembrança, que faíscam dentro de mim, entendo que o que fez livrar seu segredo foi que jamais se havia embebedado, pois era cem vezes mais forte e mais sereno do que nós. Ao cabo de algum tempo, porém, a sua voz tão minha principiou a monologar:

— Avisei que era como amigo, e você não acreditou, mas este luzeiro aqui se projetou até nós.

Dialoguei sempre comigo mesmo:

— Como?

Então Tudinha cochilava.

— Pelo pensamento, onda de luz, seu pai era um nosso. Ele detestava, ele odiava os companheiros. — Não houve reação. Em mim, o estranho continuava a expressar-se: — Só poderia aproximar-se de nós, era superior. Mas foi difícil conseguirmos a ligação material. Espiritualmente, tomara contato havia vários anos. Ele aproveitava as fases mais propícias das confluências. — Ó meu Deus, se ao menos eu não houvesse bebido tanto! — E utilizava o raio-luz como veículo do pensamento. Mas de uma feita se arrependeu. Sua natureza terrena o predispunha à fraqueza.

De repente, uma onda sanguínea, massa enorme de calor, me apanhou dos pés à cabeça, como se seu ódio explodisse em mim. Mas sua face continuava pasmada e lunar:

— Vocês não merecem o mundo que têm. Quando nós desejamos sonhar, e vamos aos enormes sonhadouros públicos, se ergue a visão da Terra, e então conhecemos todos juntos as cores que jamais avistamos por lá. Somos ricos de perfeição, mas pobres de moradia. Há séculos que magotes formados por nossa gente emigraram para Deimos, o satélite que possui um pouco ainda de umidade, uns pobres restos de vida. Vivemos em condições artificiais. Avistamos as instalações que alguns de vocês fizeram no polo e nos lembramos como somos infelizes, pois quase todos devemos viver assim. Estamos esperando, há séculos, para herdar sua bela moradia. — E eu ria por ele como um doido, pois até de meu riso se apossara. — Há séculos, nos debruçamos sobre suas paisagens. Houve um louco, meio clarividente, que tentou fazer uma revelação da nossa guerra com vocês. Louco e estúpido, esse maldito Wells! Foi um dos que pretenderam solapar nossos planos. Louco como quase todos os habitantes desta coisa, pois há sol demais, o coração bate depressa demais, e a vida apodrece cedo demais: não havendo indivíduo que tenha a cabeça fria como nós a temos. Louco, sim. Pois então nós haveríamos de lançar à morte gente nossa? Pois então haveríamos de gastar nosso povo superior numa luta com indivíduos inferiores?

Minha cabeça latejava. Sentia a hesitação dos pensamentos do outro. Como que procurava controlar-se, mas sua torrente de ideias se derramava em mim, tal fluxo impossível de ser contido.

— E aqui todos vão ficando loucos também. Eu mesmo...

— Quer dizer que vocês nunca fariam essa guerra?

— Jamais — gargalhava ele em mim, alegremente. — Então não temos tantos trabalhando para nós? Tantos vis escravos?

Naquele ambiente irreal, um longe de medo se incutiu em mim. Ele não haveria de dizer mais do que isso; ou não saberia tudo. Mas, como da outra vez, o espicacei:

— Vocês então têm emissários entre nós?

— Qual nada! — E a sua galhofa se traduzia também por uns arrepios nervosos que me corriam o corpo. — São vocês mesmos, vocês, tipos inferiores que se propõem a trabalhar... para nós. Nós apenas inspiramos. Nossa mente mais evoluída espalha o que quer. Vocês estão apodrecendo há séculos. Os seus líderes determinam, e vocês se matam aos montes, mas ainda não descobriram a origem dessas brigas, do suicídio de sua humanidade. A nossa principal façanha, a definitiva, a que nos valerá a entrega do mundo...

E eu mesmo, eu próprio, perguntei num lamento:

— A guerra atômica?

— Essa nossa inspiração já antiga, enviada no raio-luz do pensamento, de progresso em progresso, porá fim ao tempo de angústia em que vivemos e morremos, na esperança de obter enfim a nossa casa, o mundo feito para nós.

Tudinha ora erguia a cabeça, ora cochilava sobre os braços, os cabelos afogueados sob o clarão do candeeiro. Mas em mim se formou uma escuridão; bem se instalou um silêncio fechado, espesso, que tinha a configuração de um corpo sólido a me pesar no peito. Rapidamente, nova centelha, e a máscara do estrangeiro pendia para mim, a voz estalava aqui dentro:

— Houve um só que, muito antes de principiarmos a nossa tática, previu tudo. Chamava-se... como se chamava?

— A dúvida escaldava minha própria cabeça, e as palavras floresceram, vermelhas, em meu íntimo. — Chamava-se Jesus, filho de José: "Amai-vos uns aos outros!", gritava Ele perdidamente, mas vocês não o ouviram, não o ouvirão jamais; isso felizmente para nós! E nós herdaremos a Terra. Nós a limparemos de seus cadáveres e de sua radioatividade, mas para isso precisamos urgentemente criar em Deimos uma raça poderosa de fixação. Formaremos o ser intermediário com as condições físicas dos que habitam estes lugares e o espírito que nós possuímos, capaz de garantir a herança da Terra.

Senti que qualquer coisa mais obscura e mais monstruosa estava para nascer naquela aurora de palavras jamais ditas que, no entanto, viviam com intensidade em meu próprio ser:

— Nós levaremos algumas mulheres.

Fiquei paralisado, nem sequer conseguia pensar. Mas o visitante como que procurava espraiar seus pensamentos até mim, com certo óleo de ternura:

— Se seu pai vivesse... Ele odiava tanto os seus irmãos. Se seu pai vivesse, ele a entregaria.

— • —

Conseguiria vencer aquela onda pesada que se abatia sobre mim, fixando-me impotente na cadeira e, no entanto, captando lucidamente tais ideias? Meu corpo era de chumbo, mas a voz do meu espírito vibrou:

— Eu me vingarei — disse. Querendo soerguer-me da mesa, atirava-me ao chão. Via dançar à minha frente o vulto do estrangeiro. Tudinha permanecia na mesma posição. Punha-me de joelhos. Se eu conseguisse arrastar-me até a cômoda vizinha, tiraria o revólver. Meu corpo pesava monstruosamente. Sentia-me fixado ao chão, mal progredia no meu afã de atingir o móvel. No entanto a sua voz subia e aí já era um canto do triunfo:

— Vocês pensam que têm as suas mulheres, mas não possuem as suas mentes. À noite, nós sonhamos que elas nos mandam o calor de suas aflitas solidões. Vocês nada sabem do requinte que é a posse de um espírito. A união material pouca coisa é perto dessa outra. Levarei sua irmã daqui com sua própria vontade, já que a vontade é uma das muitas fraquezas que vocês têm, segundo nossos estudos.

Isso me deu o último impulso para que pudesse sacudir aquela tirânica ebriedade. Puxei a gaveta da cômoda, apanhei o revólver, mas oscilava. Então a minha boa voz humana, minha só, berrou para ele, e eu sentia gosto de sangue no ódio que me contaminava:

— Mas você morre, diabo, morre já!

Procurava fixá-lo. Ele dançava no campo de minha visão. Mas eis que me sinto empurrado, o revólver atirado longe de mim. É que Tuda acordara:

— Não — disse ela. — Não quero.

A surpresa da intromissão impediu, por uns segundos, que me atirasse ao inimigo. Vacilei, encostei-me à parede. Ela tomava-me a frente:

— Você está bêbedo! Vá dormir! — Sua voz era áspera, mas logo a modificou: — Venha, eu ajudo...

Enlaçava-me. Sua cabeça vedou, momentaneamente, a odiosa face do intruso. Desvencilhei-me de minha irmã, quis arremessar uma cadeira. Cambaleei.

A fala de Tudinha era furiosa:

— Bêbedo! Bêbedo! Ele não nos fez nenhum mal.

Quero lembrar-me exatamente o que fazia, então, o estrangeiro. Só posso recordá-lo como estranho espectador, fixando-me atento. Mas o revólver, eu não o encontrava mais ao canto da sala. Desaparecera. Ela procurava dominar-me, tomava um tom cruel:

— Não permito que você o maltrate.

— Tuda — disse-lhe. — Ele... — E procurava palavras, mas como que saíam dolorosas, dificilmente dominadas: — Assassino! — Gemi por fim. E o apontava para minha irmã: — Quer levar você...

Ah, eu possuía as minhas palavras. Eram minhas, minha voz, minha afirmação, meu canto de homem. Senti-me leve. Eu o esmagaria com meus punhos. Recuperando o equilíbrio do corpo, movimentei-me, gritando e espumando de raiva. Tudinha mais uma vez interpôs-se. Empurrei-a com violência, clamando para o estrangeiro:

— Covarde!

Sim, era um covarde, e eu ria como um possesso, enquanto o invectivava. Em vez de enfrentar-me, deslocou-se para junto da porta, num daqueles movimentos instantâneos. Agora, eu estava rente à janela, e Tudinha me olhava apavorada. Mas já não via o intruso. Ele... ele desaparecia pela porta. E minha irmã o seguia. Ouvi o estrondo da madeira, com estupor. Depois a chave rodou na fechadura.

— Tuda! — gritei. — Tuda! Eu não estou bêbedo! Abra, Tuda! Você... você está correndo perigo!

Parecia uma trágica brincadeira, aquele desfecho. Bati, desarvorado, à porta, até que meus dedos quase sangrassem. Tuda estava à mercê daquele homem. E eu que não pudera fazê-la compreender o mal que o intruso representava! Acho que chorei, sim. E não me envergonho de dizer. Sentia-me coberto de ridículo, reduzido à situação de uma criança castigada. Deveria forçar a porta. Ainda na mesa estava a faca de cortar pão. Tentei retirar a fechadura. O trabalho foi duro, a lâmina partiu-se, afinal. O tempo corria. Sentia latejar a fronte, e o ódio apertava-me o estômago com tal violência que me vinham náuseas. Afinal, na cômoda de meu pai encontrei uma forte lima de aço, que ele usava nos consertos caseiros. Consegui com ela fazer soltar as dobradiças, uma após outra. Penso que levei muito mais de uma hora nessa aflição.

A porta maciça despencou, ruidosa. Agora, eu tinha diante de mim a visão límpida do cenário, o sol dourando os penhascos e os cimos das árvores. Queimava-me os olhos um resto de pranto. Febrilmente eu os procurei, e então, em cima do rochedo, vi aquela imitação de árvore, um abraço entre homem e mulher como jamais conhecera. Em tudo pareciam planta — uma árvore que fosse metade seca, metade viva. O vulto dele pendia, imenso, encarquilhado, a cabeça entornada sobre os cabelos castanhos de Tuda pequenina. Ele a enlaçava com aqueles seus braços longos, e os dois se plantavam estáticos, as roupas lambidas pelo vento, os cabelos misturados, rígidos como se fossem seres inanimados.

Nem o sol, nem o vento, nem o ruído das águas, nem mesmo a preocupação de que eu pudesse persegui-los, perturbava o aconchego. Parecia não ter mais fim aquele beijo — se é que se pode chamar de beijo —, aquela serena integração em nada lembrando a discordante violência do desejo humano, antes simulando repouso infinito. Aquilo era mais do que poderia suportar. Como escorreguei desorientado pelos degraus, como subi à pedra, como deles me aproximei? Então já se encaminhavam para as árvores, e, dessa vez, os passos do intruso não tinham a instantaneidade que eu já conhecia.

Via tudo vermelho. Deveria chorar sangue; estava meio cego e sentia um furor que era mais do que um ciúme de homem; era zelo, era honra de nós todos. Tuda era minha irmã, mas era irmã de vocês todos, compreenderam? Quando dei por mim, já havia alcançado com a mão um pedaço da saia de Tuda, que se infiltrava na mata. Dei um forte puxão e agarrei minha irmã em desespero. Mas era como se Tuda fosse outra mulher. Fria, em sua violência, já me empurrava com força desconhecida:

— Vá embora! Vá embora!

Assim mesmo tentei lutar com Tuda. O estrangeiro não a procurava reter, antes se imiscuía pelas árvores, mas eu a sentia bem dele. Ele a largava como quem deixa a sobra de seu eu, o resto que se juntará ao todo, a fatalidade de um complemento.

Ainda expiarei minha vergonha dizendo que lutei, é verdade, sim, com minha irmã. Eu a queria reter com estes meus braços. Era seu irmão, era seu pai e era, também, o homem de sua humanidade que a deveria proteger. Mas que sólida vontade, que força interior esse absurdo intruso nela imprimiu, pois que me vi afastado, rolando à borda do precipício, ainda com restos do vestido de minha irmã presos aos dedos? Acho que, na queda, magoei muito a cabeça porque, então, não conseguia mover-me. Só pensava e ouvia. Escutava o estrondo das ondas e imaginava a lancinante separação, esse degradante afastamento que estava para acontecer. Sabia que iria morrer daí a pouco, ainda com aqueles restos de Tuda agarrados às mãos. Outro dia não chegaria para mim, e, no entanto, eu deveria sair daquela paralisação da morte, deveria mover-me, alertar pelo rádio, deveria chamar por todos. Lá da profundeza de minha lembrança vinham-me as palavras: "Houve um, um só... que previu tudo. Chamava-se Jesus, filho de José. 'Amai-vos uns aos outros!', gritava Ele perdidamente".

Eu iria morrer. Ninguém mais, até que a Terra fosse limpa da podridão de nossos cadáveres, saberia o porquê de nossa destruição. Tuda se desgarrara de mim para uma separação muito mais terrível do que a distância da morte.

Pensava isso, e o mar batia nos rochedos, e eu me via sacudido pelas ondas, sentindo-me suspenso sobre o abismo, e um longínquo pensamento me vinha de que, se conseguisse viver algumas horas, em minha humildade preservaria o futuro de todos os seres da Terra. Essas ideias me assaltavam como em rajadas, varriam minha cabeça, que doía cada vez mais. Eu não podia prever nunca o que sucederia: um vivo clarão de aurora me esmagou sem que o visse, e, em seguida, houve uma brutalizante sensação de falta de ar e de opressão. Compreendi que eles nos deixavam para sempre. Entreguei-me à música dos ventos e do mar, à acomodação com a ideia da morte.

— • —

Abri, admirado, a vista para uma floresta de olhos crivados em mim. Eram pescadores, chamados por Piquira. E o que havia de pureza na mensagem que eu imaginava entregar se perdeu naquela incrível acusação de crime de morte, em torno de um pedaço de vestido.

De agora em diante, eu saberia que deveria ter uma palavra de advertência, que deveria gritar a todos para que se unissem, ainda mesmo sendo chamado de bêbedo mistificador, de fratricida, ainda ouvindo os seus risos e sofrendo seus motejos. Os homens não acreditarão na minha inocência, cobrir-me-ão de ridículo.

"Uma história por demais fantástica, tentando encobrir um crime vulgar..."

Chorarei por Tuda, por minha irmãzinha, hoje uma saudade e referência para mim inscrita num canto do céu, naquele olho sanguíneo que, à noite, se fixa sobre a exígua abertura da parede de minha célula da prisão.

Sacudirei as grades como um louco; farão ameaças, mas eu continuarei repetindo:

— Vocês não me querem ouvir. Vocês não me ouvirão, miseráveis, insensatos, perdidos. Eles herdarão a Terra. Eles herdarão a nossa Terra!

## PARTE II
# O COTIDIANO

# PARTIDO NACIONAL

### A Adalgisa Nery

Do teórico — Eudes Antunes — muito se pode dizer antes da convenção inaugural do partido. Já de seu líder e fundador — Malta Rau — até aí são escassas as fontes de informação. Vejamos: um recorte de *O Globo*, de 1956, extraído da série de reportagens "Onde come o brasileiro", no qual a dona de uma pensão de Copacabana fala do "Dr. Rogério Malta Rau, ilustre intelectual do Ceará, que aqui vem comer fritada de camarão", acrescentando depois: "o que é uma honra para a casa, pois ele tem o paladar difícil e é muito exigente. No começo, deixava que fosse à cozinha, para certificar-se de que os camarões estavam frescos e de que o óleo usado era de primeira qualidade. Depois, desistiu desse cuidado, manifestando inteira confiança na casa. É um homem sábio e bom".

Há outros esclarecimentos dentro da procura dessas raízes políticas: fez Malta Rau parte do corpo de redação de *A Batalha*, de Fortaleza; publicou a série de pequenos ensaios "A fé negativa", na quinta página do suplemento do *Diário de Notícias*; escreveu extensas crônicas: "Carlitos, o nauseísta", "Maria Callas, a deusa da ira", "Baby Pignatari, o moralista", "*Monsieur* Hulot, o desarticulador".

Já Eudes Antunes teve um passado político ruidoso e bem marcado. Tomou parte, primeiro, em movimentos de universitários, contra a nomeação dos mestres, que deveriam, de acordo com seu pensamento político, ser eleitos pelos alunos. Depois, entrou em luta aberta contra os médicos, quando de suas reivindicações. Escreveu longas cartas aos jornais e foi fotografado com mulheres que sorriam, estateladas, pintadíssimas, de saias curtas e justas, enquanto faziam com os dedos espetados o "V" da vitória. Patrocinara as pretensões das referidas criaturas que tiveram, no seu entender, injustamente, várias casas fechadas pela polícia. E mais: Eudes Antunes surgiu na televisão, falando contra os impostos; no rádio, em mesa-redonda, veementemente atacando a caridade social e causando escândalo ao criticar determinadas senhoras da alta sociedade.

Entretanto, devemos convir: são ainda bem fracos esses apontamentos sobre as duas extraordinárias figuras do Partido Nacional da Náusea, levando-se em conta as agitações que desencadearam no Brasil e a nova ordem de conceitos filosóficos e políticos que puseram em curso — pois, como já se disse exaustivamente, a influência do PNN transbordou dos seus quadros sociais e se estendeu por vários outros partidos, inclusive a União Democrática Nacional e o Partido Trabalhista Brasileiro, ambos infiltrados por elementos nauseístas. Nos jornais de São Paulo, relativa às eleições, há uma fartíssima documentação sobre Eudes Antunes, que, como todos sabem, foi o grande cabo eleitoral do rinoceronte Cacareco. Ele havia encontrado, enfim, o símbolo procurado tão ansiosamente. Experimentou a reação do povo e viu que a náusea paulista se encaminhava docilmente para o objetivo Cacareco. Teve, assim, oportunidade de medir as inefáveis rotas abertas a seu êxito político. Com um simples rinoceronte havia obtido, de gente tão bem esclarecida, mais de cem mil votos! Eudes Antunes fotografou-se ao lado de Cacareco, em atitude imponente, e deu entrevistas cujas manchetes eram assim: "Eudes Antunes, o eleitor de Cacareco, e o Partido da Náusea"; "Guiado por Antunes, o rinoceronte esmaga os políticos"; "Até onde irão Cacareco e Eudes?". Podemos imaginá-lo, então — e nós nos referimos ao grande teórico do Partido Nacional da Náusea —, embevecido até com os ataques dos cronistas que combateram esse "desastrado uso do direito de votar". Houve uma passeata à noite pela Praça do Patriarca, com um gigantesco cartaz e os retratos de Cacareco triunfante. No meio do júbilo de estudantes, comerciários, senhoras de prendas domésticas e membros do Automóvel Clube, Eudes Antunes fez a sua primeira pregação política. Mas ele sabia que Cacareco não o poderia levar tão longe assim. Dessa etapa em diante, carecia de um homem.

— • —

Naquele dia 17 de outubro, no Rio, houve uma cena patética, registrada historicamente como sendo o primeiro ato cívico de fé nauseísta.

Eram três horas da tarde e, em frente à Câmara, à esquerda da estátua do protomártir da Independência, havia uma pequena concentração de pessoas que aguardavam outras para o encontro solene no Palácio Tiradentes com alguns deputados. Viam-se douradas normalistas, afobados serventuários da Justiça, distintíssimas senhoras da sociedade retocando a maquiagem, alguns pálidos e morenos condutores da Light, motoristas lusos naturalizados, calorentos, fechando e abrindo os paletós, estudantes e enfermeiras, padeiros e empregados de farmácia.

Foi nessa hora, exatamente, que um homem baixinho, de cabeça grande, vestido com um terno branco de caroá escolhido (Malta Rau), seguido à distância de alguns passos por um soberbo exemplar humano, distintamente trajado de escuro, os cabelos crescidos, desmanchados pela aragem quente da tarde (Eudes Antunes), chegou rente ao monumento e ali ficou de cabeça baixa por alguns instantes. O acompanhante chamava a atenção do grupo de pessoas que, tendo recebido a adesão de recém-chegados, já se ia deslocando lentamente pela escada.

— Meus senhores — disse o que desde então se tornou o famoso teórico de um dos bem-sucedidos partidos nacionais —, venham presenciar um solene ato cívico.

As pessoas, ao ouvirem aquela voz de comando, naturalmente dotada do magnetismo das massas, bem se voltaram para o homem de caroá, que era presumidamente aquele que deveria fazer o discurso, pois o ato cívico foi discurso em todo o território nacional e seria possível que a arenga se referisse a eles próprios. Todavia, houve o extraordinário, o inefável.

— Vejam, vejam. Este cidadão puro está vomitando o Brasil!

Paixões desenfreadas fervilharam. Houve desde o riso boçal até o grito de indignação. A primeira pessoa que pôde falar foi uma das senhoras distintas e bem maquiadas que esperavam. Sorriu superiormente e, com voz bem impostada, perguntou, enquanto um tumulto de sentimentos sacudia o grupo:

— Mas por que ele está vomitando o Brasil?

— Por quê, minha senhora? — perguntou, por sua vez, Antunes. — Então não sabe, por experiência própria, que está tudo errado, que as instituições estão falhando, que há um desacerto geral? Que há miséria demais, riqueza demais, preguiça, velhacaria e esbanjamento?

Um estudante deslocou-se do grupo e se pôs a vociferar:

— É um absurdo. Protesto contra uma indignidade destas; uma falta de patriotismo igual! Merece cadeia quem faz isso!

Já nessa altura, o homem de caroá levava um lenço à boca úmida. Ia recobrando a cor, mas se encostava ao pedestal da estátua, para não cair, de tão fraco.

Estabeleceu-se então um diálogo frustrado entre os componentes da embaixada, que ia levar aos deputados alguns anseios impossíveis, e Malta Rau. (Só poderá ser refeito em parte esse diálogo de tanta importância histórica dentro do painel político do Brasil.)

Alguém perguntara:

— Mas o senhor se refere também a toda a oposição? Está pondo para fora toda a oposição nacional? Ela tem sido heroica!

O homem que veio fazer seu ato de civismo junto do protomártir não esperou que seu teórico respondesse. Ele mesmo fixou doloridamente o interlocutor e levou um lenço de quadradinhos à boca, por três vezes, numa tristíssima expressão de enjoo. Outros, veementemente, perguntaram, cada qual mais apaixonado: "E o governo, então? E a Frente Nacionalista? E o comércio? E a indústria? E o operariado? E o clero brasileiro? E o Flamengo, o Fluminense e o Vasco? E os mestres, a classe médica? A Justiça? E as enfermeiras? O petróleo e a siderurgia? E a Academia Brasileira? E a imprensa?".

A cada uma dessas perguntas, como se correspondessem ao doloroso sentimento moral que desencadeasse um mal-estar físico, Malta Rau, o homem de caroá, fazia menção de aliviar-se de qualquer coisa que lhe entravasse a garganta: levava o lenço à boca, os olhos lacrimejavam, e se tornava continuamente uma espécie de protomártir da náusea nacional. Quem o viu, nesse dia memorável, patenteou sua sinceridade. Sofria, esverdeava, no auge da repugnância moral e física.

Terminado o ato cívico, atônitas, à frente da Câmara, as pessoas viram partir Malta Rau e Eudes Antunes, aquele na frente, pequenino, o paletó de caroá aberto atrás, e este a metro e meio de distância, grandalhão e distinto, num respeito ostensivo pelo chefe.

Dois minutos depois, os deputados sabiam do acontecimento. As reações foram as mais contraditórias. Aristóteles Lavor, do PSD de Alagoas, indignou-se, responsabilizando a guarda do Palácio Tiradentes, pois aquilo constituía um ultraje à Câmara. Marcolino Sampaio, da UDN do estado do Rio, disse que "o brasileiro é o mais estranho entre todos os povos do mundo, pois é capaz de vomitar quando não come".

Todavia, a nota mais curiosa da tarde foi dada por Orestes Araújo, do PDC do Espírito Santo. Situou o acontecimento como sinal dos tempos, com o estraçalhamento das oposições, que preferem vomitar votos (aludiu ao caso do Cacareco) a organizar-se. Isso tudo foi dito entre risos. Um sopro de novidade vinha bafejar as consciências e as inconsciências. No dia seguinte, Malta Rau e Eudes Antunes estavam em todos os jornais do Rio.

A reação da imprensa, ostensivamente agravada com as outras instituições brasileiras, foi a de convocar o brilho do humorismo para desmoralizar o acontecimento. O ato cívico transformou-se numa berrante pantomima de circo. E um riso só reboou pela cidade. No entanto, apareceram deliciosas crônicas de Rubem Braga, Henrique Pongetti, Elsie Lessa, com uns longes de simpatia. Eneida ralhou um pouco, mas com bondade. Rachel de Queiroz fez uma de suas mais belas páginas: "Eis o homem". Malta Rau era um pouco de todos nós. Quem nunca teve vontade de vomitar os erros do Brasil?

O chefe guardava o seu mistério, mas Eudes Antunes apareceu num programa de televisão, onde transformou em vitória brilhante toda a crítica, todo o ridículo, todos os risos:

— É preciso canalizar, convenientemente, esse valor que é a piada nacional. Não há nada mais nauseísta do que a nossa anedota, que vomita tudo que está provocando mal-estar coletivo, desagravando assim a nossa pátria. A piada do deputado: "O brasileiro é o único capaz de vomitar aquilo que não comeu" está absolutamente enquadrada no espírito de nosso credo nauseísta. A "gracinha" é também modo de pôr para fora o Brasil errado, vomitando para que, enfim, o organismo possa renovar as energias. Só Malta Rau fará, ajudado por nosso gigantesco esforço, a operação saneadora. — E Eudes Antunes teve um lampejo de gênio político, falando nos fabulosos gastos do governo: — Basta de sangrias... As sangrias são do século passado. Nós já não as suportamos. Nosso remédio, nosso alívio é... — Inflou as bochechas, levou, grave, o lenço aos lábios.

O sucesso foi enorme.

Alguns intelectuais reivindicaram, depois, a honra da primeira reação pública, nitidamente nauseísta, no ato de desagravo à memória de Machado de Assis, diante da Academia Brasileira, contra a guarda dos despojos do escritor no mausoléu da instituição:

— Respeite-se a vontade de Machado! O defunto é nosso!

Em seguida, em severa fila, subiram os degraus da Academia. Silenciosos, levavam seus lenços à boca e assim ficaram, um minuto, diante de alguns atônitos acadêmicos, por sua vez enjoados, pois haviam terminado o chá da quinta-feira.

Nós, que nos dedicamos às pesquisas históricas do partido, hoje sabemos que esses intelectuais foram precedidos por quarenta senhoras, mães de alunas excedentes do Instituto de Educação. Haviam as damas marcado audiência com o diretor. Na hora aprazada, elas chegaram, todas muito bem-vestidas e cintadas — algumas de chapéu —, e desembocaram solenes no salão, onde o diretor do Instituto aguardava, com seus secretários.

Houve um sorriso em flor e cedo caído, da parte de cá, bolsas abertas do lado de lá, e lenços cheirosos subiram aos lábios das mães plenas de justa cólera. Uns instantes de terrível opressão vieram. Algumas estavam pálidas, outras ruborizadas, com lágrimas prestes a saltar. Depois, as damas, sempre silenciosas, deram as costas ao diretor e saíram altivas.

Então eram essas, como outras, meras manifestações de interesses de grupo: as atividades nauseístas de associados da Sociedade União Internacional Protetora dos Animais, que desagravaram os animais, nossos irmãos menores, reprovando e expulsando, simbolicamente, de lenço à boca, o prefeito, que havia determinado a apreensão imediata e a eletrocussão maciça de animais (gatos, cachorros e macacos) cujos donos não exibissem atestado de vacinação contra a raiva: as turbulentas sessões de nauseísmo de trinta artistas plásticos em Brasília que se sucederam na Praça dos Três Poderes e em outros logradouros importantes da cidade.

Como foi amplamente comentado pelos observadores políticos, os inimigos naturais do nauseísmo ajudaram a levantar o sólido bloco que em breve se tornou o partido. Quando um deputado queria desmoralizar qualquer atitude de um opositor, sorria superiormente e dizia: "Isso é puro nauseísmo. Não tem base. Vossa Excelência quer que lhe empreste o lenço?".

O espírito que vai congregando as mais diferentes pessoas para formar atmosfera partidária se ia criando: "Meu filho, deixe de insubordinação. Daqui a pouco estão dizendo que você faz parte do grupo que vomitou o professor de literatura!".

Eudes Antunes trabalhava, febrilmente, escrevendo e fazendo pequenos comícios, mas o chefe nacional do Partido da Náusea sabia, então, usar o silêncio com inegável acuidade. Anunciada a sua aparição na TV, para responder a cinco perguntas, uma audiência nunca vista assinalou o triunfo do programa patrocinado pelo Elixir Estomacal de Winds. Naquela noite de fins de novembro, vários teatros e cinemas apresentaram casas praticamente vazias. As questões eram estas: "1. Qual é, verdadeiramente, a situação política do Brasil, diante das eleições gerais?; 2. O que pensa de Brasília?; 3. Existe algum partido político que represente a média das aspirações do povo brasileiro?; 4. Entre os candidatos já conhecidos, quais seriam os apoiados pelo Movimento Nauseísta?; 5. Quais, no seu entender, os caminhos mais apropriados para o nosso progresso?".

Sentavam-se as três personagens no mesmo sofá: Malta Rau ao centro, Eudes Antunes à direita e o entrevistador à esquerda. Como fosse dia de queda de voltagem, as respostas de Malta Rau, imagem viva do sofrimento da náusea, vinham numa oscilação geral dos três em seu sofá e, por sua vez, causavam impressionantes tonteiras na assistência.

À primeira pergunta, Malta Rau revirou os olhos de ovelha, tirou o lenço do bolso. As bochechas enfunaram, mas ele, estoicamente, dominou a reação, apertando os lábios com o lenço de quadradinhos. À segunda e à terceira, cresceu em seu mal-estar, mas continuava a sopitar sua terrível náusea. À quarta, descansou lânguido a cabeça no encosto do sofá. Fez, após, menção de sair, comprimindo a boca com o lenço. Mas à quinta, depois de uma pausa, conseguiu reanimar-se:

— O caminho é a libertação... individual... social... e política, através — havia sofrido tanto! — do Movimento Nauseísta Nacional... que está formando o Partido Nacional da Náusea. E, agora, com licença.

Saiu precipitadamente do campo da visão dos telespectadores. Veio música e letreiro: "Entrevista com Malta Rau". Quando a imagem voltou, estavam no sofá apenas Eudes e o locutor. E o teórico do nauseísmo foi magnífico, mais uma vez.

Como estamos restabelecendo verdade histórica, não podemos endossar as notícias dos primeiros nauseístas sobre o sucesso popular da caixinha do partido em formação. Houve um mecenas que pretendeu ficar oculto.

Naquela noite, em que Eudes Antunes sucedeu a Malta Rau em sua entrevista na televisão, Sebastião Horta, o fabricante das casimiras Horta, mandou buscar Eudes em seu carro "para um encontro urgente e de grande interesse".

Sebastião Horta esperava o visitante em seu gabinete particular com diplomas de feiras mundiais espalhados pela parede e declarações de políticos fotograficamente desenrugados e límpidos: "As casimiras Horta indicam o melhor sucesso social e político". E o governador Benjamin Araújo, em ato inesquecível para a indústria nacional, sorria, arregalado, cercado do ouro da moldura: "Ao grande Sebastião Horta, que, com seu bom gosto, veste metade do Brasil".

Quando Eudes chegou, o milionário já havia passado por muitas doses de uma especial caninha de 1930, mandada do Norte. Recebeu o visitante falando alto, vermelho, num grande entusiasmo:

— Vi o programa na televisão. Chamei porque decidi dar muito dinheiro a esse novo partido... como é mesmo o nome?

— Partido Nacional da Náusea. Sentimo-nos honrados com a confiança de um dos mais dignos homens da nossa indústria.

— Devagar, moço, devagar — disse Horta com voz que repercutia, altíssima, pelo grande salão. — Eu não disse que depositava confiança em ninguém...

Eudes Antunes, diante desse começo, com muita elegância, quis encerrar a entrevista:

— Então creio que nada mais temos como possibilidade de conversa...

Horta destapou uma enorme gargalhada de sujos dentes plásticos e azedo de cachaça. Eudes ia levar o lenço à boca, mas se conteve.

O industrial, espiando-lhe a expressão, deu-lhe um ruidoso tapa no ombro:

— Moço, uma olhadela só nesses retratos! Diga uma coisa: que acha deles?

— Uma linda moça e um rapaz bem bonitinho.

— Sim, rapaz bonitinho. Podia ser cruza de zebra com cervo. Cervo com a letra cê, como se lê nos romances de caçada de rei e rainha. Mas acontece que essa coisa esquisita e bonitinha é meu filho. Não dá para nada, senão para o pior.

— Ah!

— Nas noites de festa, esta casa fica cheia dos cervinhos soltos. Mais de cem, eu acho... E tudo temperamental, olhando a gente de través. E esta moça, linda moça, com perdão de minha defunta, nem parece a filha de sua mãe. Não lhe digo o que é, não por mim, mas pela santa que está no céu...

— Isso é um assunto particular... creio que nada temos com a questão.

— Calma, rapaz. Eu chego lá! Já pensei muito. E decidi dar todo o meu dinheiro a esse partido, que, no meu entender, é a coisa mais louca, mais idiota que já se inventou. Desculpe, moço, mas é mesmo.

— Se me mandou chamar pretendendo humilhar-me, perde seu tempo. O ridículo cai inteiramente sobre quem pretende lançá-lo...

— Aí, moço, eu não me zango. Mas acontece que escolhi o seu partido... justamente por isso. Vocês lá não aceitam, por acaso, quem queira vomitar dinheiro, muito dinheiro? Acho até que seria o único vômito aproveitável...

"Ah, os caminhos do nauseísmo", pensou Eudes, "como são imperscrutáveis!".

Horta, o velho Horta, então ficou meio humilde, achatado em sua cadeira alta:

— Repartir com os operários? Não serve para o que eu quero. Empregar meu dinheiro na caridade? Nunca. Dar a prostitutas? Também não. Há sempre uma criança, ou uma velha, que aproveita os cobres, eles até podem virar uma promessa de aposentadoria para as ditas. Parece fácil "jogar dinheiro fora", mas não é.

Estava ensimesmado. Engrolou, assim, umas xingações. Depois falou, quase solene:

— Com vocês, jogo na certa. Vou deixar algum dinheiro para a mesa, é só o luxo a que me dou, depois que a minha se foi. Estou, mesmo, na idade da virtude, e mulher há muito não existe para mim. Fiz uma... como é mesmo?... "fundação" para a fábrica... Os meninos não podem tocar em nenhum vintém das casimiras. Os depósitos nos bancos, tirado esse meu passadio, de que falei, vão ser vomitados, mesmo. E as duas belezinhas do papai que trabalhem, deem duro, como eu.

Entregue à confusão dos sentimentos, Eudes procurava palavras. Encantou-se consigo mesmo quando conseguiu dizer:

— Não se pode negar que essa é, digamos, a pura manifestação de fé nauseísta de um chefe de família.

— Não me ponha nessas histórias. Outros pais encaixariam um tiro nos miolos. Cada um como Deus fez.

— E já que está tão bem-disposto, não quer assentar tudo hoje? É uma ideia ótima, que não deve ser deixada para amanhã.

— • —

De madrugada, quando Eudes Antunes deixava a companhia de Sebastião Horta, sua filha vinha chegando. Brigava com companheiros e lhes dizia, ao nariz, coisas que haviam figurado no próprio vocabulário do pai.

— Vocês são uns frouxos que não aguentam noite, quanto mais...

Um dos companheiros respondeu com uma gentileza equivalente, e todos se eclipsaram à chegada do dono da casa, que acompanhava, eufórico, a visita à porta.

Sabininha Horta — as raivas lhe caíam de súbito — mirou e reconheceu o belo homem da televisão. Com seu olho experiente, no mesmo instante o considerou como possível acariciador, abraçador, beijador e proporcionador de vários outros interesses. Levantou o cabelo da testa, sorriu gentilmente e virou menina boazinha e simpática num segundo:

— Você não me apresenta, papai. Não precisa. Eu adoro os programas de televisão em que ele aparece...

— • —

Com a enorme doação de Horta, o Movimento ia, enfim, tornar-se grande partido. Abriram-se comitês em todo o Brasil. Organizaram-se concursos para a melhor tese sobre nauseísmo entre os estudantes.

Foi a época em que a náusea teve na imprensa páginas admiráveis. Carlos Lacerda dizia na *Tribuna*: "A UDN está desmoralizando a esperança, derradeira força que o povo tem para não vomitar o regime". Prestes Maia afirmava no *Jornal do Commercio*: "Cacareco aconteceu. Tornou-se explicado o prestígio de muitos estadistas, e, sobretudo, 'paquiderme' deixou de ser um apodo ofensivo". Joel Silveira escreveu "A náusea" no *Diário de Notícias*.

Eudes Antunes preparava, febricitantemente, a apresentação do pedido de registro no Tribunal Eleitoral. Os jornais já haviam começado uma campanha contra a inscrição do PNN. Eudes citava Sartre, Leon Bloy e caracterizava a náusea como uma das mais belas e legítimas reações morais. Algumas vezes mais, esteve em casa de Horta. Viu rapidamente Sabininha. Granjeava popularidade. Estava muito possuído por sua paixão política para atender a todos os telefonemas da moça. Tanto mais ela o via, com seu ar ao mesmo tempo aflito e distraído, quanto mais o considerava em suas sedutoras possibilidades. Um dia, diante do elevador, ele voltou a cabeça e sorriu com exaustão; imediatamente ela o projetou assim, mas já com a cabeça no travesseiro. De súbito perdeu o gosto pelas noitadas e ficou tão caseira, e aparentemente tão tranquila, que o pai entrou a duvidar do seu próprio gesto. Pelo sim, pelo não, adiou algumas outras doações ao Partido Nacional da Náusea.

Contra o veemente trabalho do procurador, o PNN foi afinal registrado. Agora, já tinha chapa para as eleições. Era encabeçada por Malta Rau, que descansava num sítio da Linha Mogiana e dava raras entrevistas. Jornalistas políticos assinalavam o seu tino excepcional para não se enredar em intrigas. Açodado pelos repórteres, falava pouco, sempre patenteando o seu sofrimento pelo descalabro nacional. Se eles insistiam no assunto, Malta Rau empalidecia tanto, ficava tão transtornado, que todos se retiravam, antes de acontecer o que haviam provocado com a insistência. Os jornais continuavam a ridicularizar o chefe nacional do PNN, mas, aos poucos, sua reputação de abnegado florescia nas massas. Se o *Estado de S.Paulo*, o *Correio da Manhã*, *O Globo* ou as *Folhas* procuravam alertar o público sobre a "incrível demagogia nauseísta", corriam histórias, sopradas de boca em boca pelo povo: "Malta Rau foi convidado pelo presidente para um entendimento e disse que 'infelizmente um dos motivos da náusea do povo brasileiro é a política dos arranjos'!".

A essa altura, como se sabe, numerosos políticos, de vários partidos, abraçaram o credo do PNN e já faziam discursos inflamados em todo o território nacional. O símbolo do PNN era Cacareco, carregado orgulhosamente nas lapelas.

A criação desse símbolo se dera após o aparte de um agente provocador num discurso de Eudes:

— Esse espírito nauseísta é espírito de porco, não é?

— Não — respondeu, iluminado, o teórico —, mas é espírito de rinoceronte.

Eudes Antunes fez questão de ficar de fora da chapa. Era sempre reconhecido por onde andasse, e pessoas amáveis e maliciosas intencionalmente levavam o lenço à boca à sua passagem. Essa era a saudação que estava empolgando o Brasil: o lenço sobre os lábios. Não mais lenços agitados, lenços brancos, naquela fantasmagórica floresta movediça dos comícios do brigadeiro. Agora predominavam os de xadrez ou simplesmente coloridos. Unidos a milhares de lábios, funcionavam como protestos vivos.

Vendo que não conseguia forçar a intimidade de Eudes, Sabininha Horta fez-se ardorosa nauseísta e o seguiu em todos os *meetings*. Havia até mesmo conseguido levar o irmão a alguns deles. Mas o moço achou tudo de uma "vulgaridade nojenta". E as praças públicas? Verdadeiros mictórios. Jardins, nunca!

Para os filhos, Horta mantinha em segredo as doações. De vez em quando, uns longes de dúvida o assaltavam:

— Não é que a burrice está pegando?

Já agora, quem procura fazer um rápido bosquejo sobre as fontes ocultas do PNN, pouco tem a dizer. São muito recentes suas vitórias nas eleições, principalmente no Rio, onde Malta Rau, com seu maciço prestígio de chefe, elegeu oito deputados. Os resultados, ao começo, pareciam derivar de eleitorados restritos de algumas zonas. Mas as apurações fizeram em breve cair as ilusões dos outros partidos. E as manchetes apareceram: "O povo disse *não* aos políticos através do nauseísmo".

Queimaremos as etapas: a rumorosa recepção dada por Sabininha Horta aos vencedores; seus olhos compridos, reparados por todos, em Eudes Antunes; o escândalo das pessoas bem pensantes a respeito do resultado eleitoral; os atritos nas ruas; as várias *démarches* para anular os votos dos nauseístas, com enquetes nos jornais em que juristas opinavam sobre o erro da inscrição do partido ou sobre fundas irregularidades nas eleições.

Se isso faz tão pouco tempo, para que descer a detalhes? Todavia, como pertencemos ao grupo que acompanhou Malta Rau até a Câmara dos Deputados no seu dia de glória, queremos dar nosso depoimento sobre uma cena, talvez um pouco constrangedora, que então ocorreu entre ele e Eudes. O teórico afirmava:

— Acho que deve adiar a sua estreia na tribuna. Antes disso, a estação de Lambary...

— Serei o primeiro a inscrever-me para falar.

Houve certo silêncio, e, por força de hábito, um correligionário levou o lenço à boca, numa gafe profundamente desagradável.

Lembramo-nos dos menores detalhes desse esplêndido discurso do líder do PNN. Foi uma revelação para os colegas, que não supunham ter Malta Rau tão grandiosas qualidades de orador, e sorriam e se entreolhavam quando o homem pequenino e cabeçudo subiu à tribuna. Seu discurso ia às origens da náusea brasileira. O PNN se fundava sobre o logro nacional. Malta Rau fez um estudo estupendo da frustração política do cidadão médio brasileiro e apontou, imediatamente, alguns recursos fáceis na política financeira, no abastecimento das capitais e em questões de trabalho. A Câmara agora ouvia em religioso silêncio. Ninguém rodava nas cadeiras, não havia mais cochichos, era uma surpresa esmagadora.

Saindo do seu triunfo, no meio dos companheiros de bancada, Malta Rau, ao passar pela estátua do protomártir, deu com um sujeito — um caquinho de gente — abrindo ostensivamente a boca e devolvendo o almoço.

Malta Rau havia agradado a todos naquele dia, exceto a alguns dos seus partidários, que acharam o discurso muito fraco, com todos os chavões e desagradáveis aspectos de outras arengas da oposição, despido inteiramente da decisiva energia nauseísta.

Assistindo ao ato cívico, diante da estátua de Tiradentes, o chefe do PNN parou, e pararam também deputados, aguardando o que ia acontecer. Juntou gente. Malta Rau perguntava ao homenzinho frágil e verde:

— Mas, meu amigo, você está incluindo o meu estudo sobre a náusea brasileira?

(Gesto de profundo desgosto. Um lenço encardido, que já foi vermelho ou roxo, tapa a boca sofredora.)

— O abastecimento das capitais? Aquele período sobre os grandes frigoríficos?

(Novo gesto.) A pequena multidão está abalada. Malta Rau treme e prossegue, perguntando:

— A parte relativa à inflação? O estudo sobre as burlas da legislação trabalhista?

Nessa ocasião, o pequenino foi todo sacudido por espasmos. As magras bochechas estufaram e depois ele escondeu a face sofrida, pousando-a no pedestal da estátua, como um menino se esconde na saia da mãe.

Sem perguntar mais nada, Malta Rau retirou-se, seguido por um cortejo silencioso.

Atribuem aos bravos e atilados advogados do PTB, da UDN e do PSD o sucesso na ofensiva judicial que houve, logo em seguida, para derrubar o PNN. Podemos afirmar, dentro do mais rigoroso cuidado histórico, que esses partidos já encontraram caminho fácil, por meio das próprias lutas internas dos nauseístas. Brigavam os membros nos pátios das universidades, à saída das fábricas, dentro das próprias casas.

A imprensa chamou os furiosos dissidentes de anarquistas. Os anarquistas, fotografados em alguma fazenda sem endereço, fizeram carga cerrada contra o PNN.

Falava-se já, e muito, em cassação dos mandatos; o nauseísmo era francamente subversivo. E havia as denúncias:

testemunhas apontavam os entendimentos de emissários de Perón com o PNN, transformando a causa em ameaça internacional; outras falavam do desrespeito às instituições, consubstanciado nas atitudes nauseístas diante do Ministério da Guerra e do Palácio da Justiça; foi também posta em evidência, nos documentos, a injúria pública ao presidente da República, que fechou seu habitual sorriso, no dia do Grande Prêmio Brasil, quando muitos lenços foram levados aos lábios à sua passagem.

As reuniões na sede do partido, agora, eram francamente desesperadoras. A cada manobra de seus inimigos, Malta Rau respondia com notável discurso, no qual ele apenas repisava o grito de fé.

— Se tirarem do brasileiro o direito à náusea, que restará?

Mas aparecia sempre um membro do diretório, protestando contra a fraqueza dos discursos:

— O povo espera que passemos o Brasil a limpo, mas só estamos tratando de filigranas, nada mais.

Verificando, pelas datas de seus respectivos discursos insertos nos Anais da Câmara, chegamos à conclusão de que os deputados do PNN desertaram praticamente na mesma ocasião. Ligaram-se a outros partidos e, quando fizeram a comunicação à Câmara, lacrimejaram de fazer pena. Tiveram atitudes nobilíssimas: "Fomos vítimas do maior engodo que já houve sob os céus destes brasis. Denunciamos, com perigo de vida, as atitudes daqueles que ontem nos iludiram, mas hoje estão sendo desmascarados em praça pública. Devemos ser realistas...".

Nessas ocasiões, Malta Rau pedia licença para apartear e muito enfático levava o lenço à boca. Isso desgostou maciçamente o Congresso. Ele insistiu, porém, no direito de dar tais apartes. E a Câmara, em unanimidade jamais vista, bem se voltou contra ele.

— • —

Todos já esperavam como certa, nesses dias, a cassação dos mandatos. Uma semana após a decisão judiciária que colocou o PNN fora da lei e Malta Rau em ostracismo — já que seus companheiros haviam agido de forma tão inteligente quanto realista —, houve a tristíssima reunião em casa de Sabininha. Apenas umas trinta e poucas pessoas. Falavam baixo, guardando, com muita delicadeza, o comportamento social dos velórios. Malta Rau, a cabeça aumentada pela magreza do corpo, só fazia exclamar:

— Canalhas!

E havia uns tímidos e afetuosos sinais: a mão de um ou de outro fiel partidário, quase chegando à boca e caindo, desconsolada.

Foi Sócrates Bonfanti, presidente do Comitê Estudantil, que se havia tornado nauseísta desde aquele longínquo dia do primeiro ato cívico aos pés da estátua do protomártir, que procurou vencer o marasmo:

— Como vamos sobreviver? Desde já devemos suspender as retaliações e formar nosso plano. Restabelecer o prestígio da poesia em praça pública, reencarnando Castro Alves em nosso movimento de redenção? Dar prêmios a monografias sobre o rinoceronte, pura e simplesmente? Lembrem-se de que Cacareco ainda não foi proibido. Trabalhar nas filas de compras, nos dias de recebimento dos salários, ou dez dias antes, no meio do funcionalismo ou do operariado? Gratificar as garotas-propaganda da televisão, para que, vez por outra, incluam, disfarçadamente, o nosso imortal gesto nos anúncios comerciais?

Quem assistiu a esse quadro desolador fez amargas considerações sobre o que pode vir a ser a decomposição de um partido.

O estudante falava com ardor, mas a assistência recebia os alvitres com apatia. Alguém preferia apoiar o ex-chefe nacional em seus desabafos. E quando ele dizia "Corja de traidores!", repetia, sério, "corja", fazendo um aceno bambo de lenço murcho.

Em sua janela, o teórico não dizia nada. Tinha a vaga impressão de que a cidade, através do guincho das cortinas de aço, dos ditos galhofeiros de calçada, do rilhar das linhas de bonde, era uma náusea só, uma náusea que lhe dizia respeito. Foi como num sonho que viu Malta Rau teórico, em seu lugar, dizer:

— O erro foi termos começado aqui. O Brasil precisa do estímulo lá de fora. Se nós começássemos na Inglaterra, primeiro como uma filosofia de vida, depois como reivindicação social, o nauseísmo seria mais do que um partido. Isso na Inglaterra ou na França...

Sabininha achou que devia falar qualquer coisa:

— Dizem que esta história de náusea, na França, não é novidade...

— Sabininha, a nossa náusea é totalmente diversa.

Eudes dava as costas ao rumor de trânsito que jamais lhe parecera tão exasperante:

— Sim — falou ele, saindo de seu torpor e com absoluta reverência ao chefe. — Que poderia ter acontecido a Marx se o seu fenômeno não houvesse ocorrido na Alemanha e na Inglaterra, mas aqui no Brasil? Evidentemente que a força das ideias está ligada, e muito, a seu país de origem.

Sabininha encostou-se a seu lado, e um anúncio luminoso a circundou de rosa, como numa vitrina:

— Disseram-me que na Inglaterra há a maior liberdade política, que até um estrangeiro pode dizer o que quer no Hyde Park!

Dito isso, voltou-se para Eudes, agora com uns longes de tom verde, mandados pelo anúncio, o que fez Sabininha sonhar com um relvado inglês, com a cabeça de Eudes largada sobre ele. Em algum lugar do mundo, ela o contemplaria sobre um travesseiro, e tantas vezes, que esta ideia não lhe traria mais uma pontada de dor, mas o quadro a aborreceria, enfim, como a uma mulher casada em bem-aventurança.

Não haverá tempo para fazermos aqui uma consideração mais profunda sobre o imponderável na política. Nessa melancólica reunião ele foi representado, primeiro, pela figura do irmão de Sabininha, que chegou pisando leve, uma papelada debaixo do braço encantado, dando-lhe a notícia:

— Você tanto me levou a comícios, pois é, eu detestava! Mas acabei formado em praças e jardins. Tudo é vomitivo. Um mau gosto. Ih! Fiz um plano de remodelação. Vejam aqui que amorecos de plantas! O prefeito aprovou, fui nomeado, e vocês aguardem que vou fazer coisas notáveis, notáveis. Vão-se os comícios, fiquem as praças.

Ninguém riu, apesar do uísque, em que todos mergulhavam o pensamento, cada vez mais sofrido e lúcido. Sebastião Horta apareceu. Aparentemente, ouvira a declaração do filho e estava encantado:

— Vocês já vão saindo — disse com acre amabilidade.

— Sujeito como eu não se sente bem na... — Procurava a palavra e não a achou. Malta Rau levantou-se, num heroísmo vacilante. Todos o acompanharam. Sebastião Horta segurou o braço de Eudes: — Você fica e meus filhos também.

Agora estava lépido. Parecia querer dar a melhor das notícias. Um longínquo sopro de ilusão política bafejou ainda Eudes Antunes.

Quando os outros saíram, Sebastião Horta quis falar qualquer coisa, mas explodiu numa gargalhada de fermentos bucais:

— O trato... era por sobre a legalidade. Eu sou o homem do respeito à lei. Depois, eu estava fazendo mau juízo, à toa, dos bichinhos... — Agora, olhava para os filhos com ternura inesperada. Voltou-se para Eudes e lhe deu um afetuoso safanão às costas, com tanta força que o moço oscilou: — Vocês deram com os burros n'água, mas fiz um bom negócio. Ninguém me tira o faro...

E, como Sabininha fizesse perguntas, ele encerrou o assunto e disse que tinha de ir para a cama, pois era o primeiro a chegar entre todos os operários.

— • —

Ela alcançou-lhe o braço, na rua. "Que braço tão danado de bom abraçador deve ser este!" Apoiou-se nele e deu ênfase ao próprio movimento. Andava só para subir e descer, roçar-se, ao contato daquele braço:

— Aqui entre nós — disse ela procurando espicaçar o orgulho de Eudes. — Se você fosse o chefe, as coisas não andariam tão más. Ele agora fala demais. — E entrou fundo, pelos olhos de Eudes.

O rapaz teve um repente de sobranceira fé partidária:

— Sabininha, Malta Rau é um grande homem. Um homem que o Brasil não merece. Ele tem razão. Se nosso movimento fosse na França, na Alemanha ou na Inglaterra...

Pararam à beira de uma corrente fresca, que vinha, intermitente, suspendendo de leve o vestido da moça e encrespando-lhe os cabelos (num documento histórico, esses detalhes podem ser considerados supérfluos, mas, infelizmente, acreditamos que eles poderão determinar a razão da última etapa do Partido Nacional da Náusea).

Eudes Antunes, naquele momento, sacudia já o velho corpo de Albion com a revelação de sua teoria. O chefe tinha razão. Há cem anos surgira o marxismo e nada mais de novo acontecera, fora o nauseísmo. Tudo de sério teria de vir da Europa. E era preciso não esquecer que a Inglaterra continuava a grande mestra política do liberalismo.

— Se nós tivéssemos algum dinheiro, pelo menos algum, para passar os primeiros meses na Inglaterra...

Em Londres, em qualquer jardim, Sabininha viu o piquenique que haviam deixado de lado, por muito interesse recíproco, e os dois, só os dois, e mais o cheiro da primavera, que aqui no Brasil não tem. Ela estava ali, procurando pesar em seu braço, e ele nem compreendia a significação da sua presença:

— Está na hora de voltar para junto de seu pai. São cinco da madrugada e nada mais temos para conversar. Sem partido, sem dinheiro... Fomos vomitados, Sabininha. Por todo mundo e, em particular, por seu pai.

— Eu por mim quero ajudar a causa. Tenho algumas economias. Estão à sua disposição... Se você quiser ir para Londres...

Ele sentiu tanta gratidão que a beijou fraternalmente. Mas Sabininha o reteve. Deu um sentido todo pessoal àquele beijo e agarrou, enquanto ele durava, a visão de como se amariam à beira do Tâmisa, atravessando a ponte de Waterloo ou ainda num canto qualquer de uma rua perdida, embaciada de neblina, de casas de tijolinhos e portas de madeira envernizada. Seria possível que no *fog* ele reparasse melhor. Ah, esses homens loucos por política!

Devem convir que essa explicação sobre o segundo imponderável é a mais lógica para a ida do chefe do antigo PNN e do teórico do partido à Europa. A outra, que circulou a respeito de dívidas e batidas policiais, nada tem de verdadeira.

— • —

Os antigos líderes do PNN deixaram de ser notícia logo após a partida, quando foram fotografados no navio do Lloyd e tiveram legendas impiedosas: "Agora terão a náusea a bordo de um cargueiro". Os trinta e poucos nauseístas, da reunião de Sabininha, foram debandando. Na ausência de Malta Rau, o estudante Sócrates Bonfanti resolveu mandar rezar uma missa de ação de graças pelo aniversário do ex-chefe nacional e apareceram só cinco pessoas, incluído o próprio organizador da cerimônia.

Às vezes ele procurava Sabininha. Ficava inquieto pela falta de notícias do chefe. Decorridos dois meses, nenhuma carta vinha de Londres para ativar as fidelidades.

Sabininha também sentia saudades. Era cada vez mais o modelo da boa menina e o orgulho de Sebastião Horta. Tinha de dar tempo ao tempo para que o pai não impedisse seus planos. Agora, já podia pretender dar um giro pela Europa sem que ele se inquietasse. Durante a última visita de Sócrates, a moça disse com gravidade:

— Vou saber o que há e prestarei contas a vocês...

Sócrates sentiu o plural com um engrandecimento tamanho de sua pessoa que se viu esmagado. Jamais renegaria seu credo.

— • —

Chegada a Londres, Sabininha foi ao endereço que Eudes lhe dera: mas os dois se haviam mudado de hotel. Procurou a Embaixada brasileira e nada. Perguntou a várias pessoas, em seu bom inglês, se os jornais não haviam dado alguma notícia sobre dois políticos brasileiros, assim, assim: *"I beg your pardon?"*.

Lembrou-se de que deveriam certamente estar no Hyde Park. E, durante alguns dias, varou por gente desinteressada dos passantes que lia o *Times*, confortavelmente, nos bancos, como se estivesse em casa, apesar da zoeira das crianças. Ouviu oradores. Um tinha um turbante enorme, era quase preto e falava contra a segregação racial. Outro, já velho, de calva vermelha, os raros e alvos cabelos esfiapados caídos sobre o largo colarinho, pregava sobre a invasão dos homens no terreno de Deus. Era contra o envio dos foguetes. Outro ainda dizia coisas terríveis a respeito do "humanocentrismo": "Por que seremos melhores do que os animais?", "Que valemos nós?".

Levou ela assim algum tempo, enquanto a primavera se ia adensando e os graves cheiros agrestes venciam os insuportáveis cheirinhos de lanches azedos e de marmitas dos infindáveis comedores do parque.

Depois, ela os viu. Seu coração bateu com tanto ímpeto que reconheceu ser desgraçadamente, irremediavelmente, moça perdida de amores. Encostou-se a uma árvore. Queria fazer surpresa.

Malta Rau e Eudes confabulavam, tomavam suas posições contra o movimento do público, que vinha das bandas de lá para a rua. Ali não poderiam deixar de ser vistos.

Eles se ofereciam às multidões. Passavam moços de alegres paletós em xadrez, operários taciturnos, lindas enfermeiras, velhos que caminhavam com dignidade, embora atrasados dentro da rapidez geral. Velhas com mantas às costas, criadas carregando cestos de compras, pequenas ruivas umedecidas de orvalho primaveril, um ou outro sujeito de chapéu-coco e colarinho duro e uma ou outra velha senhora de bengala.

Eles deveriam começar seu ato cívico. Atrás, era o relvado, como só existe na imaginação da gente e nos parques londrinos. Mas eles já não eram os dois líderes do glorioso PNN. Eram dois pobretões malvestidos, com cara de fome, com uma desagradável pátina de gente pouco asseada, que sobressaía na pulcritude dos londrinos.

Eudes falava inglês com alguma facilidade:

— Venham, venham todos, senhoras e senhores. Este homem puro está fazendo um ato cívico. Ele porá para fora todas as coisas más que moram no coração humano: a falta de solidariedade, o espírito colonial, ah, o espírito colonial!, a impiedade, que faz com que nesta terra um cristão morra de fome ao lado de outro, o orgulho, a incompreensão dos povos. Senhoras e senhores, atenção para o grande ato cívico!

Malta Rau baixou-se e conseguiu, de sua boca funda, trazer, enfim, a mensagem da náusea. Depois, quase tão verde quanto as folhas do parque, encostou-se a um velho carvalho.

Era bem à vista de todos. Ninguém poderia deixar de, à frente de seu caminho, reparar naquele Malta Rau, outrora líder de um dos mais famosos partidos políticos do Brasil, ali mero vagabundo, vomitando as coisas tenebrosas que deveriam produzir a náusea dos ingleses. Ninguém poderia deixar de ver. Exceto um *gentleman*, que não se volta, jamais, para as inconveniências.

Mas, como todos os ingleses se prezam de o ser, pessoa alguma parou e viu.

— • —

E agora lamentamos não prestar outras informações. Mas o que se segue já não toca mais à história do PNN. É assunto confidencial entre Sabininha Horta e Eudes Antunes.

# PARTE III
# O SOBRENATURAL

# A MÃO DIREITA

A Narcélio de Queiroz

Agora que o sono pousou sobre sua testa, como aquelas benditas folhas de chicória com que sua mãe conjurava a dor de cabeça, você se sente um pouco refeito em suas ideias. Só em seu espírito. Tem a impressão de que o corpo cresceu, exorbitou-se além das próprias forças nessa cama de hospital, e o espírito, dele desligado, lúcido, vigia e espreita a servente, aquela menina pálida, magricela, que se transformou em seu inimigo. É o seu contato com o mundo exterior: a servente. Já notou que ela tem horror a tocá-lo e faz prodígios para atendê-lo sem roçar a mão sequer pela atadura de seu braço amputado, sem esbarrar, nem de leve, em seu ombro. Você é capaz de jurar que essa sem-vergonhinha, depois de retirar a bacia, pousa-a depressa do chão, ao se ver livre no corredor, só para fazer o sinal da cruz. Quando vê a criada oscilante à sua frente, angustiada pelo problema de ter de atendê-lo, também sabe que estará fazendo duas figas atrás das costas. Mas agora, tendo tão difícil enfermeira, que vem unicamente às horas certas, você deverá manter, com a miserável cachorrinha branca assustada, um frágil diálogo. Depois do sono, só uma coisa lhe preocupa a mente:

— Você quer ver o que está dando aquela sombra ali em cima?

— Que sombra?

— Aquela ali, como uma folha. Vê se me fecha a cortina.

— Pronto! Assim serve?

Você poderia dizer:

— Serve.

Mas, desde que voltou da operação, o escuro lhe faz pavor:

— Assim você escureceu demais.

A servente descerrou um pouco a cortina, e o céu cinzento bem se imiscuiu por ali, tapado, impenetrável, agressivo, com cintilações metálicas. Você fechou os olhos, vencendo aquela onda de ódio contra a servente. Como a comadre mesquinha e faladeira, agora tece o possível diálogo entre ela e a outra empregada do mesmo andar:

— Comigo azar não pega! Logo que soube que o dezessete tinha sido padre, tomei minhas providências.

E a companheira, com certeza, deveria afirmar:

— Gente assim, nem com gorjeta em cor de laranja. Mas qual é a sua defesa?

— Bem, eu me concentro, faço de conta que estou numa redoma, chamo três vezes pelo anjo da guarda.

E a outra:

— Por via das dúvidas, reze o "em Deus-Pai". Lidar com excomungado é o pior que pode acontecer a quem trabalha, como nós.

Ah! Você vive num mundo que lhe volta as costas por intermédio dessa menina trapalhona. E até seu corpo crescido, impossível de ser totalmente subjugado pela força límpida do espírito, sente a ameaça dessa antipatia surda que deve vingar lá no corredor, quando outros doentes — você não estará exagerando em seu pensamento? — pedirem para ser removidos: "Aí tem um que foi padre. Quem está para se operar, seu doutor, fica supersticioso. Olhe, veja se me arranja um quartinho... no andar de cima!".

Ah! Ninguém se compadece de você. Seu médico fica, afanoso e risonho, bem à porta, a espreitá-lo com fingida alegria, mas você, com sua acuidade, com essa sua inteligência a flutuar sobre todas as coisas, já percebeu o que há de falso nesse higiênico e escanhoado riso profissional do cirurgião. Todavia não estará sendo injusto? Sua mãe esteve aí. Aí mesmo nessa poltrona, encostada à parede onde aquela aflitiva sombra de folha palpitava ainda agora. Você a viu, miúda e tão seca, de cima da alta cama. Sentou-se, dura, afogueada, os olhinhos vermelhos, de rato esperto, postos em sua face: — Meu filho, tomei uma decisão... Você não estava em condições... eu não sabia quando você poderia resolver... — E aquela mãe-coisinha o fulminou mais uma vez com suas palavras. Que poderosa senhora de sua vida foi essa mamãe pequenina e aparentemente tão desvalida! Você podia imaginar o que ela iria dizer. Mas assim mesmo um calafrio o apanhou dos pés à cabeça: — Meu filho, eu mandei enterrar... no jazigo da família. Custei a persuadir os médicos, mas afinal eu os convenci de que, para mim e para a família, você continuava um sacerdote, e tenho fé que também para Deus. A mão de um padre não pode ser jogada fora nem servir de experiências a estudantes. Meu filho, sua mão direita foi sepultada com rezas e toda a dignidade que requeria.

Você imaginou o pequeno cortejo, a preciosa caixa coberta de terra, a ligação subterrânea com os mortos da família.

Se não fosse tão macabro, poderia rir. Estava aí na cama, e uma parte de seu corpo recebia as honras de um funeral. Talvez sua mãe derramasse lágrimas sobre aquela mão para ela sagrada que um dia — havia dez anos — fora a primeira a beijar, quando você oficiara a primeira missa. E ela, hoje, não lhe pouparia nem este momento terrível de recordação:

— Meu filho, quando a enterramos e rezamos em sua intenção na capelinha da família, fiquei tão perto daquele dia de glória que vivemos, quando milhares de pessoas beijaram, e para ter indulgência, a sua mão, sua mão sagrada, sua mão santa! Essa mão, eu havia tornado santa, desde que o fizera estudar para padre. Essa mão que você impedira de continuar abençoando, exorcizando, afugentando os maus espíritos. — E sua pequenina mãe de coisa nenhuma abria a voz: — Quando houve o desastre, meu filho, foi Deus. Ele quis reaver a preciosa mão de seu ministro, ninguém me tira isso da cabeça.

Nessa altura, você teve vontade de gritar, de pedir socorro, mandando expulsar aquela mulherzinha que vinha ali só para escarmentá-lo, tão impiedosa diante de seu sofrimento. Conteve-se, a custo. Ninguém saberia até que ponto chegara a sua covardia, esse medo absurdo que se abatera sobre você como a primeira investida do fim. Estava muito tolhido e fraco para dizer tudo à sua mãe, mas assim mesmo, saindo apenas daquele pavor imensurável, você murmurou:

— A culpada foi a senhora... que me obrigou.

Ela teve um risinho antipático e irritante, nem sequer se comoveu com sua queixa. Você prosseguia pensando e por dentro se queixando dela, mas ou ela não estava alcançando o horror de sua mutilação, ou fingia não alcançar:

— Afinal, você está ficando bom e continuará como queria, como professor de línguas. Para isso, a esquerda serve, você, desde menino...

Por que escolhera, entre tantos filhos, a você? Por que dizia, quando as crianças entravam na sala, puxando por sua mão: "Este aqui vai arranjar para nós um cantinho no céu. Olhe que mãos ele tem! Não parecem de anjo? Eu sei que este tem vocação: este vai ser padre. Antes de me casar, já dizia que um dia daria um filho a Nosso Senhor..."?

E, felizmente, sua mãe se fora. Você ficara aí, os olhos semicerrados, não de fraqueza, mas evitando o choque que haveria de ter se avistasse aquela folha que se agita, sombria, na parede, as cinco pontas ondulando em seus movimentos, espichando-se, encolhendo-se, semelhando ora a uma aranha, ora a um lenço agitado numa despedida. E aquela mancha ali, como que lhe transmitia sugestões, impunha rumo a seus pensamentos:

— Foi ela sempre a culpada. Eu dizia: "Mamãe, já vi que não tenho vocação".

— Não crê em Deus, meu filho?

— Sim, minha mãe.

— Não crê na Santa Madre Igreja?

— Sim, minha mãe.

Como explicar a essa mulherzinha obstinada que você era um homem do mundo, do mundo dos homens? Você já era o padrezinho da família antes mesmo de ter professado. Seus irmãos não pilheriavam na sua frente. Quanto a namoros, a histórias de mulher — quem se atreveria a tal? Na sua solidão de covarde, você sabia que aquele caminho não era o seu. E você se surpreendia, à hora dos ofícios religiosos, com vadios pensamentos mundanos e inteiramente desprovidos do sentido daqueles instantes. Mas sua natureza amedrontada dava uma aparência de tal disciplina que, no seminário, seus mestres nunca notaram o engano. E talvez você desse um sacerdote burocrata, um professor de colégio que, por acaso, veste batina, em nada místico, em coisa alguma interessado na propagação da fé e nos mistérios, mas que vai ao fim da vida sem causar escândalo, se não esbarrar com uma prova real para sua vocação.

Você imaginou aquele manso refúgio do seminário nos primeiros anos e depois quando gastava a sua energia e os últimos lampejos de interesse como professor da bárbara meninada. De longe em longe, você aparecia em casa e, só então, bem se sentia um padre. Abençoava, batizava, casava, debaixo daquela espessa atmosfera de fé.

Todos aqueles que o olhavam devotamente haviam beijado a sua mão: os pais, os irmãos, os empregados, e mais os amigos e vizinhos. Você se sentia ninguém. No entanto, eles o contemplavam com absurda reverência.

Você não pode abrir os olhos que a maldita mancha esvoaçante lá está. De súbito, uma dor aguda o colheu. Sua mão direita, a inexistente, a morta, sepultada, começa a doer e a latejar. Já o informaram sobre essas sensações ilusórias. Você bem sabe que perdeu a mão. E, no entanto, ela lhe dói. Você desejaria até mover os dedos, pendurar o braço, a fim de que essas fulgurantes câimbras pudessem passar. Você chamará a servente? Não. Você ia chamá-la, mas, de súbito, a sombra movimentou-se. Você a vê como através de leve palpitação. Nessa atordoante atmosfera, a mancha cria relevo. Engrossa, toma corpo e, enquanto lá fora o céu escurece rapidamente, cá dentro ela clareia e se destaca. A tremulejante parede, ali entumecida, a expele por inteiro.

— Deus do Céu, já não é uma folha!

E não se movimenta de maneira incerta, como ao acaso. Enrijece-se e faz — Nossa Senhora! — um sinal, um gesto, como o esboço de um cumprimento. Você disse um gesto, sim, ou, por outra, você pensou que aquele movimento significasse um gesto. Desde que pediu à servente para cerrar a cortina que você teme que aquilo ali, aquele ponto antes sombrio, agora luminoso, seja um espectro, o espectro de sua mão direita.

Você procurará relembrar todas as teorias a respeito da alma, inatingível no corpo ferido ou mutilado, mas você também recordará as pessoas que lhe beijavam a mão direita, as vezes que ela abençoou, as elipses que descrevia na liturgia da missa, aqueles sinais que dirigiam os fiéis, a sua misteriosa parte na transmutação do vinho em sangue e da hóstia em carne. E você teme a sua mão, a mão mais forte do que você, a mão sagrada que Deus procurou reaver quando o impeliu ao desastre, essa mão que sua mãe fez enterrar como a única parte venerada do corpo de seu filho — a mão de sacerdote de um homem que já não era padre.

Sim, ela está ali, opalescente. Traça para você um sinal amistoso. Você poderá chamar a enfermeira, chamar o médico, você está delirando, e eles farão com que acorde do delírio, mas você terá de confessar a sua vergonha, terá de dizer que está com medo de sua própria mão defunta. E eis que ela se põe a falar, com fala parecida com a de seu pequenino sacristão, porém desmaterializada e meio ciciante, como voz ao telefone:

— Louvado seja Nosso Senhor Jesus Cristo!

— Você não me pode impressionar, ainda que use essas palavras de paz. Você está morta, enterrada.

— Mas sou parte viva de você e ainda agora me sentiu bem viva. Eu ainda estou tão ligada a você que me posso fazer lembrar por essa dor atordoante que você sentiu. Eu sou a sua santa mão direita.

— Você não pode ser santa. Desde que renunciei... você me acompanhou. Em todos os meus pecados, também você foi a minha mão direita.

— Foi por isso que Deus me poupou. Exatamente como sua mãe disse.

— Vade retro. Você é um sonho, é um delírio...

— Você tem provas de que eu não sou nem sonho, nem delírio. Você jamais conseguiu que eu participasse de sua abjeção. Pensar que eu pertenci a um homenzinho tão miúdo e que Deus me fez capaz de tantos prodígios! A minha bênção curou muita gente, você sabe disso. E pacificou também muita gente, você também sabe disso.

E a falazinha sibilava terrivelmente.

Você fecha os olhos para que a visão desapareça, mas agora ela se transforma, está cada vez mais cintilante, pura e cintilante como pomba ao sol.

— Houve o dia em que você espantou a morte apenas com meu sinal, e houve aquele outro dia em que você conjurou o próprio demônio. Bastou que tocasse com meus dedos a fronte do menino possesso.

Lá estava ela, a intemerata, tão radiosa, aquela que fora além de sua fraqueza, da covardia. Durante tantos anos ela ministrara os sacramentos!

— Você se esqueceu de mim. Você pensou que pudesse viver liberto do prodígio de sua mão, você, homenzinho pequenino, por mero acaso, associado à grandeza.

— Maníaca! Louca!

— Estamos sozinhos, boiando no imenso segredo de Deus. Você se esqueceu de sua mão direita por uma mulher. Você, homenzinho, renunciou a seu sacerdócio por uma mulher.

— Se nós estamos conversando dentro do sopro do segredo de Deus, Ele sabe que eu não tenho nenhuma culpa e que a escolha não foi minha. Minha mãe é a culpada!

E de repente, na parede, a visão se encolheu como rosa pudica, não desabrochada.

— Você me levou a abraçá-la, a percorrer seus ombros, a descer naquela colina branquicenta que o enfeitiçava, a escravizar-me naquele nojento passeio de pecado! Desde que você está vivendo um segredo, de que ninguém mais participará, vou lhe contar alguma coisa que nem ela mesma dirá a ninguém: as carícias, as carícias que você me fez fazer nela, queimavam depois como o fogo do inferno. Seu ombro ficou como se fosse crestado, e ela subiu o decote, ocultou os vergões no pescoço, sabendo que aquelas eram as marcas vivas da sua profanação. Ainda que eu não fosse morta, você jamais tocaria em outra mulher depois do que soube, pois seus carinhos a contaminariam de maldição também física.

— Você diz que é santa e me faz este terror, este flagelo. Você não é a minha mão, você é a mão... Vade retro!

— Sabe que não. Mas também sou terrível quando marco alguém com meu sinal.

E, de súbito, houve novamente aquela dor agudíssima, dilacerante, e você sentiu queimar a ponta dos dedos da sua decepada mão direita. No paroxismo dessa dor desesperada, esfumou-se o espectro. Tudo ficou como dantes, e você pôde observar a parede lisa e sombria. Agora, uma onda sanguínea parece refluir sobre seu coração, ameaçando-o de uma sorte de afogamento. Tateou o botão da campainha, dominando a esquerda, uma, duas, três vezes. E, quando a servente chegou, você conseguiu dizer:

— Chame a enfermeira! Estou muito mal.

A mocinha que avançara cautelosa — mas não tão perto de você, não tão perto — correu pelo corredor, e em breve a enfermeira chegou, o médico veio, formas brancas turbilhonaram ao redor de sua cama, picaram-no de injeções, você se sentiu mover dócil por entre mãos e cuidados antes de naufragar num torpor meio doce. Houve um salto qualquer sobre o tempo. Já não era mais escuro, era dia, e você desejou ardentemente qualquer coisa como um perdão, qualquer coisa como um regaço, e seu desesperado pensamento procurava atingi-lo.

Você já não podia falar nem se mover. Seus olhos fitavam a parede clara, desesperadamente igual. Nada, nem um sinal. Não havia o mais leve indício de sombras. Seus olhos abertos, aflitos, esperavam, porém. Esperaram até que ela se estampasse ali e tomasse, enfim, aquele sentido, aquela direção que você renegou. Na nudez da parede a mão floresceu, afinal. Houve a exígua viagem para baixo, para a esquerda, para a direita de um gesto de absolvição. E você cerrou os olhos para dormir.

Caiu a calma, veio o tempo. A servente deslizou pelo quarto. De repente, olhou para a parede, invadida pela claridade do meio-dia, lembrou-se de cerrar a cortina. Mas inquiriu seu rosto com os olhos. E você estava tão profundamente sereno que, dessa vez — só dessa vez —, ela não sentiu nenhum medo.

# DINAH FANTÁSTICA

# COMBA MALINA

# COMBA MALINA

Deixe contar a história, seu doutor. É questão de crédito de juízo; a gente perdendo, não recupera nunca mais. Tenha paciência. A coisa até começou com um pensamento maroto: se o fominha do gerente não me deu o aumento, deixa pra lá. Corto na passagem e no aluguel.

Tão simples, tão fácil. Pra que um sujeito solteiro, rueiro como eu, ter esse luxo de quarto em Brás de Pina e ainda gastar um horror com duas passagens para o subúrbio? Na invenção com que me dava o aumento negado pelo gerente, abria uma felicidade malandra, gostosa — uma dessas alegrias meio bobas que fazem a gente andar rindo na rua e os outros sérios olhando e perguntando: "Que é que esse cara viu de bom? Passarinho verde?".

Pois eu andava rindo quente, gostoso, na tarde de gente encabrestada, aflita, amarrada em seus problemas, na pior hora da volta para casa. Deixei a Praça Quinze, e uma pequena meteu o olho em cima de mim, reparando aquele meu riso frajola, desatado, desfazendo de caras alheias. Então, seu doutor, descobri que o beco era ali mesmo, mas tão diferente de tudo que parecia que eu tinha posto o pé num mundo dos tempos de trás que não tem mais no Rio. Umas quatro ou cinco casas baixinhas, um sobradinho faceiro, e eu consultando o anúncio passei a vista por ele. "Parece que estou no interior. Casa com altos e baixos, terracinho, gato estirado na porta, tudo tão calmo, tão diferente da zoeira aí da praça!"

Enxotei o bichano — sempre tive raiva de gato, bicho maligno, traiçoeiro, capaz de morar com a gente vinte anos, mas só querendo saber de suas safadezas nos telhados e do bem-bom do conforto.

Já ia pondo a mão na campainha quando todo aquele barulho da praça esmaeceu, sumiu. E aí começou um toque de flauta meio engraçado, que nem moda de palhaço. As primeiras notas vinham como ovo choco que estoura, atirado: booom-booom... E as outras eram uma escalinha fresca feito assovio que subia umas três notas — conheço música um bocado, seu doutor, toco até de ouvido —, e depois a escalinha caía, vindo em seguida a repetição das notas gordas, esparramadas, esborrachadas. Aquilo mexeu logo comigo. Fiquei pensando: "Que diabo de música é esta?". A coisa se repetiu umas três vezes, depois parou. Eu toquei a campainha, veio abrir uma brancosa que já devia ter feito sua vista, mas agora — bem, o senhor já ouviu falar naquela história da mulher que tinha o cabelo tão preto que parecia branco? Pois era assim mesmo. Boazuda ainda, mas entrada já nas tintas. Parecia que ela esperava um namorado; quando me viu botou dente pra fora que não acabava mais:

— Veio pelo anúncio?

E, quando eu já ia entrando, um pisa-nos-tocos saiu lá de dentro, e ela se desculpou:

— Sinto muito não ter mais nenhuma vaga.

— Então — eu disse —, já vou-me mandando que tenho ainda outras vagas pra ver.

— Não — respondeu apressada. — Espere. Vamos conversar primeiro.

E fechou a porta na cara do sujeito enquanto me puxava para dentro. Num átimo, o pequenino fez olho redondo pra nós. Pensei com meus botões: "A coroa gostou de mim, e eu não tenho nada contra isso".

Fez-me sentar num sofá coberto de plástico, e eu cheirei com alegria a limpeza da casa, o óleo dos móveis, uma nuvem de comida limpa e de carne do dia chegando até meu nariz.

A mulher, seu doutor, entrou logo na conversa prometida:

— O senhor há de se admirar de que tenha dito àquela pessoa não haver mais vagas aqui. É que estou escolhendo um companheiro de quarto para o professor Sarmento. E o professor é homem exigente. Não vai aceitar qualquer cafajeste.

Pela primeira vez alguém mencionava, ainda que por alto, a minha distinção. Acho que jamais me encantei tanto, doutor, com um elogio do que com essas palavras.

— O professor Sarmento virá aqui. Espere um instantinho.

A mulher olhou, e eu tive a certeza de que ela me limpava o couro, assim como uma cozinheira vê um frango ainda por depenar, sabendo o que vai dar na panela.

Mas aquele alegre começo anoiteceu dentro de mim. "Será que esse professor é um..." Bem, o senhor sabe... gente mais pra lá do que pra cá. Se fosse assim, o barato saía caro.

Dentro de alguns minutos, ela voltava com o professor Sarmento. Ele era uma pessoa correta, como se diz. Nem carne, nem peixe... nem velho, nem moço... nem magro, nem gordo, muito bem barbeado, isso sim. E a boca cheirando a dentifrício, o que dá boa impressão na gente quando se trata de companheiro de quarto. E aí, seu doutor, o professor Sarmento foi dizendo com muita delicadeza que só repartia a dormida com outra pessoa porque tinha umas quedas de pressão — coisa muito de longe em longe, mas que pensava pudesse lhe dar um dia uma vertigem, e ele sozinho sem poder chamar por alguém...

— Por isso mesmo, rapaz, você vai pagar uma ninharia pela vaga.

Era mesmo uma ninharia. A bem dizer, o professor não queria humilhar o companheiro de quarto e cobrava um quase nada pela cama. Vi logo que minha primeira impressão de que ele pudesse ser um "sabe como é" não tinha razão de ser. Eu sou rápido em descobrir essas coisas: um jeito de pôr as mãos nas cadeiras, um modo e um riso... pego logo no ar quando o sujeito não é cem por cento. Acalmei por esse lado e, ao ver o quarto, acho que dei uma risadinha parecida ainda com aquela da rua. Era uma sala muita espaçosa: eu ocuparia um sumiê. Havia uma prateleira de livros muito bem tratados, uma lousa com uns troços escritos que eu não sei, doutor, se era geometria ou coisa parecida, e bem em cima do sofá tinha umas figuras antigas. O professor veio para junto de mim:

— Este lugar aqui é a Praça Quinze há duzentos e cinquenta anos. Aqui está o Arco do Teles, veja você. Igualzinho, quase, ao que era antes.

— Puxa vida! Parece ainda um bocado. Mas aqui onde nós estamos tinha uma bodega.

— É — disse o professor. — A bodega da Comba Malina.

— Como é que o senhor sabe disso?

— Ora, rapaz, está escrito, veja. Tenho passado a vida estudando este miolo onde nós hoje moramos, mas pode estar certo de que não vou aborrecer você com meus estudos.

— Pra mim esse negócio de história é como religião: quem quiser que acredite. Respeito todo mundo que acredita, mas também é só.

A mulher, que se queria calada, levantou o braço gordinho, puxou uma cortina e disse, por fim:

— Veja que o senhor pode ficar à vontade, quase como num quarto em separado.

— É — respondi com uma certa prevenção que de súbito me engasgou um pouco. — Mas isto é assim? Não tem depósito nem carta de apresentação? Eu trabalho no banco, aqui perto. Lá eu sou o faxineiro, todo mundo me conhece.

O professor agora me considerava com muita lerdeza de vista. Botava o olho comprido de cima a baixo, igualzinho ao que a mulher fizera.

— Vá buscar suas coisas, meu caro — disse. — Eu conheço as pessoas muito depressa. A gente vê logo que você é um rapaz de bem.

— • —

Já me havia mudado para o quarto do professor — e, folgado, dormia até um quarto para as oito, pois o banco só abria às nove em ponto — quando, certa madrugada, assim, numa nuvem, tive a impressão de que alguém dizia um recado. E dizia com música. Primeiro, as notas esborrachadas, grossonas, depois a escalinha safada que descia e sumia, e isto nhem-nhem-nhem, implicando, repetindo. A primeira vez foi assim: uma espécie de coisa ouvida misturada com sonho. Já nem sabia se estava ouvindo ou lembrando aquela primeira cantiga de flauta que troava no dia de minha chegada àquela casa. Mas, depois, percebi que estavam tocando mesmo, ali bem junto. Corri a cortina, de repente, e peguei o professor de lâmpada acesa, a flautinha na mão, rindo forte pra mim.

— Mas a esta hora, professor? Tem dó. Eu preciso trabalhar. Assim a gente não descansa.

Ele me olhou com agrado de cachorro pidão:

— Rapaz, vê se você não implica com a minha flautinha. É a única distração que tenho.

— Não implico, não, professor. Podia até dormir com ela. Já dormi milhões de vezes ouvindo cantigas de rádio. Mas que raio de musiquinha é esta? O senhor não sabe outra? Só toca este troço?

Ele foi pegando a flauta, colocando no estojo e me dizendo:

— Amanhã vamos conversar sobre isso. Espero sua boa vontade.

Puxei a cortina, enfiei a cabeça no travesseiro e de repente me bateu na ideia aquele nome esquisito: *Bodega Comba Malina*. Não ia dar confiança ao professor de perguntar o que queria dizer Comba Malina. Mas senti que entre esse nome e aquela musiquinha de flauta havia uma parentela, um chamado, que sei lá. *Cooom-ba*. É o tipo de nome que soa como um estouro oco. *Ma-li-na* faz uma carreirinha igual à música do professor. Então, seu doutor, pelo fim da madrugada, cá por dentro, me vinha o nome ao mesmo tempo grosso e delicado: Comba Malina — nome que virava trenzinho barulhento: *Comba Malina, Comba Malina...* Mais depressa, mais malina, mais Comba Malina... E depois subia como notas alegres, prometendo nem sei que satisfação: *Malina, Malina...* Foi assim o começo de tudo, seu doutor. Agora, vou descansar que estou com a língua que nem papagaio, seca, pedindo água ou coisa melhor que não se bebe aqui. Amanhã eu continuo: pode estar certo, doutor, que tudo que lhe vou contar é verdade tão verdadeira como Deus estar no céu.

— • —

Passaram algumas noites, e o professor não soprava mais a flauta. Quem sabe se deixava para tocar quando eu estava em serviço? Não sei. Eu não dava entrada para conversa, mas, com a educação para o gasto que sempre tive, despachava meu bom-dia, meu boa-noite; o professor Sarmento respondia, ficávamos naquilo. Acontece que bateu um calorão desgraçado, e aquelas palavras *Comba Malina* entraram a dar trabalho a meus miolos. Sabe como é, seu doutor? Queria pensar na namorada, uma bacaninha que era recepcionista do banco e que eu havia escolhido para dizer que tinha namorada como qualquer rapaz. Eu namorava só, ela neca, nem sonhava, o senhor sabe como é. Tinha, por cima, o azar do Flamengo, horrível para mim naquele tempo, e com isso tudo ainda o raio de uma prestação a pagar, que não vem ao caso. *Comba Malina, Comba Malina, Comba Malina, Comba.* Uma noite em que aquilo me escaldou a cabeça, percebi que o professor não dormia, pigarreava mansinho do outro lado da cortina. Não aguentei mais e perguntei:

— Professor, o senhor está acordado?

— Estou. Quem é que pode dormir com este calor?

— Ainda que mal lhe pergunte, professor, estou aqui com umas palavras virando cambota atrás da testa. Será que o senhor pode me explicar o que é Comba Malina?

O diabo do professor Sarmento parecia querer deixar que aquilo me envenenasse o juízo, porque respondeu:

— É uma história muito comprida. Depois falamos.

Fiquei acordado, sentindo o cheiro do mar. O entreposto de peixe cheirava a falta de faxineiro que nem eu, pode estar certo, doutor, e não era cheiro de sereia, não. Acendi uma lampadazinha, fiquei olhando a figura daquele mesmo nosso lugar, mas do tempo de duzentos e cinquenta anos passados, quando, nesta mesma casa, havia a Bodega Comba Malina. Bodega com um pano meio rasgado, pendurado, uns cordões de cebola na porta.

No dia seguinte, o professor foi direto ao assunto. Chamou-me para junto da lousa, fez mil cálculos para explicar, ponto por ponto, aquela adivinha de Comba Malina. Veio com uma opinião muito engraçada: não tem música que se acabe. O doutor conhece esse troço de lei? Lei fisca, não, física. Disse que a lei lá de seu entendimento era de que o barulho, mal comparando, é pedra jogada na água. Abre uma roda, mais outra, mais outra. Que tudo quanto foi palavra dita fica rolando no mundo que nem alma penada; que a gente pode entrar na onda de um canto solto e perdido de tempo antigo... Também disse que, sem valor na cabeça, alguém pode receber feito médium a música ou dizer que não morreu e está morando pelos vazios e ser compositor ou poeta pelo tempo, doutor, o senhor me entende? Eu custei a entender, mas entendi. Quando vim de Pau dos Ferros, falassem comigo e falassem com um jumento, o bicho tinha mais entendimento. Agora sou velho no Rio, com mais de dez anos, e não tem palavra marota de carioca que me escape. Por isso, no fim, entendi bem. Depois de entendido, perguntei:

— Que é que tem o fundo com as calças? Que é que isso tem a ver com aquela Comba Malina? E a musiquinha da flauta?

— Vai ser difícil explicar. Tentarei outro dia.

Quando voltei do serviço à tardinha, a toada inundava o beco. Já sabe como é: as notas chocas, de esparrame — duas redondas e largadas e depois a escalinha safada, com o final maneiro, leviano que só vendo:

— Ou o senhor me dá o serviço disso tudo...

— Não compreendo, rapaz.

— Ou o senhor me diz o que é este toque de flauta, ou me mando deste quarto. Coisa boa vai ver que não é...

— Meu filho — disse o professor Sarmento —, todos nós temos nosso retrato em música. Quer ver o seu? Ou, por outra, quer ouvir?

— Pare com a mangoça.

Tomou giz, foi para a pedra, fez cálculos, rabiscou notas e voltou:

— Aqui está seu retrato.

*Firulin, firulin, toc, toc,* cantava a flautinha que ele soprava, me espiando com olho de galo assuntador de galinha.

— Isso sou eu? Essa besteira?

— É.

— E por que sou eu?

Aí o professor respondeu. Deu uma resposta cheia de sabença que está toda no meu coco, doutor:

— Porque os homens, como os mundos, no espaço, têm seu som, sua música. Esta é a sua.

— E aquela que o senhor entoa, piando grosso e depois fino?

— Aquela é Comba Malina. Estou chamando Comba Malina.

— • —

Passou um tempo de chuva; cada um que chegava no banco era rasto de lama, balcão molhado, os metais enferrujavam, gente largava no chão os jornais com que cobria a cabeça justo na hora em que eu acabava de passar o pano na entrada. Doutor, só sendo faxineiro um cristão pode conhecer a sujeira deste povo sem capricho. Eu chegava em casa como boneco que os meninos desengonçam. Era um molambo, caía de sono, pouco se me dava se o professor tocasse a flautinha; estava arrasado. Mas a chuva passou, o ar aliviou, eu peguei meu sossego. Fiquei tão desafrouxado que até tive juízo para perguntar à dona da casa como uma pessoa tão metida à profissão de sábio, que nem o professor, morava naquela casa boa para motorista, faxineiro, mas não para o fino de gente do porte dele.

— Sai pra lá — disse ela, alegrando os dentes. — O professor é aposentado e ganha pouco.

— Foi por isso que ele topou mais um no quarto?

— Foi por isso. — A mulher ria molhado. Depois sacudiu os cabelos: — Pode ser que você tenha de ser ajudante do professor... mas deve ser pouca coisa. — E relinchava gostosa, os dentes quadrados, para mim.

Nem bem a dona acabara de rir e eu batia no ombro do professor, aí fazendo suas visagens no quadro-negro:

— Quero tudo em pratos limpos. Minha bagagem é leve, e praia bem pode ser cama de pobre que se dá o respeito. Quando aluguei a vaga não me disseram... tinha de ser seu ajudante?

— Ajudante, não, com-pa-nhei-ro. Você deve ser preparado, e isso não se faz num dia.

Levou-me diante da figura onde se lia *Bodega Comba Malina*.

Só vendo a cara do professor, que tremia toda.

Bestei:

— E a gente não está morando no lugar onde tinha a bodega?

— Sim — disse ele —, mas duzentos e cinquenta anos mais adiante.

— Venha cá, professor, a aposentadoria veio porque o senhor não gozava da mais perfeita?

— Gozava da mais perfeita saúde, sim, mas esta terra é contra todo mundo que enxerga um pouco mais longe. E a aposentadoria... veio por isso.

Aí o professor começou a ficar irado e a falar que nem espíquer. Engrolou o nome de Pedro II, dizendo que, se o

Imperador não quisesse tanto bem aos sábios, não tinha sido despachado do Brasil, e foi enraivecendo, foi estufando uma veia na testa.

— Onde é que eu fico, professor?

— Você fica aí. Saiba que eu já entrei na Bodega Comba Malina. Senti o cheiro de cebolas, vi uma porção de queijos, potes de mel, ramos de arruda. No balcão havia um homem pequenino, vestido com calções curtos, um pano amarrado à cabeça. E, onde nós estamos, a escada era dessas de pedreiro, havia um grande colchão de palha de milho, uma abertura no canto. E uma mulherzinha pequenina metia a mão pelas palhas, afofando o colchão. A criatura era Comba Malina.

— Puxa vida, mas que nome!

— Acho lindo. Comba Malina era cigana. O dono da bodega deu dinheiro aos guardas e tirou a mulher do Campo dos Ciganos, junto da cidade, onde os da sua raça viviam arredados do povo...

Aí, então, seu doutor, minha cabeça ardeu:

— Comba Malina era bonita?

— Bonita, mas bem pequenina. Tudo que eu apanho no tempo que já passou, vejo bem de cima e então fica pequeno. Para mim, o mais bonito de Comba Malina estava nos pés. Redondinhos, quentes, da macieza das crianças.

Espichei-me no sumiê olhando o quadrinho:

— O senhor garante que não foi um sonho?

— Não, meu filho. E você também vai conhecer Comba Malina. Calma; confiança em mim e terá nas mãos a cigana mais bonita que já existiu no Rio.

— • —

Prometido e cumprido. Com pouco mais, noite vindo e noite indo, o professor pegou com jeito a flautinha, e ela mais se aclarava, parecia gente dizendo:

— Comba Malina.

Eu ficava no meu canto espiando o professor Sarmento, a janela aberta, o céu pintando lonjura preta atrás dele. Ele piou que não acabava mais, que nem pombo macho arrulhando. Por Deus que está me ouvindo: fui puxado para o alto. Foi como se me pusessem enganchado em cima da parede, sentado num oco. Olhei para baixo: vinha uma nuvem de cheiro balançando, subindo do calor de umas brasas que eu não podia enxergar. Era extrato enjoento, de dar tonteira e aperto no estômago. Eu me via naqueles altos, e o piadinho da flauta continuava no repinique, mas nem sombra do professor. Foi então que comecei a ver a cabecinha dela: pequenina como a de uma criança de uns nove anos; os olhos, passada a nuvem de fumaça, me olhavam apertadinhos. Vi os ombros redondinhos, bem estreitos, a camisa frouxa e curta, um resto de barriguinha aparecendo antes da saia de mescla dourada. E aí reparei nos pés bem pequeninos, de criança, os pés que o professor dizia ser o mais bonito em Comba Malina. Parece que ela me olhava com medo. Era mulher-menininha medrosa. De repente, puxou do chão uma bandeja redonda, de cobre, e começou a bater nela alegre para mim: tam-tam-tam... tam-tam-tam... Era a música que acabava o piado de Comba Malina feito pela flauta. A flauta dava a música, e ela — meu coração batia, eu sabia que era bem a Comba Malina — tangia com força os dedos na bandeja e assanhava um batuquezinho só para mim. Mas, quando eu fui descer lá de cima do teto, veio uma tonteira, o quarto rodou, foi como um abismo e, quando acordei de todo aquele precipício, estava caído no meu sumiê. O quarto era igualzinho. Lá na outra cama, o professor, flautinha na mão, me olhava sem dizer "esta boca é minha".

Acho que aqueles cheiros me deram um pouco de perturbação, porque vomitei ali mesmo. Não sei por que me veio uma certa raiva do professor, que vi em meu vexame rindo de um lado só. Depois apareceu uma fraqueza, peguei no sono; quando acordei, estava em cima da hora de abrir o banco, eu me despachei correndo para o serviço. Mas, de noite, falei com o professor, disse que era tão esquisito aquele oco perto do teto, onde eu tinha estado. Disse também que Comba Malina era uma belezinha, um pecado fosse tão pequenina.

— Você está vendo a cigana com duzentos e cinquenta anos de distância. — Ele mangava? Mangava, sim. Porque continuou: — Comba Malina para seus companheiros deve ter sido mulherona e tanto.

— Professor — pedi —, será que o senhor não me pode dar qualquer coisa para melhorar meu estômago?

Ele ria sempre de um lado só e dizia coisas, e estas, doutor, eu não entendia:

— Ora, ora, se você estivesse na mais perfeita, como costuma dizer, não via Comba Malina.

Por mais que lhe pedisse, não consentiu em chamar na flautinha. Disse-me que a coisa era perigosa, que eu teria de ser posto de jeito a receber bem aquela espécie de comunicação; que a primeira mostra não tinha sido boa. Era preciso aguentar firme porque — e aí o professor não riu — : "Comba Malina vai esquentar como braseiro".

Será que eu dei conta de meu serviço nesse dia? Passava a escova de um lado para o outro, repetindo baixinho:

— Comba Malina, Comba Malina. — Esfregava o balcão no mesmo compasso: — Comba Malina, Comba Malina.

E às vezes ficava esquecido, batucando num batente de porta que eu limpava no modo como Comba Malina tangeu os dedinhos gordos na bandeja de cobre: tam-tam-tam... tam-tam-tam...

Fui acostumando com aquele sonho acordado, fiquei tão calmo e sossegado que às vezes entrava o gerente, passava por mim, eu não lembrava de dar bom-dia ou boa-tarde. Mas era como alguém que tem um amor escondido. Mansinho com os outros, falava baixo, e, se a chefe das datilógrafas — uma velha de fala esganiçada — ralhasse comigo porque os cinzeiros estavam sujos, eu ia pisa-mansinho, fazia a limpeza e ainda ria para ela como cachorro festeiro abana o rabo para quem faz cara feia para cima dele. Acho que foi esse meu jeito manso que fez decidir o professor Sarmento a tocar novamente a flautinha. Dessa vez, parece que ela não esquentava: faltava uma saída qualquer, como a de um motor que tem lá sua falha. Eu ficava esperando — o coração batendo mais forte —, e ele vinha com a música de Comba Malina, mas nada acontecia. Até que houve uma espécie de achado: as notas mais baixas tinham de ser demoradas sempre mais e mais. E quando isso aconteceu, quando elas soaram como fruta esborrachando e veio uma grita fininha, eu saí de mim, naveguei pelo teto, encontrei o oco da parede e senti o cheiro enjoado de jasmim misturado com enxofre mais arruda, sei lá quanta composição naquela fumaceira toda. Aguentei melhor; daí a pouco, apareceu a testa de Comba Malina, seus olhinhos apertados riram para mim, a boca — eu via só o beicinho de baixo. Ria, tremendo muito. Tudo recomeçou com o batuque na bandeja de cobre. Enquanto a flautinha fazia o canto, ela metia o seu acompanhamento. E dançava, mexia os quadris, era uma bezerrinha nova e branca, tão bonita como uma imitação de mulher. Então, conforme o professor avisou, Comba Malina foi alvoroçando mais seu toque na bandeja, foi dançando mais repinicado. Eu via seus pezinhos levantados e o esforço que ela fazia como para me agradar. Fui ficando tonto. A música assanhava, o sangue batia nos meus ouvidos, e aquele "Comba Malina" mil vezes repetido quase me punha doido, doutor — eu não sou doido direito como o senhor está pensando. Acho que escorreguei daquele vão. Meu Deus, que caminho comprido pode ter na parede de um quarto? Porque eu descia, descia, descia, mas caía no mesmo lugar. Comba Malina estava ali. Não era uma visão, não era uma doidice. Eu podia pegar seus ombrinhos de criança, podia ver de perto seus olhinhos alargarem com medo e quem sabe se até com amor para mim. Levantei Comba Malina do chão, peguei com secura e devoção aquela mulherzinha de brinquedo, enquanto a música piava sempre. Eu tinha certeza, seu doutor, que aquela visagem, aquela cigana, ia me dar um pedaço de amor, como ninguém saboreou até hoje nesta cidade do Rio de Janeiro. A musiquinha mais depressa, mais depressa, eu rodopiando com a cigana pequenina nos braços, e aí começou, nem sei contar, uma invasão de gente miúda, de roupas esquisitas. Todos chamavam Comba Malina de bruxa, e um sujeito vestido de preto levantou um ramo de arruda e berrou para mim:

— Vade retro, Satana.

Eu queria defender a minha Comba Malina, mas eles levaram minha cigana — aqueles anõezinhos de pano amarrado à cabeça e anãzinhas de saias longas e rodadas. Quando o tropel desapareceu pela porta, vi que alguém havia atirado as brasas em cima de um colchão de palha — o colchão de Comba Malina, que o professor contara para mim.

Do fogaréu, escapei para o alto. Do alto, despenquei para o meu sumiê. E ali abri os olhos para o professor, muito sério a meu lado. Comecei a chorar:

— Eles levaram Comba Malina.

— Eu expliquei que a coisa ia ser muito feia, meu filho.

— Mas por quê, professor Sarmento? Por que eles levaram Comba Malina?

— Porque, para essa gente vizinha da cigana, você era o demônio que ela invocava. E quem sabe se para ela também.

Agarrei o professor:

— Mentira. Chame por ela. Eu quero Comba Malina.

Ele não riu.

— Meu filho, a cigana Comba Malina, moradora deste beco há duzentos e cinquenta anos, foi queimada por ter invocado Satanás. Depois disso, não há mais nada. Entendeu? Ponto-final na história de Comba Malina.

Segurou-me com força que eu desconhecia.

— Mas estou estudando, fazendo contas, a gente ainda pode juntar muita experiência...

Eu não queria saber de coisa alguma. Estava invocado com Comba Malina; eu queria a cigana e achava que o professor estava com embromação. De repente, fui ficando mais irado, comecei a dar empurrões, o professor chamou por socorro, vieram uns hóspedes. Fui chutado pela escada com minha maleta e tudo. A dona da casa chamou um guarda que me seguiu. Ela lhe disse que eu era um doido e estava importunando toda a gente. Voltei de noite à casa. Tudo fechado. Senti o meu grito de morte troando pelos vazios da cidade:

— Comba Malina! Comba Malina!

Quando vi, me puseram num carro, me trouxeram para esta Colônia Juliano Moreira e agora estou diante do senhor, dizendo estas coisas. O senhor é o médico, o único homem que pode devolver meu crédito de juízo. Quero que vá comigo. Conheça o professor Sarmento, converse sobre aquela lei do som abrindo roda e mais roda que eu lhe falei. Por Deus, que não desampara ninguém, leve-me ao Arco do Teles; eu lhe mostro a casa, e o senhor vai ver que eu não sou doido como essa gentalhada que aí está. Apesar de que o amor seja doidice que todo homem conhece um dia ou outro na vida.

— • —

*O interno da Colônia Juliano Moreira conseguiu de seu médico aquela visita que ele julgava importante como esclarecimento de seu caso. O psiquiatra era humano, sabia que determinados pacientes deveriam ser tratados com o carinho mais atento e especial. Foram juntos, num dia de compras, aproveitando a ida da camioneta do hospital ao centro da cidade. Com eles, dois enfermeiros bastante fortes para qualquer emergência. O carro parou junto ao beco, e tudo pareceu ao médico como o enfermo havia descrito. Ele ficava dentro da camioneta, e o doutor sorria bondosamente em sua direção, acenando. Lá estava o sobradinho. Até mesmo um gato sonolento na porta. Mas, em cima dela, um letreiro: Dentista. Ao abri-la, soou a campainha. Um homem em avental branco veio atender na sala cheia de crianças e de pais esperando:*

*— Procuro aqui o professor Sarmento.*

*— O senhor está enganado. Não há ninguém no prédio com este nome.*

— Mas o senhor?

— Especialista em prótese infantil. Se não entende... — o outro dizia isso porque o médico estava aparentemente confuso. — Saiba que faço dentaduras para crianças há dez anos. E só estou abrindo a porta porque minha empregada não veio hoje. Com licença.

Fechou-se a porta sobre aquele pequeno mundo onde um dentista punha dentes falsos em criancinhas.

O médico observou a camioneta parada. Ia voltar, melancólico, de sua tristíssima missão cumprida. Mas eis que desata no ar o som agudo de uma flauta, sucedendo às primeiras notas pesadas e lentas. O médico estaca e ouve a flautinha piar:

COMBA MALINA, COMBA MALINA!

— É na casa ao lado. Na casa ao lado.

O doutor abre uma cortina da pequena venda e vê um grupo de pretos. Agora, eles cantam respondendo à flauta:

— Pomba Divina! Pomba Divina!

— Por favor — pergunta o médico, já nervoso —, que quer dizer isto?

— Olhe, seu moço. Convém ter mais respeito. Está baixando aqui no Centro a Pomba Divina, nossa protetora, alma de luz.

O médico saiu para a rua, mas o que ele ouvia, apesar da explicação, não era Pomba Divina, e sim Comba Malina. Tinha de enfrentar seu doente: o homem que lhe pedia um honroso passaporte de juízo. Chegou rente ao carro, falou doce para o enfermo, que o esperava numa ansiedade ilimitada:

— Você está tão doente quanto eu.

# OS POSSESSOS DE NŪBIA

Às vezes, nas "noites" de Núbia, quando por uma decisão meio anárquica havia deixado de tomar a dose de *fixêmio*, ele costumava recuperar seu para sempre perdido tempo da Terra. Por que viera para Núbia? Era tão simples, tão idiota! Viera porque achava que a mulher estava regredindo e ele também, por ela carregado, numa animalização inconcebível. Bela o havia seduzido, como qualquer mocinha a um rapaz que está na idade de procurar mulher, mas jamais pudera imaginar que naquele tipo de uma modernidade incomum, com sua cabecinha raspada e envernizada de castanho opalescente, habitasse ser tão primitivo. Ela decidiu ter o primeiro filho como as mulheres havia séculos não o faziam. Tornou-se bêbada de maternidade: engrossou pouco a pouco, pesada, prenhe do filho e de sua lasciva condição feminina. Foi assunto de controvérsias infindáveis nos jornais de imagem concreta, essa criança que abalou as boas maneiras das mulheres de então. Falou-se muito naquela fêmea que desprezava os conceitos altamente civilizados da mãe moderna, que se utiliza das cubas de porcelana em vez do próprio ventre, como o faziam suas animalescas antepassadas.

Bruno sentia em si o ridículo daquela vocação femeeira, sacudindo os bem-pensantes, como na irrupção de um defeito que se amplia até a degradação. Tida essa criança, com o alvoroço que causou em toda a avenida do sexto andar, para onde abria o apartamento de Bruno, outros inconvenientes

DINAH FANTÁSTICA • COMBA MALINA | 171

surgiram. Bela, os peitos intumescidos, não contente com o escândalo do parto, quis amamentar. Achava lindo dar leite ao bebê e depois do primeiro filho quis ter outro, também desejando, contra a vontade do pai, criá-lo dentro de si e não na concha de porcelana do Estado. Dois filhos, dois choques, duas razões para infindáveis debates em que o casal se tornava o alvo de controvérsias inauditas. Bela ficava cada vez mais mulher. Bruno tinha vergonha de confessar — cada vez mais fêmea —, e então não lhe bastavam dois filhos tidos no ventre e criados nas mamas: queria um terceiro. Cansado de sentir em si olhares risonhos e comentários maliciosos, Bruno foi perdendo a alegria de viver. Não mais frequentava as festas a que Bela o carregava, feericamente feminina, chamando sobre sua pessoa os olhares de quantos homens estivessem em torno, como se ela recendesse ao cio dos primitivos. No trabalho, era acossado por crises de languidez e desespero e, como fosse redator lotado no Ministério do Planejamento do Cosmos, começou a prestar atenção nas vantagens oferecidas aos povoadores da pequenina colônia de Núbia. Receberiam uma espetacular ajuda de custo, e, se não levassem as famílias, estas teriam a recolher um seguro de vida que funcionava automaticamente no momento da viagem, enriquecendo o clã. Os colonos de Núbia bem se comprometiam a ter lá um estágio jamais inferior a um prazo de vinte anos da Terra.

Núbia, planeta iluminado por Glauco, ficava tão distante da Terra que aqueles que viajavam para lá o faziam como em uma rejeição de tudo que constituía a civilização terrena. Havia coisas agradáveis em Núbia: primeiro, pensava Bruno, saber que aquela espécie de "suicídio" vinha enriquecer uma família, e não a infelicitar; segundo, que o capitão Welsch, chefe do grupo de pioneiros, era um chefe e tanto, censurando tão sabiamente as notícias da Terra que, ali, o indivíduo viria automaticamente a detestar o planeta em que havia nascido. Na sala da Casa Maior, os filmes em imagem concreta versavam sempre sobre as infindáveis guerras do planeta Terra. Apareciam, frequentemente, terremotos, vendavais, epidemias. O capitão fazia questão de censurar as terrenas belezas, tão voluptuosas para os possíveis saudosistas diante das telas de imagem concreta, nas quais eram também proibidas as canções alegres de festivais da Terra. A sala de projeção ficava vazia dentro de algum tempo. Os nubienses riam uns para os outros, não se sabendo bem se caçoavam dos terrenos ou do capitão. A terceira melhor coisa do planeta eram o fixêmio e a dose necessária à completa preservação contra a melancolia e a saudade. Bruno pensava nisto exatamente quando, por um desejo de gozar de maior liberdade interior, furtava sua mente à ação do medicamento fixador dos colonos em suas novas bases de vida. Vinha-lhe, então, tudo à cabeça: Bela passeava seu corpo opulento pelo aposento exíguo, e seu perfume de mulher, pesado, parecia insinuar-se sob o travesseiro musical, que ele havia feito parar em sua dulcíssima canção de adormecer, especialmente encomendada para os habitantes de Núbia.

A vida do planeta não era, por outro lado, despida de atrações femininas. Havia Drusa, encarregada da psicologia do grupo ao qual Bruno estava ligado. De uma feita, ela o acarinhara com a técnica das doutoras em psicologia e o mandara para o reservado onde Bruno descera, mediante gases sedativos, a uma inocência de oito anos. Inocência? Ele se vira a murmurar palavrões e a chorar alto, como fazem os meninos dessa idade. Depois que saíra do cubículo, Drusa o beijara na boca, numa cordialidade quente que, generosa, ela oferecia a todos os de sua clínica. Bruno chegou mesmo a pretextar alguns distúrbios para vir a ser tratado por Drusa, mas ela soube logo de suas artimanhas e o mandou então fazer pequenos passeios, o que muito o contrariou. Não gostava de sair da cidade-acampamento e vadiar pelos campos. Não que tivesse receio de um desses desvarios que, de tempos em tempos, pareciam devorar alguma vítima entre a população. O caso, por exemplo, de Resa, o mecânico dos robôs de Núbia, fora o último de uma pequena série de acontecimentos inexplicáveis.

DINAH FANTÁSTICA • COMBA MALINA | 173

Bruno o viu partir pela estrada; andava tranquilo, e seus passos se moviam sob o iluminado céu de Leste.

Núbia não tinha dias e noites. A colônia se situava na faixa crepuscular do planeta. O dia e a noite coexistiam de um lado e de outro no céu. O mecânico parecia igual a todo cidadão que, tranquilizado pelo fixêmio, cuidasse de sua existência sem correr perigo de nostalgia. Mas ele partiu reto, inflexível, sem retorno, para o abrasamento de Glauco, "o sol" de Núbia. Esse foco de vida e de energia do planeta constituía uma força tão poderosa que as árvores cresciam esgalgando-se todas para a luz, como a rastejar para ela. Insetos, que certa vez apareceram na colônia, eram deformados, distorcidos como as plantas sofredoras, cujas sementes vinham do planeta Terra, mas tendiam com toda a força de seu crescimento em busca de Glauco, se não fossem disciplinadas também por rigorosos tratamentos. Assim, o mecânico dos robôs desaparecera, atraído como os insetos e as plantas pela luz de Glauco. Bruno não sabia que, embora não se falasse no assunto, alguns outros colonos tinham tido a mesma sorte: desapareceram na esteira da luz, fascinados e mortos por Glauco.

Bruno seguiu os conselhos da psicóloga, utilizando-se, porém, do pequenino planador de pilhas que a colônia oferecia aos passeios mais curtos de seus habitantes. Vadiou, então, por algumas horas "matinais". (Falara-se, infindavelmente, em instituir um novo horário, mas a colônia era regida pelo inflexível sistema terreno: doze horas para o dia, doze para a noite, embora o dia não fosse dia e a noite não fosse noite.) Os passeios mostravam as plantações de trigo, ligeiramente voltadas para o "sol" do planeta, e as formas estranhas de colinas, entrevistas ao longe, tendendo para o dia, como se a natureza fosse ávida do calor de Glauco. Havia um indivíduo muito conversador — o botânico Faro — que descrevia lugares mais sedutores do que aqueles contemplados nos arredores do acampamento, mas então o calor já seria quase sufocante.

— Quando um homem está muito bem condicionado interiormente, pode passear até lá. Do contrário, vai na reta para Glauco.

Faro também gostava de fazer a crônica da colônia. Tinha certa quizília com o chefe e costumava sentenciar:

— Este capitão, que já foi ministro de Deus, faz mais possessos que o demônio o fazia nos bons tempos em que se acreditava no diabo.

Ah! Bruno, às vezes, cheirava no ar a terra chovida de pouco, quando a dose de fixêmio não vinha à hora certa; o cheiro da terra, o embriagador cheiro, o melhor que existe, vinha tontear-lhe o olfato. Com dois dias sem fixêmio, seria também capaz de "ouvir" o mar, como se os seus ouvidos fossem a concha de turbilhões remotos dos oceanos, contivessem o palpitar de vida de seus abismos. Sem fixêmio, a lucidez era um vício tentador; mas, com a droga, recuperava-se o prazer de existir. Achava-se natural a noite fabricada, o pequenino céu que tombava até os confins do acampamento, feito de um gás preto, que o circundava, panorâmico e indispensável à acomodação dos colonos. Havia, então, nessas "noites" de Núbia, habituais festinhas em que todos se viam de maneira diferente, pois era recomendado que se entregassem mais e mais aos bailes "satíricos", quando os colonos caçoavam, reinventando tipos odiosos da humanidade terrena. Ali, em Núbia, todos eram iguais, mas nesses saraus alguns se fantasiavam de ricos, outros até se apresentavam com doenças inventadas, simulando mazelas terrenas. Era tudo muito engraçado, mas, se as criaturas não tomassem uma boa dose da droga, às vezes misturavam lágrimas e risos e iam acabar no pequenino quarto de Drusa, dizendo palavrões e regredindo à infância, como miseráveis, pequeninos e fracos seres.

Todas essas coisas eram postas, como nos pratos de uma balança sensibilíssima, quando Bruno, entregue a sombras fictícias, pesava e repesava a feliz oportunidade que tivera de deixar Bela e viver num planeta cujo oxigênio era muito mais puro que o da Terra.

Do trabalho, não se queixava. Como viesse do Planejamento do Cosmos, agora bem se dava a uns poucos planos, principalmente a casos de "emergência" que a colônia deveria enfrentar. No "dia" anterior, o capitão Welsch — que o encontrara meio sonolento diante da projeção de imagem concreta, onde, depois de devidamente censurada a "atualidade" da semana, fora exibido um tornado da Flórida, a ruptura do paredão de um dos lagos da Amazônia e, por fim, o grotesco festival de homens de duzentos anos, os mais velhos do planeta Terra, que se entregaram a comidas e a bebidas de seus antigos tempos — o chamara para uma conversa um tanto estranha. Ele, Bruno, deveria "planejar" sobre a possibilidade do aquecimento de Núbia.

— Capitão Welsch — disse Bruno —, segundo todos os cálculos, só de mil em mil anos, quando se dá a aproximação maior de Núbia com Glauco, esse fenômeno deve ocorrer. Os astrônomos da colônia imaginam que Núbia venha a ser aquecida violentamente daqui a quatrocentos anos, na pior das hipóteses.

— Eu sei — disse o capitão, pensativo. — Mas o nosso serviço de fiscalização assinalou milhares e milhares de insetos mortos, trazidos pela aragem de Leste.

O ex-pastor, em seus bons setenta anos, tinha cinquenta de experiências em Núbia: era o colono mais antigo, e sua afeição pelo planeta chegava a ser dramática; quando qualquer habitante ousava manifestar crítica menos favorável à vida no planeta, ele respondia feroz: "Você não merece o privilégio de viver aqui". Dentro desse quadro, Welsch jamais viria a confiar-lhe qualquer suspeita mais grave a respeito da possibilidade do aquecimento geral do planeta. Era um homem que só alongava seus discursos para gabar a fecundidade do solo nubiano, a pureza do seu ar, a retidão de seus habitantes e sobretudo os princípios morais de respeito comum à individualidade humana.

Uma das mais eficientes auxiliares de Welsch era a pequena Célia, capaz de alegrar com sua vivacidade e seus estímulos de conversa a todos os solteiros da colônia, que não eram muitos; entretanto, ultimamente, depois que seu amigo, o capitão, houvera confidenciado, de passagem, com ar despreocupado, sobre o turbilhão de insetos mortos, Célia havia perdido a constante naturalidade. Baralhava a atitude para com seus íntimos. Era cômica diante daqueles com os quais, por ofício determinado pelo capitão, deveria ser mais grave. Era severa quando, pelas circunstâncias, deveria atender à intimidade de um homem solitário que queria uma companhia alegre. A doce e bondosa, a generosíssima Célia, viera fazer visita a Bruno, sempre pensativo e especulador, e se comportara como deveria ter feito com o mecânico dos robôs, que amava as piadas e se danara, talvez, em vida, só porque ali em Núbia faltavam as anedotas do terrível mundo da Terra.

— Você sabe o que aconteceu ao Oscar? Aquele nosso colono que recebeu um cérebro novo, depois da meningite? A viúva do doador veio até aqui, em Núbia, dizendo que, conforme está provado, o marido passou a viver em Oscar.

— E o que tem isso?

A moça estourou seu riso mais caritativo:

— O Oscar respondeu: "Está provado que a consumação do casamento não se faz pelo cérebro". E o capitão aceitou, muito naturalmente, o argumento.

— Ah! — disse Bruno. — Assim Oscar ficou livre da mulher.

E a moça, despachada para alegrar sua noite, tocara, sem querer, no ponto dolorido. Ele também se desfizera de sua Bela; ele também encontrara razões e um bom argumento, embora seu cérebro e seu corpo...

— • —

— Capitão Welsch, diga-me com franqueza, qual a sua dúvida?

— Nenhuma, meu rapaz. Apenas devemos conseguir um mecânico para os robôs. Esperamos que você consiga isso de alguém.

Ah, era *só* isso. Aqueles robôs que constituiriam o cerco inexpugnável da colônia tinham um mecânico, um teórico vindo lá da Terra que jamais tivera o prazer de fazer funcionar suas máquinas a circundarem, numa defesa maciça e absoluta, todo o acampamento, pelo menos desde que Bruno estava ali.

— Mas ele tinha um companheiro, não tinha?

— Sim — disse Welsch —, justamente aquele afetado de meningite, pois um dia entrou demasiado na faixa de luz para acompanhar o mecânico. Justamente o Oscar, o que trocou de cérebro e teve relativa experiência com as máquinas, antes da morte do mecânico-chefe.

Bruno chamou Oscar. A morte do companheiro vivia em sua cabeça, fresca, com uma exatidão inexorável. Ele havia trocado de cérebro, mas jurava, contra todos os pareceres dos médicos, que "se lembrava" da morte do mecânico dos robôs.

Ele abrira os braços para Glauco e gritara: "Adoro o sol, adoro a minha terra, m... para este lugar. Ele foi ficando cada vez mais vermelho e incandesceu por inteiro: parecia brotar sangue de todos os poros de seu rosto. Nesse ponto, eu desmaiei".

A doutora Drusa, na sessão seguinte, explicaria a Bruno, depois de o ter beijado na boca com muito afago e ternura, que isso não passava de uma *incorporação de personalidade*. Oscar não queria perder sua mente, seu passado, e inventava situações desconhecidas para seu novo cérebro. Poderia ter acontecido... Era uma suposição.

— Mas, meu caro — dizia ela a Bruno —, seu auxiliar é um homem de esplêndida inteligência. Com lições dadas pelo mecânico, mesmo sem ter tido uma convivência maior, saberá o suficiente para mover os robôs.

Bruno compreendeu logo que não era possível tal eficiência. Oscar, premido por suas indagações, confessou:

— Já experimentei a técnica 224 x 32 e a 14 x 17. Numa, os robôs trepidam e não arrancam; noutra, arrancam parcialmente.

Bruno esteve estudando os comandos dos robôs de Núbia em certa madrugada, com Oscar. Dois deles apenas, dos catorze existentes, se puseram, como torres, em marcha, nos limites da "fronteira" de Núbia.

Consciente de que o sistema de defesa de Núbia era imperfeito, Bruno questionou Welsch sobre o absurdo de um plano de conquista feito por outros que não os colonos. O capitão respondeu por evasivas:

— Um mundo tão delicioso como o nosso pode despertar a cobiça. E os colonos nunca pensam nisso.

— E fora dos robôs, capitão Welsch, qual é a defesa de Núbia?

— Velhas armas aqui trazidas há cinquenta anos. Uma delas, eu a manejei aos vinte anos na Terra.

Era preciso corrigir o emperramento dos robôs de Núbia. Seria cômico que ele, Bruno, escrevesse as suas memórias do planeta dizendo que para isso deveria contar com um assistente descerebrado e recerebrado, um homem de memória delirante, cujos confins da personalidade se situavam numa incógnita: "Quem sou eu? *O outro* ou Oscar?".

Ah, nesse delicioso planeta, acontecimentos invulgares ocorriam. O capitão Welsch pedia para que se não tocasse na morte dos insetos, mas, com Bruno, fiscalizará a climatização da Casa Maior. Pelo menos, por esse lado, ele não teria problemas. A cobertura, em que seria englobada toda a sede principal de Núbia, Oscar a soube fazer descer como se não houvesse estudado outra coisa na vida.

Bruno — esses exercícios eram feitos sempre de "madrugada" — viu baixar o vidro protetor que se apegava à construção e escorria quase liquefeito do teto, para solidificar-se quando alcançava o solo. Tudo ficaria rigorosamente vedado, para que as poderosas máquinas refrigeradoras entrassem em ação.

— • —

Em meio a essas obscuras preocupações, sem um sentido exato, pois nem o capitão, nem nenhum colono manifestara ansiedade sobre qualquer ameaça ao acampamento das duas mil criaturas situadas em Núbia, os passeios de planador à pilha já agora eram uma rotina para Bruno. Dentro da rotina, porém, havia uma diferenciação feliz: a doutora Drusa concordara em acompanhá-lo. Então, conversaram intimamente sobre tudo e sobre todos enquanto o pequeno planador, dez metros acima do solo, fugia célere, primeiro pela parte plantada, na difícil disciplina dos vegetais importados, onde a colônia semelhava uma próspera fazenda alemã ou americana. Transposta, porém, a fronteira dos trigais sabiamente cultivados, principiava aquela paisagem, que seria obsessiva, sem a dose providencial de fixêmio: árvores raquíticas, erguendo para Glauco os galhos retorcidos e sofredores; colinas que pendiam como oceano fixo de vagas que se estratificavam, crescendo na direção leste. De lá, o céu azul, brilhante, o eterno dia de Glauco. A oeste, a sombra progressiva, até o surgimento de raras estrelas afundadas na noite que a vista abarcasse.

— Gosto disso tudo — disse Drusa, e o dizia bem mais para Bruno do que para manifestar a euforia da distensão e do repouso. Fez uma pausa e acrescentou: — Novos colonos estão para chegar. Teremos muito trabalho. É preciso aprender a amar Núbia, sentir que aqui somos privilegiados. Imagine-se você agora na Terra, perdido naquelas alucinantes cidades... Um mundo formigando de gente, violentamente lutando pela sobrevivência de cada um. O mundo desumanizado. Núbia está preservando o ser humano: você deveria ter orgulho em participar desta maravilhosa experiência.

— Prefiro ter orgulho em passear com a doutora mais bonita que já conheci.

Ela riu.

— Diga-me uma coisa, mas sin-ce-ra-men-te. Acha mesmo que Oscar não assistiu à morte do mecânico?

— Impossível — respondeu, decidida. — Naquele dia, ele saiu *sozinho*. Você mesmo o viu, lembra-se? Oscar já estava doente.

De seu lado, Drusa tinha um caminhar diferente de preocupações.

— Todas as vezes em que chegam novos colonos, há uma sacudidela muito forte em nosso grupo, porque os terrenos se comportam de maneira afrontosa, achando insólitos nossos vestuários e costumes, dizendo sempre que estamos muito "atrasados". Sinceramente — continuou — não são momentos muito agradáveis, mas passam logo, e, depois de algum tempo, os novos nubienses estão perfeitamente integrados. Nessa integração eu tenho uma pequena parte, como sabe.

Dito isso, Drusa deu em Bruno um violento e demorado beijo na boca — aquela sua encantadora receita, quase tão importante quanto o fixêmio.

"Será Drusa mesmo bonita ou terei perdido a memória das belezas terrenas?"

Bruno não levou muito tempo na indagação interior. Depois do beijo, a volta à Casa Maior. Drusa perdeu-se em seu gabinete, entregue às consultas e a seu específico carinho profissional. Bruno subiu a escada, chegou ao topo do edifício. Dentro de sua consciência estalava uma pergunta impossível de configurar, mas imperiosa, uma pergunta que só precisaria de uma noite sem fixêmio para que pudesse vir a saber exatamente qual era, o que vinha a ser essa vaga tomada de alerta por um perigo que só habitava nos confins de sua sensibilidade, numa dúvida misteriosa.

Vagou pelos grandes salões desertos do observatório da Casa Maior; os instrumentos estavam lá, abandonados a essa hora. Seus passos ressoavam numa busca que, no instante, não deveria ser a daquele estranho auxiliar, o novo mecânico, pois os robôs não viriam a fazer falta à população enquanto não se concretizasse um perigo. Em torno do acampamento só havia noite, dia, árvores torturadas, às vezes uma aragem mais forte trazendo insetos destroçados, nada mais. Bruno passou à velha sala de armas em seu caminhar pensativo. E foi como se ele visse tudo pela primeira vez. Há poucos dias observara aquelas armas. Estavam abandonadas, tristes, poluídas, de mau aspecto. Agora, a luz de Glauco fazia ressaltar diretamente muitas delas, polidas, brilhantes, tinindo seus reflexos numa forma de vida silenciosa e drástica. Não precisou especular muito para saber o motivo daquela ressurreição: lá no fundo da sala, escondido debaixo de um engenho que ele, Bruno, desconhecia, gostosamente espichado no chão, Oscar limpava, meticuloso, uma velha arma, uma daquelas que Welsch usara havia cinquenta anos, nas infindáveis guerras da velha Terra cáustica. Oscar colocou-se rápido de pé, mostrando sua obra, como um triunfador:

— Veja que beleza!

— Mas não compreendo esse seu esforço. Seria melhor estudar o código dos robôs.

— Ora — disse Oscar, e suas orelhas pareciam rir com ele, tão felizes que se alvoroçavam também —, é muito mais fácil mexer com todos estes trecos do que com estes robôs pesadões e absurdos. E fique você sabendo que este armamento não é nada de se desprezar. Confio muito mais nestas armas do que na força de defesa desses robôs, que ninguém viu em ação.

— O capitão Welsch disse-me hoje ter assistido a vários exercícios com eles.

— Pois eu acho que o capitão devia mostrar mais sapiência e dar menos ordens; ele que mexa com os robôs. Afinal, somos ou não somos todos iguais?

E as orelhas de Oscar murcharam como as de um cão meio zangado.

Bruno deveria responder como convinha àquela dose de rebeldia injustificada? Oscar não escolhera a tarefa que lhe fora entregue? Houve um pequeno alvoroço na outra sala. Algumas pessoas tomavam seus assentos diante de instrumentos meteorológicos; outras estudavam, através de uma parede obscurecida, o brilho de Glauco. Havia uma conversa surda, mas Bruno percebeu que os homens discutiam ou assinalavam fenômenos diversos. Bruno notou, em seguida, que todos aqueles colonos, entregues a seus ofícios no observatório, discutiam sobre a possibilidade de uma vaga de calor em Núbia. Três deles observavam o grande retângulo obscuro, onde o astro brilhava esmaecido, meneando as cabeças, enquanto um quarto e pequenino indivíduo afirmava "que sim". O aquecimento progressivo do planeta poderia vir a acontecer muito cedo. Os aparelhos de sondagem, constituídos de fios metálicos, vinham e voltavam, trazendo pequenas porções de grama, cuja quentura e um possível começo de danificação registravam.

— Devo participar da conversa, pois pertenço ao Departamento da Defesa, como os senhores já devem ter sido informados.

O pequenino sentiu em Bruno um ser capaz de aceitar aquilo que lhe parecia um fato mais que provável. Abriu as cartas de Núbia, mostrou as manchas de aquecimento progressivo, já assinaladas, para o astrônomo-chefe. No máximo dentro de vinte e quatro horas, Glauco deveria atingir com seus raios a porção de Núbia povoada pela colônia.

Uma incredulidade geral derramou-se sobre aqueles homens, que voltavam a insistir na inflexível lei astronômica que determinava as vagas de calor em épocas de mil anos na contagem clássica, que eles ainda usavam.

— Mas por que não chamam o capitão Welsch? — perguntou Bruno, enfim chegando ao termo e ao rasgão do mistério que se desvanecia dentro dele próprio: o *pressentimento*. Aquela teia de imagens que um homem dono de seus nervos não pode aceitar. Tivera um pressentimento! E, enquanto todos concordavam que seria bom chamar o capitão Welsch, o homenzinho divergente deu um grito. De encontro à parede de cristal negro, uma vaga de insetos se espatifava, borrando de súbito a perspectiva do astro.

— • —

O capitão Welsch, que continuava em Núbia a fazer algumas funções religiosas, terminara o ofício da semana, citando Buda, Maomé e Cristo para o pequeno grupo de crentes. Antes que pudesse chamá-lo, o botânico Faro entrou alvoroçado pela porta da pequena capela e aguardou, com Bruno, pelo "oficiante".

— Alguma coisa está acontecendo: abriu-se uma brecha enorme no meio dos trigais. — Mostrava uma fisionomia atônita. — Os bichos estão saindo de dentro da terra — corrigiu —, de dentro do solo.

Bruno estava ali para levar ao chefe da colônia a preocupação dominante do homenzinho e mais a sua, bem particular.

O "oficiante" fez sinal e disse aos poucos colonos que haviam assistido ao ato religioso:

— Fechem suas casas e venham para cá.

Um deles perguntou:

— Será preciso o toque de reunir? — E ria, incerto, olhando Faro e Bruno, como numa espécie de provocação.

Welsch respondeu tranquilo, batendo-lhe no ombro:

— Hoje é dia de repouso, mas não há nenhum mal em que vocês se encontrem todos em nossa casa. — E continuou, com uma espécie de cerimônia afetuosa: — Os insetos poderão incomodá-los em seus chalés; aqui, estaremos todos muito melhor.

Os poucos crentes retiraram-se para seus lares a fim de prevenir amigos e companheiros sobre a reunião da Casa Maior, e, quando Bruno subiu com Welsch para o observatório, este lhe disse:

— Logo que estejam aqui, faça baixar o vidro.

Ouviam-se ainda diálogos nervosos entre os astrônomos. A avalancha dos insetos nas paredes da Casa Maior era agora uma lama viva e impetuosa que trepidava de encontro ao edifício.

Em breve, estrugia dentro de cada um o chamado total de Núbia. Ninguém, colono que fosse, deixaria de receber, pelas ondas de intermitência nubiana, o apelo que se conscientizava de indivíduo para indivíduo. Welsch estava muito calmo.

— Meus amigos — disse ele aos que se reuniam no observatório —, a Casa Maior pode abrigar três mil pessoas, e nós temos um pouquinho mais de dois mil nubienses. Chamo a atenção dos senhores para que não haja a menor palavra, a mínima conjetura sobre qualquer perigo; mesmo que convulsões sacudissem nossos campos, os senhores bem sabem que os estoques da Casa Maior seriam suficientes para aguardar qualquer suprimento.

O homenzinho pequenino rodeava o capitão, fazendo avultar sua pessoazinha, como se ele ainda não fosse suficientemente visto ou ouvido:

— O calor está vindo; estes insetos significam que a vaga vem aí, terrível.

— Eu já sabia — disse Welsch —, mas não queria incomodá-los com minha humilde sagacidade.

Voltando a face doce e longa para Bruno:

— Recomendo-lhe fazer descer o vidro logo que cheguem todos, sem perda de tempo. A refrigeração do edifício está amplamente garantida, funciona admiravelmente. Não teremos nada a temer.

Dizendo isso, Welsch desceu, à espera de seus colonos, dos felizes habitantes de Núbia que já vinham, uns carregando as fluidas bagagens, demonstrando preocupações individualistas; outros, mais esportivamente, sem coisa alguma nas mãos — todos prontos a passar um prazo maior, ou menor, dentro da sede da colônia.

Antes de fazer descer o vidro, foi aberta a cortina d'água que deveria higienizar toda aquela fachada, onde milhares de insetos mortos estalavam desenhos inimagináveis, nos quais buliam pequeninos corpos destroçados, ainda vivos, manchando as paredes.

— Deixe-me ajudar — dizia Célia, divertida com aquela inusitada cascata, que descia maciça do alto, pelas janelas e desvãos da Casa Maior.

— Por aqui — disse-lhe Oscar. — Pode abrir todos os jorros deste lado. Eu abrirei os do outro.

Atentamente, mas sempre risonha, Célia abria a torrente higienizadora, capaz de tragar os insetos e secar à medida que chegasse rente ao solo. Quando punha a funcionar o último jorro, deu um grito:

— Bruno — chamou —, a casa do botânico sumiu!

— Você não deve ter visto muito bem, Célia.

— Como não vi? É a última, a que fica antes do trigal. Passei lá à noite. Então não lembraria?

Oscar e Bruno contaram as casas que se alinhavam no caminho do trigal; era espantoso, mas faltava uma. Contaram e recontaram, incapazes de aceitar o fato. O bangalô sumira sem deixar traço.

Enquanto isso ocorria, o vozerio dentro do saguão tornava-se bem maior, e uma última colona — que entrara quase sem fôlego pela larga porta — afirmava ter visto desaparecer a casa de Faro quando tangia uma rês. Então, correra como uma desesperada.

— • —

Welsch receitou leituras da Bíblia para uns. Para os não crentes recomendou as últimas exibições de imagem concreta. E, quando todos estavam mais ou menos entregues às suas distrações, embora o fizessem carregando também na dose habitual do fixêmio, sempre bom para estabilizar a consciência de que Núbia era, realmente, entre todos, o mais aprazível dos planetas, subiu novamente ao observatório.

O retângulo de vidro escurecido, agora límpido, era observado pelos astrônomos. Um deles, o mais velho, tinha a fisionomia tensa:

— Infelizmente, dr. Welsch, nós não tínhamos razão.

O homenzinho pequenino não gozou seu triunfo passageiro. Bateu-lhe afetuosamente no ombro — todos os nubienses eram extremamente carinhosos uns com os outros — e, quando o astrônomo terminou de falar com Welsch, ele lhe deu dois ternos beijos nas faces:

— Isso acontece, meu amigo. Não pretendemos ser irredutíveis como os terrenos.

— • —

Sabia-se que a doutora havia levado para o pequeno compartimento onde recondicionava as mentes em desvario o botânico Faro, que parecia não ter conformação com o sumiço de sua casa, tragada no interior do solo com todos os objetos recebidos da Terra e algumas raras coleções da flora nubiana. Ela o beijava sempre com mais doçura, alisando os cabelos já meio raros do botânico.

— Ninguém aqui pode ficar pobre, ninguém pode perder nada, porque todos aqui têm tudo. Perca esse vício burguês e terreno!

Como ele se lamentasse, com a obstinação de um neurótico, entre beijos e afagos, ela o encaminhou para a câmara, na qual, em breve, estalavam choro e xingações, já tão íntimas a seus ouvidos, que eram como explosões de cantiga habitual dentro da rotina da sua profissão.

— • —

Depois de limpo todo o exterior da Casa Maior, poderia descer agora o grande banho vidrado. E ele veio, escorrendo manso, com os aparelhos facilmente postos em funcionamento e sob a afanosa cooperação de Célia, integrada no trabalho de seus companheiros. Alguns colonos observavam aquela capa protetora, que descia vagarosamente, esfumada nos bordos, e bem se cristalizava ao juntar-se ao solo, inteiriçando-se progressivamente. Vedado todo o edifício, os operários puseram a funcionar o condicionador, que mandou logo uma atmosfera gelada para o interior da casa.

Alguns espectadores de imagem concreta aborreceram-se com aquele excesso. Outros vestiram seus agasalhos, chegaram junto da cortina de vidro e espiaram, ao longe, para suas casas. Então já não faltava apenas a casa do botânico, mas outra havia sido tragada.

Nesses breves instantes, fora destruído mais um bangalô, e nada dele poderia ser visto. No lugar, uma ferida aberta entre os vegetais brilhantes, sob a claridade intensa de Glauco. Quando isso foi verificado, duas mulheres principiaram a gritar e foram encaminhadas à doutora Drusa, que se ocupou delas com a mesma devoção, os mesmos beijos demorados de todos os seus pacientes, sem mostrar nisso a menor preferência de sexo.

— • —

Tudo funcionava à maravilha. O frio poderia ir até duzentos graus abaixo de zero, criando uma defesa contra qualquer calor mais agressivo. Pequenas estufas eram postas a funcionar para a comodidade dos colonos mais friorentos, que não se conformavam com a temperatura de cinco abaixo de zero. Lá em cima, terminada a sua ação, Célia dizia um afetuoso adeus a Oscar, beliscando-lhe amorosamente as orelhas de abano. Ia tomar um banho na piscina interna — faria um pouco de exercício e divertiria os rapazes lá embaixo.

— Oscar — disse Bruno —, vamos experimentar os robôs.

— Mania essa — respondeu Oscar. — Mania!

— Tenho ordem do capitão Welsch para aperfeiçoar a defesa e vou cumpri-la. Vamos examinar os códigos.

Bruno, seguido de Oscar, que dava muxoxos, dirigiu-se ao painel dos códigos. Aceso o comutador, os códigos transpareceram na parede, com todas as suas mínimas indicações realçadas em notações verdes e vermelhas.

— Antes de começarmos nosso trabalho, vou avisar os companheiros. Poderão querer apreciar o espetáculo.

— Ah! Ah! — divertia-se Oscar. — Vai ser um teatro muito bobo. Um fracasso total.

Fracasso ou não, Bruno quis avisar os companheiros. Já que estavam todos com tempo de sobra, viessem ver os exercícios dos robôs.

Os colonos se aproximaram do vidro gelado e viram o primeiro mastodonte, com suas pás imantadas, sair como de uma catapulta e brilhar esplendorosamente no limite do parque da Casa Maior. Mais alguns instantes foram suficientes para fazer aparecer seis robôs, todos eles postos como torreões na direção leste. Esperou-se, em vão, que se completasse o cerco. Ouviram-se arrancos confusos das máquinas. Bruno praguejava, Oscar ria como um demônio, e Welsch, deixando seus colonos de fisionomia estupefata, dispostos ao longo do grande vitral da Casa Maior, tomou novamente o caminho do observatório, embora suas pernas de setenta anos não mostrassem a mesma disposição de sempre.

— • —

Todos, naquela pequena reunião dos mais doutos de Núbia, vinham dar seu parecer relativo ao fracasso da defesa dos robôs. O extraordinário pequenino colono encontrou uma solução para pôr em movimento o sétimo instrumento de defesa, que arrancava tão somente do chão o confuso troar de organismos emperrados. Leu e releu números, sopesou instrumentos de exploração meteorológica, vindo a concluir que ele estava prejudicado pelo calor. Aquele robô obstinado em não saltar de sua cova mereceu tais expedientes do homenzinho que, em breve, se apreciou o melhor feito do dia: o robô, a muito custo, se pôs a funcionar. Mas a outra metade das máquinas de defesa estava inteiramente danificada pelo calor, já facilmente notado através do vidro. Os campos pegavam fogo aqui e ali.

Todos sentiram um indizível mal-estar, pois um tempestuoso tropel, muito ao longe, se anunciou. Seriam movimentos interiores do planeta? Lá em cima, os observadores diziam que não havia nenhum deslocamento interno na parte relativa à sede de Núbia, mas o tropel aumentava sempre, os ouvidos captavam seu poderoso avanço. Seria um turbilhão de imensos insetos endemoninhados, tangidos pelo calor, uma pesada nuvem que viria arrasar toda a colônia? Era difícil saber o que se passava nos confins dos campos, depois dos trigais, porque a fumaça já subia das plantações incendiadas.

Bruno desistira de lutar com os aparelhos. Ele sabia que agora aquelas máquinas seriam destruídas pelo próprio calor do ambiente. Disse a um colono que vinha olhar ali, junto à estranha ebulição percebida através da fumaceira:

— Pode dizer a todos que o exercício dos robôs nem se limitou à metade. Tudo está funcionando, ninguém precisa ter preocupações.

— Mas que é aquilo? — quis saber o outro. E nesse instante ficou só olhos. Olhos desmedidos, em seu rosto magro e devastado pelo trabalho do campo, à luz crua de Glauco.

Algumas vagas formas transpareceram dentro da fumaça. Davam a impressão de um rebanho acossado pelo calor. Bruno sabia, entretanto, que o rebanho de Núbia havia sido guardado na estrebaria pelos próprios colonos que tangeram para lá suas reses, antes de entrar na Casa Maior.

Na extremidade do observatório, astrônomos, meteorologistas e empregados colavam o rosto ao vidro, numa indagação obsessiva: que era aquilo? Dois ou três minutos e ninguém mais indagou, porque os seres chegavam em tropel furioso, e seus urros enormes já troavam aos ouvidos, juntamente com o ruído da queima das árvores e o estalar dos telhados das casas próximas ao trigal. Oscar, as orelhas movediças, de cão que deseja morder, fixou o tumultuoso e desordenado grupo:

— É gente, não é bicho — dizia. — É muita gente que nos vem atacar.

— • —

Welsch fez um pequeno sermão quando, pela primeira vez, apesar do uso do fixêmio, um começo de pânico invadiu os colonos de Núbia.

— Eu já havia mandado à Diretoria do Cosmos um relatório secreto sobre a possibilidade da existência de seres... sub-humanos no planeta. É possível que o mecânico Resa tenha sido morto por eles. Meu antecessor, o último síndico, tinha uma suposição só sua de que lá nas cavernas, a leste, numa faixa muito mais quente do que a que habitamos, existissem seres, não humanos, mas infra-humanos.

Houve um esboço de revolta:

— E todas essas coisas eram escondidas de nós?

O tropel se aproximava, mas as palavras de Welsch soavam sempre firmes:

— A suposição era que eles seriam desalojados de suas cavernas por um aquecimento só concebível cientificamente de mil em mil anos. As conjecturas agora...

O capitão explicava, gesticulando brandamente, mas ninguém ouvia mais. Até mesmo a rapaziada, que se divertia com a pequena Célia, irrompia nervosamente no saguão enorme da sede. O chão tremia sob o alvoroço daqueles seres acossados, vindos em furioso bando, fugindo pelos campos ao incêndio e ao calor.

— • —

Os primeiros, vistos ainda de longe, pareciam ter três pernas, porque um dos braços era muito mais desenvolvido do que o outro. Os indivíduos participavam da deformação da natureza de Núbia, toda ela voltada para Glauco. Eles pararam, amedrontados, a alguma distância dos primeiros robôs. Seria possível fazer funcionar pelo menos estes? Seriam as máquinas capazes de paralisar os recém-vindos? Bruno nem sequer tentou, pois percebeu que elas estavam torcidas, incandesciam e se tornavam incapazes de mandar os jatos que repeliriam os intrusos de Núbia. Era tristíssimo ver todo aquele aparato transformar-se em poucos minutos em maquinaria semidestruída. Os indivíduos corriam sempre. Enquanto uns já caíam pelos caminhos enfumaçados, muitos, milhares deles, em breve, chegaram a alguns metros da grande vidraça protetora. De lá deveria vir a fresquidão que os atraía, porque levantavam seus braços desiguais e arreganhavam as caras repuxadas para o espetáculo que era o daqueles outros seres, deles segregados pela cortina de frio da Casa Maior.

— • —

Gritos e desmaios desencadearam-se na sala: gritava-se "não!" sem parar, cobriam-se os rostos, uns e outros choravam convulsos, parecia um pesadelo coletivo. Aqueles animais — horrendas caricaturas humanas distorcidas, depois de terem parado, aparentemente indecisos, diante dos robôs — atravessaram a parte fronteiriça do parque e cada vez mais perto estatelavam os olhos, seria melhor dizer o único olho, porque uma das vistas, a correspondente à parte atrofiada do corpo, era quase nula. Eles se aproximavam mais e mais, e em breve três ou quatro, tendo batido com a cabeça no vidro, caíram para trás exangues, como vespas esfalfadas, enquanto os outros paravam, aceitando, arfantes, que havia uma linha divisória impossível de ser transposta. Mas esfregavam a cara no vidro e lambiam a fresquidão em ânsia desesperada.

A voz de Welsch subiu acima dos comentários desatinados:

— Não façam nada, eles sentiram o frio, mas não nos querem atacar.

E mudando de tom, peremptório:

— Os que não tiverem parte na defesa retirem-se para a sala interna.

Nem todos aceitaram a orientação. Célia, por exemplo, fugira novamente para o alto e ficara lá a observar os milhares de seres pavorosos, que mais e mais se aninhavam junto ao vidro, haurindo com esforço um ar ainda respirável, no círculo de frescor desprendido das paredes da Casa Maior. E, no entanto, assim mesmo, alguns já morriam ou desmaiavam. Não se sabia bem porque eles desabavam, espumando saliva esverdeada e arquejando em cima da grama. Seria o esmagamento do cansaço?

Quando alguns caíam e outros urravam pranteando, no berro semelhante àquele do boi diante do sangue de uma rês morta, Célia começou a observar — enquanto as outras mulheres eram levadas para a sala interior — que uma fêmea tinha entre as patas — a menor e a maior — qualquer coisa que podia parecer um bebê. Bruno estava ao lado da moça. Ela lhe mostrou apenas aquele canto do painel de aflições bestiais: a fêmea com seu filhote, a empurrá-lo para o vidro, na ânsia de que ele fosse preservado pela esquiva fresquidão que se desprendia dali. Mas os uivos e lamentos estalavam tão convulsivos e poderosos lá fora que não havia mais, ali dentro, cabeça que pudesse vir a ser indiferente àquela multidão de seres agonizando, morrendo, furiosos do desejo de participar da atmosfera salvadora, posta bem à vista. Entre todos, Bruno, talvez por não haver tomado fixêmio nesses dias, sentiu mais forte o grito de dor dos que lamentavam, o urro de pavor dos que morriam. Lá do alto, gritou para os que ficavam no saguão — dirigia-se principalmente a Welsch:

— Nós temos de fazer alguma coisa! Ainda podemos salvar alguns...

Welsch mostrou aquela doçura pegajosa, usada sempre entre os colonos:

— Apreciamos sua piedade, mas nada podemos fazer por eles; não podemos abrir as portas.

Clamores se ouviam muito fortes, de dentro e de fora.

— Se nós deixarmos que eles entrem, será o nosso fim.

— A doutora apoiava o capitão, gritando para ser ouvida: — Vejam, meus companheiros, eles não chegam a ser seres humanos; não chegam a ser homens; não podemos expor nossa segurança! Procurem o interior da casa. Eles não abalarão nosso prédio. O capitão está certo.

Mas Bruno não queria aceitar essas opiniões e, enquanto lá fora continuavam os urros dos que morriam e dos que choravam seus mortos, gritou naquele clima desatinado:

— Há uma mulher querendo salvar a sua criancinha. Uma criancinha pode subir aqui sem nos causar nenhum mal.

— Você não vai fazer isso — disse Welsch, compreendendo. — O calor lá fora está a sessenta graus, você não resiste.

Mas Bruno, aturdido por aqueles gritos que pareciam o lamento de toda uma sub-humanidade, que pareciam desencadear nele as forças da misericórdia que o maltratavam, como se naqueles feios bichos visse gente sofredora da sua mesma Terra, tomou uma decisão: havia uma saída. O retângulo escuro de observação de Glauco poderia ser empurrado, e ali estavam os instrumentos que desciam facilmente até o solo.

Lá embaixo, a doutora levou a mão aos lábios, perdendo a serenidade mantida até o último momento quando, descendo agarrado aos fios cintilantes de sondagens, Bruno se viu quase junto da fêmea, que agora bambeara, espumando em agonia, sobre o pequenino bebê. Lá de cima, Célia recolheria, através dos fios metálicos, a pequenina criatura puxada pelas sondas. Bruno parecia bêbado, cambaleava, entontecido pelo calor, enquanto em torno criaturas meio mortas o observavam em seu trabalho, com uma curiosidade animal, tão prepotente, esmagadora, como a de canzarrões. Era difícil livrar-se deles e colocar o pequenino bebê, amarrá-lo nos fios. Teria a fêmea visto que seu filhote fora salvo? Bruno já não podia saber, porque estava cada vez mais asfixiado pelo calor e envolto pela curiosidade insidiosa, num apalpar contínuo, em empurrões, que queriam exprimir talvez o agrado final.

— • —

Célia recolheu a criaturinha.

— Não faça isso, não faça isso, você deve devolvê-lo — dizia Welsch a Bruno, através da vidraça.

Mas Célia logo envolvia o pequeno em si mesma e fugia para o interior da Casa Maior.

Agora, lá fora, Bruno entontecido encostava a cabeça no largo portão da entrada. Mas alguns machos, ainda espertos, sentiram através do desaparecimento do filhote que eles também poderiam entrar. Arremessaram-se com fúria, urrando, para a porta. Ela iria ceder? Lá de cima, Oscar acompanhava a cena. Ele não havia murmurado uma única palavra desde aquelas em que afirmara: "É gente que nos vem atacar". Havia desaparecido entre aqueles engenhos brilhantes, aos quais dera nova vida: as velhas armas do depósito, agora luzentes e prontas para funcionar.

A doutora gritou quando Oscar encostou uma arma bem acima do paredão do observatório:

— Não faça isso, não faça isso, Bruno está lá!

Ele respondeu, possesso:

— Desta vez você não me pega com seus dengues. Você não quis acreditar que o mecânico morreu dizendo: "Adoro a minha terra, m... para este lugar"; pois não foi ele, não, *fui eu*! Acho que tudo isso ficou dentro de minha cabeça. Eram seres horrorosos. Agora já sei. Foi na Guerra da África, e os companheiros queriam me segurar numa casa como esta!

— Não é verdade — disse Drusa, apavorada —, não é verdade: você nunca esteve lá.

Quatro ou cinco colonos se aproximaram para segurá-lo, porque Bruno ainda se levantava lentamente e arquejava, vindo para junto da porta. Mas Oscar parecia um demônio. Trazia a arma na mão. Os outros se mantiveram à distância. Lá de cima, ele desfechava uma rajada maldita. Embaixo, cessou todo o movimento. A cabeça de Bruno, colada ao vidro, teve o sangue escorrendo sobre os pelos de um dos indivíduos, quem sabe se o mais horroroso.

Quatro horas depois, a onda de calor havia passado. Welsch mandou sepultar Bruno e incinerar, no forno usado na última doença do gado, o rebanho de seres estendidos em torno da Casa Maior. Disse algumas palavras, que fizeram chorar determinadas colonas, sobre a doce piedade do homem para com os bichos, sentida através dos séculos, e pela qual Bruno morrera.

Não houve punição para Oscar. Um velho documento guardado nos arquivos de Núbia provara que seu cérebro vinha de um soldado morto em território africano.

Dentro de poucas horas, chegariam os novos colonos. Era preciso limpar tudo, arrumar acomodações para os que chegavam. Ninguém poderia ficar indiferente à tarefa de fazer Núbia parecer melhor do que estava naquele tristíssimo momento.

Célia, porém, não veio animar a rapaziada: ela se dedicava a alimentar o pequenino, que, estranhamente, quando tudo serenou, levado ao quarto da moça e posto o feio corpinho em cima da cama, começou a engrolar uns balbucios que pareciam muitíssimo com aquele blá-blá-blá das criancinhas terrenas, aquelas que ainda não sabem falar e têm uma linguagem muito doce e universal. Balbuciava tão encantadoramente que a moça passou a brincar de mãe, com seu filhote de Núbia.

# O CÉU ANTERIOR

Era uma rotina tomar o trem àquela época do ano, fim de dezembro, e ir observando os possíveis clientes da estação, fazer um pouco enfastiado as adivinhações: "Aquele ali, louro e nervoso, os olhos apertados de rugas precoces, será um piloto espacial? É um novato, vê-se logo, do Hotel Sanatório Subterrâneo. Está ligeiramente oprimido já, pela descida ao interior da Terra; desaperta os botões do paletó. Aquele outro, gordo e pacificado, deve ser um hóspede antigo, de muitos anos atrás, vindo de qualquer colônia mais próxima: Marte ou Júpiter; fareja com delícia a umidade das profundezas do solo, embora não a possa sentir verdadeiramente no compartimento fechado. E este, a meu lado, que coisa virá a ser? Sem dúvida, antes de tudo, é um neurótico".

Estava, na verdade, inquieto, o passageiro. Levantava-se, espiava meio atemorizado as escarpas torturadas, que mudavam de cor; cinza, verde-musgo, vermelho, amarelo-negro. E tudo isso minando a lenta água que ia encharcar os seres ressequidos pelos infinitos espaços. Um rapagão bonito e pálido, de cabelos castanhos arrepiados para a frente, era o tal vizinho:

— Perdão, o senhor sabe se há alguma parada antes do hotel?

— Por quê, se não estou sendo indiscreto?

— Sabe como é: lembrei-me de um compromisso. Tenho de voltar. É assunto urgente. Tenho de voltar *imediatamente*.

O médico estava já acostumado a reações iguais àquela.

— É a primeira vez que o senhor faz uma viagem deste gênero?

— Claro. Do contrário, não lhe estaria pedindo informações...

— Pois seu mal-estar vai ceder logo. Acalme-se. Não há nenhuma estação até o Hotel Subterrâneo. E só haverá transporte de volta amanhã pela manhã. Isto é, às sete horas do que seria o dia lá fora, já que vamos ficar sem dias e sem noites. Tranquilize-se, mesmo porque não há outro remédio...

— Deve haver um sinal de alarme... Eu preciso, eu devo voltar...

— Se o senhor é um piloto espacial, deve saber como são drásticas as medidas contra o pânico dos passageiros. Tanto faz ser lá em cima como cá embaixo. Contenha-se, por favor.

— Sabe como é. — Era este o seu sestro. — Não sou piloto espacial e não estou em pânico.

O médico sentiu o espicaçar da curiosidade. Estava certo de que não errara. Ele experimentou o faro do céu, naquele rosto moço e marcado pela conhecida neurose profissional. Poderia jurar que o companheiro de banco era um desses seres atormentados pelo cintilar das estrelas, pela luz do céu preto, varado de meteoritos. Naquela face moça e meio devastada, ele, como velho clínico experimentado dos hospitais subterrâneos, identificara o neurótico do espaço, que vinha às profundezas da Terra numa tentativa de recobrar o equilíbrio psíquico, mas tinha o costumeiro ataque de claustrofobia. Justamente isso tudo faria parte da cura — esse choque inverso...

— Eu me enganei. Sou um velho que se distrai em fazer adivinhações sobre os hóspedes do hotel, na estação da umidade. E, com minha, vejo que ainda embotada, prática, jurei que o senhor — riu —, que o senhor fosse um costumeiro *perseguido das estrelas*, enfim, de todos os corpos celestes, da grandeza opressiva... lá das alturas.

— Perseguido das estrelas? — O moço virou seu rosto tumultuado pela tensão interior. — Perseguido das estrelas? Mas por que o senhor diz isso?

Era estranho o comportamento daquele rapaz. Reagia como um criminoso pilhado em flagrante. Tremia. Estava desamparado, perdido:

— Sabe como é. Preciso voltar...

— Veja que já está chamando a atenção. Deixe-me ajudá-lo. Sou eu que dirijo a parte clínica do Hotel Subterrâneo. Trinque esta pílula. Toda angústia vai passar.

— *Não estou doente.* E me posso controlar perfeitamente. Mas por que esses cretinos lá da frente olham tanto? Nunca viram um homem ter de voltar numa viagem?

— Estimo saber que não está sentindo nenhuma perturbação. É que já estamos mais ou menos a cinco mil metros de profundidade. Mais uns dois mil e chegaremos ao hotel. Veja como este interior é bonito, é calmo: esse fio d'água vai engrossando até formar a torrente que cria o belo lago natural do hotel. É uma delícia de lugar.

Ele falava, falava manso, para distrair o outro. Teria de conjurar, pelo domínio de sua atenção, a grave crise que se anunciava já no rapaz. Estava o moço agora transpirando muito. Vermelho, piscante, mostrava um perfil tenso e assustado. E intoxicado por uma ideia:

— Por que perseguido? Por quê?

— Todos que vêm ao hotel são mais ou menos *perseguidos das estrelas.* Afinal, eu falei demais, só por falar. Mas, já que só vai poder regressar amanhã, vamos combinar umas voltas antes do jantar. Ajudará a passar o tempo. Está combinado?

O moço não respondeu. Agora fazia desaparecer seu rosto perturbado; encostava a cabeça à janela e fechava os olhos com força, como uma criança que se nega a ver qualquer coisa, de propósito.

— Pela primeira vez eu me enganei — remoía o médico. — Até esse modo de piscar...

DINAH FANTÁSTICA • COMBA MALINA | 199

Alguns minutos mais, e a estrada como que adquiriu uma perspectiva mágica. Descortinavam-se miragens de ruas, ruelas, becos, construções fantásticas na rocha tumultuada e colorida. O fio d'água crescera. Era um rio negro, brilhando como em verniz, numa cidade desabitada.

Depois, o gás adesivo pelas rochas se tornou mais luminoso, quase irritando a vista. E o hotel surgiu em sua agradável arquitetura convexa, pendendo à beira do lago, tendo à volta alguns chalés, cada qual em construção de pedra de cor diferente: rosa, verde, amarela.

— Chegamos. Olhe como isto aqui é agradável, rapaz!

— Deixe-me. Posso ficar só. Cuide de sua vida, que deve ter muito que fazer.

— Se mudar de ideia e quiser dar um giro aí por fora, mande avisar-me. Meu quarto é neste mesmo corredor, a primeira porta à esquerda.

— Não vai ser preciso. Obrigado.

Mas o médico sabia que seria chamado. E, meia hora depois, a enfermeira veio buscá-lo:

— Ele está muito agitado e quer que lhe arranjemos condução de qualquer maneira. Começou oferecendo dinheiro. E agora está fazendo ameaças.

— Vou já.

O médico atravessou o corredor, chegou ao quarto do hóspede. Ele havia desarrumado a mala e a fizera de novo. Sentava-se à cama, piscante, perturbado, desconfiado, batendo com a cabeça, estalando os dedos:

— Vou denunciá-los! Vou denunciá-los! — repetia estridente. — Tenho minha liberdade de locomoção assegurada por lei.

— Pois vamos ver se encontramos um meio... Vamos sair?

O moço olhou com infinito desdém:

— Não preciso de acompanhante.

— Precisa de guia... Vamos, rapaz. Ninguém quer prendê-lo. Venha ver como é a coisa lá fora do hotel.

Saiu, relutante, do quarto. Depois, voltou, apanhou a fluida bagagem, na sua obstinação. Sentia-se encurralado, e daí a pouco, se não melhorasse com o passeio, pensava o médico, acabaria num acesso, perturbando o repouso dos hóspedes. Deixaram o corredor, saíram para o salão, onde algumas pessoas assistiam a filmes em imagem concreta:

— Tudo aqui é como lá em cima — disse o médico.

E já lá "fora", no terraço, que se abria para a visão das águas iluminadas, diante de um casalzinho empenhado num velho jogo de amor de certa intensidade:

— Como está vendo... é exatamente igual.

— Doutor, mostre-me o caminho de volta. Eu acharei um jeito de voltar.

— É o que vou fazer. Por aqui. Mas... um minuto! Veja como o lago é aquecido. É bom tomar banho nesta água. O bom da Terra está aqui.

— Por favor, não me segure. Por onde se sai?

— Paciência, rapaz. Estamos já saindo. É por este lado.

Levou-o ao limiar daquilo que viria a ser a *saída*: um labirinto intrincado de perspectivas que se abriam e se fechavam sob o teto de rocha viva.

— Saiba que três ou quatro sujeitos que teimaram em não esperar o trem, como você está teimando agora, ficaram aí perdidos por esses caminhos intrincados. Não se faça de louco, se não quiser ser tratado como louco!

O moço ainda deu uns passos. Depois, voltou-se para a rocha, deixou cair a tênue mala e soluçou.

— • —

— Isso, rapaz, chore. O choro e o espirro são a nossa melhor terapêutica. — Teve uma transição: — Umidade, umidade! Veja como essa boa umidade, fonte da vida, já lhe está impregnando os cabelos, a pele maltratada. Você precisa dela, rapaz. O interior da Terra é como um ventre de mãe. Somos recriados aqui!

O moço esteve soluçando mais alguns momentos. Depois, voltou para o médico os olhos nublados no rosto lívido, batido pela claridade do gás adesivo:

— Como foi que soube que eu era um perseguido das estrelas? Diga a verdade.

— Instinto profissional. Mas você me disse que não era piloto...

— Trabalho no Observatório Central. Nunca pensei que viesse a ter a *coisa*. Há cinco anos que estou lá. Vi sair do Serviço gente meio pancada e até um inteiramente louco. Mas nunca senti a menor perturbação. Hoje... pronto! Aconteceu comigo. *Eu vi a estrela que nunca existiu nem nunca poderia ter existido!* A que não tinha a composição das outras! Eu sei, sou bom nisso, sem falsa modéstia!

O médico ficou intensamente perturbado:

— Sente-se comigo aqui, nesta pedra. Talvez eu possa ajudar. Não tenha nenhum constrangimento. A estrela que *não existe* pode ser uma imagem inconsciente da mãe que você não teve... Você... você por acaso nasceu artificialmente... é filho de laboratório? Não esconda!

— Não, doutor. — O moço já sorria, esverdeado pelo gás adesivo.

— Perdeu a mãe pequenino? Foi criado pelo Estado? Alguma perseguição de mentor? A estrela secreta pode ser a nostalgia do lar perdido...

— Nada disso, doutor. Tive mãe, pai, casa, nada me faltou.

O médico ficava cada vez mais perturbado:

— Bem... conte como foi que *ela apareceu*. Pode ser..., bem pode ser a *outra espécie de estrela*...

— Agora que sei que não posso voltar... Creio que desabafarei, mesmo. Não sei se sabe como é o Observatório... Em termos para leigos. Mas ali é o seguinte: três painéis correspondendo às lentes, que proporcionam a total observação dos fenômenos celestes; o primeiro, o Céu Anterior, o do centro, o Céu Atual, e o da ala direita, o do Futuro. O Céu Anterior representa o meu trabalho. O Doutor já ouviu falar sobre o que a ótica, unida à pesquisa do *mézon*, conquistou para nós, como exploração no tempo. Mas o que o senhor decerto não sabe é que não há computadores que nos façam certos cálculos e pesquisas, a fim de que possamos localizar estrelas, planetas e corpos celestes no devido lugar em que estiveram num passado remoto. Deve haver um certo instinto profissional que os de fora estão longe de suspeitar, instinto esse que, unido aos conhecimentos técnicos, faz com que se apanhem estrelas exatamente no lugar onde deveriam estar. Assim como, antes de apalpar, o doutor adivinha o órgão que está doente. Eis um trabalho de imaginação, de euforia, de descobrimento, antes daquele outro: a tomada às profundezas do tempo. É *aqui*; desconfiamos, depois de obtidas as indicações dos computadores. Ajusta-se a lente, faz-se o contato, e, no campo negro, as estrelas vão sendo sugadas em seu infinito. A recomposição às vezes é fácil; o painel oferece com nitidez todo o céu de uma determinada região, há milhares de anos. Estou sendo muito prolixo? Talvez esteja pretendendo valorizar demasiado o meu trabalho. Eu, na verdade, vivia para ele, até que *veio a coisa*, o sinal de que, como acontecera com outros, estava ficando esgotado, nervoso, talvez ficasse até louco... sabe como é. (Voltava o sestro.)

— Ora, rapaz, você está raciocinando perfeitamente. Continue explicando sobre o Observatório Astronômico. O que se faz, afinal, no Céu Atual e no Céu do Futuro?

— Bem, o Céu Atual, que é a pura e simples observação de todos os fenômenos celestes que estão ocorrendo agora, apresenta, entretanto, muitos pontos duvidosos formados pelas estrelas longínquas, cuja luz constitui o brilho de um passado. É preciso usar um contato semelhante em alguns casos ao que usamos no Céu Anterior.

— E as observações...

— As observações, as minhas, sobre o passado do céu, somadas às especulações sobre o Céu Atual, auxiliam o nosso colega da terceira ala do Observatório (é pena que tudo isso seja vedado à curiosidade pública!) na sua especulação

DINAH FANTÁSTICA • COMBA MALINA | **203**

sobre o Céu do Futuro. O terceiro painel é o menos nítido, quase sempre, mas, dia após dia, se tornam mais previsíveis os acontecimentos vindouros nesta e noutras galáxias. Aliás, sem esta terceira parte, o homem ainda não poderia ter atingido uma dominação tão vasta no Universo.

— É verdade. Há sempre um narcisismo a rebater em cada profissional. Mas você tem sua boa dose de razão. A navegação espacial, a fundação de novas colônias siderais, tudo isso tem a ver com suas pesquisas.

O moço agora mirava a enorme cúpula natural da pedra. A aflição renascia:

— Não há, por aqui, algum lugar, alguma espécie de vereda ou de túnel de onde se possa ver pelo menos uma nesga de céu? Tolice, tolice, bem sei que não. Sabe como é. Eu me sinto hoje imaturo. Não responda a meus absurdos.

O médico apanhou-o pelo braço.

— Já não suporto ficar muito tempo mal acomodado, meu amigo. Fiz uma cura completa num hospital do Espaço. Mas meus ossos ainda doem, eis a questão!

Levou o jovem operador do Observatório para o primeiro banco, bafejado pela quentura do lago. Ao longe, um grupo de moças despidas avançava a nado pelo centro da água. As pequenas faces, que escapavam de lado, pareciam pequeninos e brancos brinquedos de massa sob a luz do gás adesivo.

Sentaram-se os dois, e, enquanto uma ondazinha miúda se desvanecia, estalando oca e grave a seus pés:

— Ontem — continuou o moço —, ou melhor, *hoje*, pois foi à meia-noite que isso aconteceu, o chefe expediu a nota de serviço. Eu teria de explorar o céu de três mil quinhentos e cinquenta e nove anos atrás, e à mesma hora: à meia-noite do dia 24 para o dia 25 de dezembro. Regredir três mil e quinhentos e cinquenta e nove anos no firmamento não é façanha tão difícil. Tenho feito sondagens de vinte mil anos; sei que em outros observatórios já se conseguem boas imagens até perto de cinquenta mil. Portanto, fui ao trabalho sem maiores preocupações. Fixei o campo especulativo, calculei

204 | DINAH SILVEIRA DE QUEIROZ

mentalmente a posição das constelações, e, aos poucos, a minha rotina das noites se estabeleceu. O céu de três mil quinhentos e cinquenta e nove anos passados ali ia sendo arrancado e cintilava na negrura do painel. Coincidia quase com o Céu Atual, de acordo com o que eu vira na lente do centro. Poucas coisas a anotar: um ligeiríssimo desvio de uma galáxia indicando mais firmemente o sentido de sua "fuga" nos espaços. E, no mais, sim, havia uma aproximação surpreendente de Vênus. Como o senhor está vendo, quase nada de novo nesse Céu Anterior. Já ia desligar o painel quando todos aqueles astros e planetas e satélites e nebulosas começaram a palpitar como se eu os visse através dos olhos da febre. Palpitaram, latejaram uns segundos, tão intensamente que tive de cerrar a vista. Quando abri os olhos, tudo havia formado uma grande, uma única nebulosa que se retorcia, ziguezagueava e, por fim, empalidecia mais e mais, até desaparecer de todo. Então, o campo de minha visão se tornou um túnel opaco em que não havia nada, nada!

O moço tremia:

— Sim, era como se eu estivesse num túnel, no imenso túnel do tempo, e caminhasse à procura de uma saída. De repente, como se vislumbrasse uma abertura luminosa, vi apontar uma luzinha tênue, que se foi ampliando progressivamente. Eu viajava no tempo para aquela única luz na escuridão do céu! E ela crescia, vindo para mim, crescia em majestade, florescendo solitária na escuridão. Primeiro, foi um núcleo semelhante ao de um cometa de proporções jamais vistas; depois, dali partiu um jato de luz, de oriente a ocidente, rasgando o firmamento. Febrilmente, mudei lentes, experimentei reações, diante do fenômeno. Nada. Nada havia do que eu houvera estudado como matéria de corpos celestes. A estrela... a estrela, a ofuscante estrela que apagara todas as outras, estava ali, diante de meus olhos. Eu via aquilo que jamais aconteceu no céu! Eu estava contaminado pela neurose da estrela.

O médico também tremia, também ficava cada vez mais angustiado. O moço prosseguiu:

— Sim. Eu tinha *a coisa*. E o pior é que aquela estrela impossível, jamais acontecida, aquele corpo celeste cuja natureza vinha por certo de minha morbidez, como que dizia algo para mim!

— Estrelas não dizem nada... é o que reza o ditado. — O médico continuava acabrunhado e ansioso, mas queria sorrir.

— Na realidade, mundos não dizem coisa alguma. Eles são, eles existem, pesadamente uns, outros de forma quase incorpórea, e se movimentam pelo céu, como passam por nós alguns rebanhos tristes e silenciosos. Pesadamente, giram os astros, mas não falam, isso não. Nem mesmo os cometas, cujas viagens hoje demarcamos perfeitamente, dizem qualquer coisa. Existem também com sua vida errante, seu aparente desgarramento. Essa estrela única parecia, muito de longe, sim, com um cometa, mas falava. Sua mensagem era atordoante. Era de fogo e me abrasava. Eu me perdia naquele convite que a estrela me fazia. Latejava nela. E, no entanto, que pretendia a estrela dizer? Experimentei, de súbito, a mais extraordinária paixão. Era paixão de amor, sim. Mas era diferente. Ela me invocava, parecia varar os confins do meu ser com sua luz branca azulada. Senti vertigens. Perdido, incapaz de compreender, simplesmente alcancei o comutador do painel. Apertei. E ela se desfez. O êxtase, porém, como que me aniquilara. Os companheiros encontraram-me desacordado. "Estou doente", disse-lhes quando me reanimaram. E o resto... o resto o senhor sabe como é. Exceto que a minha ânsia por voltar vem de uma sorte de desesperada nostalgia da estrela. E a intuição de que o fenômeno se vai repetir, embora não queira acreditar nele.

— Vou medicá-lo — disse o doutor. — Vamos a seu quarto.

— Estou muito doente?

— Não, não muito. Apenas doente como alguns nesta época do ano.

Foram caminhando suavemente pela margem. As jovens voltavam, brancas e imateriais, pelo outro lado. Vinham em procissão quase silenciosa.

— Quer dizer que isso não aconteceu só comigo: ver esta estrela? Cismar com ela?

— Não. Outros a têm visto, mesmo sem trabalhar em observatórios astronômicos.

Penetraram novamente no terraço, onde o casalzinho ainda não perdera o interesse em suas carícias. Atravessaram a sala, os hóspedes bocejavam diante de outro filme em imagem concreta. Chegaram ao corredor, alcançaram o quarto.

— A enfermeira virá aqui aplicar-lhe um toque que produzirá doze horas de sono. São seis horas. Às seis da "manhã", estará acordado e já livre da obsessão.

— Doutor, sabe como é... — O médico então já marcava na parede o aviso-luz com a indicação para a enfermeira, que o recebeu em outro quarto de doente —, eu tenho medo de ficar louco. Ou pelo menos de recair. Afinal, afinal o que é que eu tenho? Esta angústia da mensagem da estrela, de onde vem? O que a cria? Por que, embora *ela não exista*, não posso deixar de esperá-la?

O médico ficou de costas para o doente, que já se estendia na cama:

— Hoje não enganamos mais ninguém. A origem dessa visão é desconhecida. É alguma coisa, talvez, que ficou no inconsciente coletivo, alguma coisa que viveu através das gerações.

— Quer dizer que eu não vou ficar bom... nunca?

— Posso assegurar-lhe que pelo menos durante doze meses não haverá estrela alguma que o chame.

Riu, nervoso.

— É uma curiosa manifestação que tem seu tempo certo: do dia 24 a 25 de dezembro.

— • —

Instantes depois, a enfermeira chegou. Vinha já com o pequeno aparelho que produzia o transfixante toque cerebral. Encostou o bastão à cabeça do moço. E, num instante, dentro dele, a estrela acendeu e se desfez na escuridão de um sono de trevas.

— Acompanhe-me a meu quarto — disse o médico à enfermeira. — Quero um toque sedativo.

Ela se admirou:

— O senhor... também?

— Sim — disse ele. — Preciso de um sono integral antes de começar o trabalho do ano.

Chegaram ao quarto. O médico deitou-se. Havia anos que alguns hóspedes lhe contavam, apenas com ligeiras variantes, a história da *estrela que queria dizer alguma coisa*. E havia anos que eles se impacientavam por sua volta.

— Deve ser uma bela mensagem — pensou. — É pena que não se possa perceber bem... Ela deve estar ligada a uma antiga aspiração humana. Que mistério!

A enfermeira curvou-se para ele com o bastãozinho luminoso. Tocou-lhe rapidamente a fronte.

Houve a inundação de luz em seu cérebro. "Ah, estrela, estrela, que queres de mim? Que queres?"

Depois, uma noite de feltro negro desabou da parede e envolveu bruscamente o médico.

— • —

E nesse momento, no sono ou na vigília de muitos cérebros, estrelas semelhantes surgiram e se apagaram nas solidões humanas, em vários e distantes pontos, em todo o então materialista planeta Terra, nesse fim de dezembro de 3559. Só meio século mais tarde, e de acordo com pesquisas mais minuciosas de fixação do Espaço Anterior, vieram os homens a saber o que a Estrela *queria* dizer, pois puderam, enfim, localizar o instante terreno que ela iluminou.

# ANIMA

Dessa vez, a tradição de abertura da ONU era quebrada, e o eterno primeiro discurso de um representante brasileiro iria ser objeto de polêmica nos jornais de todo o mundo. Nem mesmo as falas dos representantes da URSS e dos Estados Unidos, que se seguiram ao discurso do brasileiro e versaram sobre projetos comuns em grandes áreas equatoriais de climatização, ofereceram o mesmo interesse e tanta divergência. A *Operação Anima*, assim chamada pelo jovem cientista Jorge Alves, era exposta num plano de desafio para as grandes potências. Ainda não tendo alcançado o poderio interplanetário dos Estados Unidos e da União Soviética, nem mesmo seguindo de longe o esforço da França ou da China, o Brasil, por meio de seu delegado, um diplomata gentil quase sempre, mas sarcástico muitas vezes, tentava decifrar o mistério de Vênus, o Planeta Branco, e para isso convocava as outras nações do mundo.

O embaixador brasileiro não receou uma única vez o ridículo que poderia pesar sobre um diplomata qualquer em circunstâncias idênticas. Não sendo ainda uma potência do cosmos, seu país pretendia oferecer a única via de comunicação para o mundo impenetrável de Vênus.

Seu discurso principiou pela definição de *anima*, para muitos a *alma*, para alguns uma força física capaz de ser expelida nos sonhos e há tempos constituindo o domínio de sábios, como os da Índia, que poderiam transmitir bem longe seu *eu* interior. Até mesmo a URSS, que negava a alma — pelo menos oficialmente —, não descurava desses estudos, por meio dos quais as mentes mandavam mensagens cada vez mais claras, cada vez mais extensas. E o delegado do Brasil lembrava aquele começo de tudo, quando no Egito o *double* era entretido, pois deveria ficar bem junto do corpo, a ele sobrevivendo. A todos esses temas, ligados ao fenômeno que se poderia chamar de *alma*, o orador dispensou um período de seu discurso que tinha, às vezes, como seria indispensável ao bom gosto, uma pausa para fazer circular um riso benévolo no auditório sempre carregado de grande tensão emocional.

Falou, por exemplo, nos sonhos, por meio dos quais estaria provado que a alma viajaria muita vez só para saciar os desejos do corpo em que habitava. Os beberrões sonhariam e experimentariam todas as delícias de seu vício, e a paixão do amor também teria sido mil vezes provada na satisfação da *anima* viajante. Todos esses pontos eram do domínio público, como aquele outro de que a música apropriada geraria a hipnose; de que muitas cenas do chamado espiritismo não seriam senão o deslocamento feito por meio mecânico — um som capaz de fazer deflagrar para fora do corpo a *anima*. Nas sessões espíritas, as mais céticas criaturas não assistiram a manifestações impressionantes?

Observando os rituais da umbanda, viajando para a Índia, conhecendo profundamente a ioga, um jovem físico brasileiro determinara o que poderia vir a ser a mecanização e a descarga, por assim dizer, desse conjunto de forças interiores — todas elas físicas — que compõem aquilo que os crentes chamam de alma. Em primeiro lugar, o som era o veículo apropriado de expulsão, mas o controle da *anima* deveria ser cuidadosamente verificado, combinada a vaga de sons — muitos dos quais não sensíveis ao ouvido humano, extremamente finos e complexos. Usando som e gradação da luz, ele havia tido, esse cientista brasileiro, um sucesso mundial ao conseguir projetar seu próprio *double*, sua *anima*, na baía de Hong Kong. Seu vulto esguio e moreno foi visto contra a luz, a atravessar barcos, pequeninos e grandes, a correr em cima da água, aparecendo nítido a um grupo de pessoas, onde sobressaíam jornalistas e professores de física, especialmente convidados para assistir à experiência. Ao atingir a praia, a figura do professor Alves foi mais e mais perdendo a densidade; por fim, apenas uma silhueta cercada de verde brilhante foi vista diante do público estarrecido e deslumbrado.

O caso, julgado alucinação coletiva, foi violentamente combatido por marxistas e teólogos. Como que os polos do pensamento quisessem negar a evidência da concretização física da alma. Mas, depois dessa experiência, o moço quis ser esquecido de propósito e, durante oito anos, trabalhou em silêncio, conseguindo efeitos que muitos não souberam vir a ser científicos. Um dos seus êxitos mais expressivos foi aquele segundo o qual, numa determinada sessão espírita de Lisboa, ele próprio conseguiu aparecer usando linguagem misteriosa e dizendo ser um monge morto havia duzentos anos. As fotografias estavam ali, no grande anfiteatro das Nações Unidas, em poder do representante do Brasil, para quem tivesse a curiosidade de comprovar o feito, anteriormente cercado da maior discrição, no interesse da própria pesquisa científica.

Os delegados, nesse ponto, cansados de rir e de acompanhar aquela insólita exposição, principiaram a dar mostras de nervosismo. Alguns pareceram sentir na própria face como que uma brincadeira jamais tentada na alta tribuna da ONU. Aguardavam o cancelamento do discurso, posto pelo presidente, fora de ordem. Os brasileiros estavam exportando, no momento, uma nova e perigosa filosofia, um tanto anárquica e propositadamente desabusada. O discurso do embaixador do Brasil seria a prova dessa perigosa tendência? Ele ia "além da conta".

— Nós estamos aqui para oferecer e pedir, como vimos fazendo há séculos. — O tom sempre cortês continuava com seus toques brincalhões, vez por outra.

DINAH FANTÁSTICA • COMBA MALINA | 211

Um coro de protestos e risadinhas nervosas espraiou-se pela assembleia.

— Oferecemos nossa técnica, a "Central *Anima*", instalada pelo governo brasileiro. Contribuímos também com o chefe, o cérebro da *Operação Anima*. Mas devemos apelar para outros povos, porque necessitamos certa matéria-prima, isto é, de condenados à morte, já que em nosso país não existe condenação que dure mais de trinta anos. Há séculos mantivemos essa tradição de brandura.

Caiu um silêncio de assombro. O sorriso morreu nas faces estagnadas, devastadas por aquelas palavras demasiadamente irônicas, ou incrivelmente loucas.

— Nosso plano é o seguinte: uma pequena expedição, chefiada por Jorge Alves, levaria alguns condenados à morte que voluntariamente quisessem prestar seu auxílio à ciência. Ela seria despachada para o planeta Vênus, colhendo todas as informações que as sondas espaciais, a tão desenvolvida astronáutica, com mil outros engenhos, até hoje não conseguiram captar. Esses voluntários obteriam, por leis especiais, o perdão de seus crimes quando voltassem à Terra, pois teriam contribuído, de forma decisiva, para o progresso da humanidade. É só nesse ponto que o Brasil pretende e espera a cooperação de seus amigos. A *Operação Anima* prosseguirá em nosso país, no que diz respeito ao projeto e à técnica de propulsão dos espíritos. Pedimos, porém (pois sabemos que há riscos, ainda que limitados, mas reais, na parte final, quando se der a reincorporação), o apoio de todos aqueles que, estudando o nosso plano hoje posto à disposição de todos os pesquisadores, quiserem trabalhar conosco pela conquista pacífica do planeta mais semelhante à Terra.

O embaixador terminara o discurso. Houve um prolongado tempo vivido em gelo, fixidez, pelas figuras de cores e raças diferentes, até que estourassem as controvérsias, felizmente dominadas porque os inscritos para falar, em seguida, sobre a climatização da Amazônia e da África Central eram os Estados Unidos e a União Soviética, e não queriam que o tempo se dissipasse em tempestade inútil de protestos e conjecturas.

Foi com certa arrogância displicente que o delegado brasileiro desceu da tribuna e tomou o seu lugar, conquanto nem mesmo seus companheiros, enfurnados nas poltronas, tivessem a coragem de apertar-lhe a mão.

Estourasse ou não a galhofa, o Brasil havia ganhado, pensavam eles, uma grande batalha publicitária que se desenvolveria nos dias seguintes. Sucesso teatral e indevido?

Pela primeira vez, no entanto, abrindo as discussões na Assembleia das Nações Unidas, o discurso do Brasil sacudiu até o furor os quatro cantos da opinião pública do planeta. O primeiro instituto a tomar interesse real pelo então *Projeto Anima* foi o Tecnológico de Massachusetts. Seus mestres fizeram declarações altamente elogiosas, depois de estudarem as transmissões da *anima* de Jorge Alves, e as julgaram o fato científico mais importante do ano.

As fotografias do falso monge, deitando sermões numa assembleia de espíritas em Lisboa, foram vistas como divertimento por uns e objeto de especulação para dois ou três homens dedicados a pesquisas radiobiológicas na URSS. Mas foi nos Estados Unidos que um pequeno grupo de condenados à morte abalou com seus pedidos aos governadores dos respectivos Estados e à opinião pública, urgindo finalmente uma decisão de seu governo, espicaçado por dois senadores democráticos, no sentido de dar apoio imediato à *Operação Anima*.

— • —

A mocinha doente, travesseiros amontoados às costas, respirava com esforço ouvindo as palavras de Jorge Alves, numa transmissão de imagem concreta. Ele respondia com calma e presteza às perguntas mais ou menos capciosas dos que procuravam "desmascará-lo". O professor Alves exibiu mensagens do mundo todo e particularmente aquela que mais havia tocado sua sensibilidade. Tamura Kyoko, preso em Detroit, sob a acusação de haver fabricado os vírus da lepra e da tuberculose para conhecer em seus pacientes as doenças de que a humanidade havia perdido a memória, e que, embora tendo curado os enfermos em poucos dias, tivera condenação à morte pelo abusivo uso de sua capacidade científica, desejou incorporar-se à *Operação Anima* e escreveu com sinceridade, ou não, estas palavras a Jorge Alves: "Ainda que signifique a minha morte, alguns meses antes da que me espera, estou pronto a resgatar com esta experiência o erro que cometi, levado por uma curiosidade que só os cientistas podem compreender. Meu advogado está desenvolvendo uma grande campanha para que a *Operação Anima* possa contar com minha cooperação".

O professor Alves mostrava ao público de imagem concreta seu gabinete de trabalho, fotografias da enorme concha semelhante a um radar que deveria despachar a luz e, ao mesmo tempo, vistas de todos os pontos de seu laboratório, de onde viriam sons que iriam porejar, inundando os corpos cujas *animas* seriam desintegradas. Dizia que a garantia maior estava em sua própria vida, pois em momento algum desejou mandar a Vênus um grupo que não fosse capitaneado por ele mesmo.

A pequena doente, quando as imagens desapareceram de seu quarto, estendeu para a mãe a mãozinha afilada, de dedos pálidos, num chamado de cansaço e de quebranto. A mãe sentou-se rente. Sentia, sem tocar na filha, a quentura da febre. Era inacreditável que visse sua menina definhando pouco a pouco, sabendo que a leucemia não poderia ser dominada, nem ao menos colocada num daqueles planos de cura parcial de outras doenças conhecidas. Sua pequena estava acabando aos pouquinhos, arquejando de cansaço, dormindo sonos curtos, queimando de febre, arrepiada, encorujada como pássaro sofredor.

— Mamãe — disse a mocinha com grande esforço —, eu sei que não falta muito e não tenho medo.

A senhora conteve as lágrimas; alisou os cabelos amados, escuros, que banhavam de negro as almofadas, e pretendeu sorrir:

— Você vai ficar boa, isso passa. É só ter um pouquinho de paciência.

Houve um silêncio em que a menina observou contra a luz as unhas meio arroxeadas, as veias desenhadas como estrias numa flor morta, nela estampado o sulco da intensa vida anterior. Baixou a mão sobre as cobertas. A mãe chegou-se mais junto, e a mocinha pediu:

— Eu queria... que você chamasse aqui o professor Alves.

— Meu bem — disse a senhora —, esta especialidade não é a dele.

— Eu sei, mamãe, eu queria.

A senhora sorriu, fixando aqueles olhos enormes, devastados, a brilhar numa última energia, e ouviu, então, estas palavras extraordinárias:

— Eu sei que o médico só me deu dois meses de vida... não adianta enganar. Se este condenado à morte quer participar da expedição, por que não aceitariam que eu fosse também?

— • —

De repente, por todo o planeta Terra, o drama da jovem brasileira doente de leucemia se espraiou numa dessas emoções que nem os tempos e o aprendizado as gerações puderam disciplinar. Todos o viveram com intensidade maior ou menor, mas ninguém ficou indiferente àquela pequenina enferma que dava seus últimos alentos ao sonho de uma viagem "além do corpo". Jorge Alves não considerou com benignidade aquele anseio. A mocinha de dezessete anos era demasiadamente imatura para transmitir experiência ou sensações quando voltasse à Terra; além do mais, não seria possível prever se, estando doente, o choque da *anima* seria suportado por um corpo que, dentro em breve, estaria paralisado pela morte. Mas principiaram a aparecer os aliados daquela que iria morrer. Alguma coisa, alguma retribuição que a vida já não poderia mais oferecer deveria caber à pequena Marta. A família, os amigos e alguns jornalistas tomaram com avidez a causa da doentinha. As grandes massas anônimas das megalópoles devoraram notícias a seu respeito. E seu caso inundou de ternura e piedade os quatro cantos da Terra.

— • —

Três meses depois da fala da ONU, Jorge Alves tinha à disposição uma equipe extremamente contraditória para essa aventura que abalava os confins do planeta. O grupo, já com a permissão assegurada aos prisioneiros pelo presidente dos Estados Unidos, era composto por Tamura Kyoko, de Detroit, pelos irmãos Dickinson, de Washington, acusados de assalto e homicídio, por um jovem doutor em línguas hispânicas, da Califórnia, que deixara morrer a mulher à míngua de tratamento e conforto.

Todos esses aguardavam a pena capital dentro de poucos dias. E mais: do próprio Brasil, a única "condenada", Marta Heis, moradora de Copacabana, perfazia, com Jorge Alves, as seis *animas* a serem despachadas no outono brasileiro, isto é, em fins de abril, para o planeta Vênus, nessa época mais próximo da Terra, em experiência que teria a duração de três dias — na contagem terrena de tempo, já que os dias venusinos ainda eram uma incógnita, malgrado afirmações de cientistas que interpretavam o calor e o frio venusinos como noites e dias, registrados pelas sondas espaciais.

— • —

Sigilosamente, mas muito bem guardados, chegaram ao Rio de Janeiro os componentes americanos da expedição. Corriam no mundo anedotas relativas ao feito. Grandes caricaturas apareciam pelas revistas, em que personagens tentadas por supostas criaturas de Vênus, belíssimas, maravilhosas, não podiam fazer nada além do *uuuuhhhh* dos fantasmas.

— Desculpe, minha senhora, eu seria mais ardoroso se dispusesse de meu corpo.

Outras histórias surgiam em pequenos espetáculos de imagem concreta:

— Resolvi dar minha vida a Vênus.

— Você participa da *Operação Anima*?

— Não. Participo de uma festa em casa de uns amigos.

— • —

Com todos esses comentários jocosos, ou às vezes comovidos sobre a espécie de morte que a moça leucêmica escolhera, pois no fundo ninguém acreditava na sua volta com a *Operação Anima* — e talvez os irmãos Dickinson, cínicos e irreverentes, tivessem chegado ao Brasil aguardando uma escapada mais fácil —, os últimos preparos iam sendo levados a termo. Jorge Alves tinha a mais absoluta confiança, depois de ter vivido tantas experiências, como aquela da Baía de Hong Kong, de que o seu êxito seria total, mas aceitara com frio aborrecimento a inclusão da mocinha. Seu auxiliar, Borges, ouvira-o grunhir ácidas considerações em torno da obrigação de "carregar a mocinha agonizante".

— Por isto mesmo é que este país não vai para a frente. A mistura antiquíssima do psiquismo submisso do negro ao contemplativo do índio, unido ao sentido trágico do português, deu esta gente sentimentaloide, sem um mínimo de espírito científico. Cumpro ordens, mas faço meu protesto.

— • —

A imagem concreta divulgou as cenas primeiras da *Operação Anima*, com enorme cerco da polícia em torno do pavilhão de alumínio erguido numa das encostas do Corcovado.

Em cima dele, aquela sorte de radar imenso e faiscante a mover-se vagaroso sob a cintilação do sol do Rio. Lá dentro, sob a cúpula, os corpos dos seis pioneiros do planeta Vênus colocados em hipnose, em profunda e total letargia, banhados por luz e som e orientados em sua primeira escalada sideral pelo professor Borges, seguido de uma equipe afanosa, com um nervosismo de quem sente que agora o destino daquelas seis criaturas estava contido numa tarefa que não permitiria o menor engano. Os espectadores de imagem concreta recolheram a fisionomia endurecida da doentinha brasileira ao ser submetida à preparação para o voo da *anima*; viram os irmãos Dickinson, que, ainda dormindo, conservavam uma sorte de sorriso de quem foi alvo do próprio engano; o doutor em línguas hispânicas, Fraser, que parecia um bêbado dormindo de boca aberta, os olhos estatelados; e, por fim, depois do perfil do chefe da expedição, caído num espesso sono no qual ressaltavam feições agudas e enérgicas, a face asiática e bela de Tamura, aquele que quis saber demais — talvez o maior aliado de Jorge Alves. Dentro de três dias, quando acordasse, de volta de Vênus, seria o único capaz de transmitir com eficácia as suas experiências. Tamura era um escritor que fizera muito sucesso ao redigir na prisão as *Memórias do homem que perguntava*. E os assistentes puderam observar de seus lares os fenômenos iniciais; a intensa fulguração da vida, como chama pálida, eriçada em torno das figuras agora já escurecidas pelo contraste.

— • —

Quando veio para eles a consciência? Nuns, bem mais cedo. Antes até mesmo de que Jorge Alves o sentisse, Marta percebeu que atravessava celeremente uma copa rosada de nuvens, com cintilantes e finos granizos. Sentia-se saudável, como muito antes de adoecer, quando era capaz de deslizar das árvores e correr pelos parques. Compreendeu que as seis imagens vinham juntas, todas elas inertes, como figuras planas ou retratos despachados através de um campo gasoso, tinto de rosado brilhante. E assim, em seguida, Tamura percebeu também o que se passava. As nuvens de Vênus eram atravessadas por suas imagens incorpóreas, mas ele apenas podia acreditar que seu corpo houvesse ficado no edifício metálico erguido numa plataforma do morro do Corcovado. Era impossível calcular o tempo em que atravessaram aquela fulgente e nebulosa camada de nuvens. As imagens dos acompanhantes eram retas e duras, porém logo mais principiaram a tremulejar, como acontecia às vezes, nas transmissões imperfeitas de imagem concreta. Tamura viu a seu lado deslizar Jorge Alves e soube que, à medida que se aprofundavam pelas camadas, o calor se avizinhava, pois o tremor das figuras vinha do aquecimento progressivo. Era curioso como, sem o corpo, podia adivinhar que fizera muito frio, uma temperatura gélida, e agora estava fazendo muito calor. Embora soubesse do calor, tinha a *consciência* da temperatura, mas não a *sensação* que ela poderia produzir a seu corpo tão distante, naquele Rio escondido dentro da grande estrela azul do planeta Terra, que pudera lobrigar, antes do rasgão irreal da névoa.

— • —

Todos juntos, uns sobre os outros, como fotografias que se achassem superpostas, estavam agora numa exígua planície do áspero norte de Vênus. Tamura percebeu as montanhas decepadas, o granito róseo, quase rente às nuvens, a paisagem desolada e agressiva, com fundos rasgões no solo cinzento; lá muito ao longe, defluindo do perfil da pequena companheira, ainda englobada ao todo dos viajantes, o jorro de uma vegetação de liquens, que descia de uma parte dos montes para a planície, como no extravasamento de uma imensa taça partida, manchando de verde-claro os confins do panorama.

Essa foi a primeira visão; em seguida, veio o desmembramento das *animas*, soltas como folhas leves, num clima que

Tamura sabia tépido, sem compreender o porquê desse seu conhecimento. Talvez as névoas encobrissem de tal maneira os raios solares que cá embaixo, no extremo norte do planeta, o solo de Vênus possuísse uma temperatura mais doce. Temperatura amena, do ponto de vista de um habitante da Terra. Mas Tamura não se enganava, e, em cima da cabeça, o gás carbônico unido a outras composições constituía massa enorme de nuvens suspensas. Os gases irrespiráveis para os seres humanos perfaziam aquele dócil "protetor".

A luz, entretanto, filtrava-se esplêndida, e a paisagem era toda ela uma clareira circundada por montes decepados e espectrais. As figuras dos companheiros começaram a tomar distância, subindo, descendo, voando, cada uma por seu lado. Uma pequena distância suficiente, entretanto, para que todos se vissem e se reconhecessem. Então, houve o primeiro *berro mudo*, que ecoou dentro deles de *anima* a *anima*, como choque aterrorizante, a fazer bambear as figuras. Estalou o grito que todos provaram em suas próprias essências, feito não de som, mas de um espavento que reboava em cada um deles.

— Mary — repetia Fraser. — Mary.

E o diálogo se travou pela primeira vez, além dos lábios, pelo contato espontâneo das *animas*:

— Que vem a ser isso? — inquiriu Jorge Alves.

— Mary virá aqui, e seremos todos arrastados por ela. À noite, na prisão, eu ouvia seus uivos de bicho doente. Eu sei que Mary está aqui. Mary é uma cadela, atrás de mim. Não me larga.

E a mão transparente de Fraser apontava com pavor a vegetação esverdeada.

— Se você começa assim, estaremos todos muito bem. Aqui não há nem sombra de Mary, como você poderá verificar. Vênus não apresenta, nós vamos provar isto, nenhuma vida humana.

— Minha mulher é agora um espírito como nós somos — ele insistia —, e os mortos podem povoar as estrelas como os vivos estão fazendo. Mary seguirá meu rasto até aqui. Ela pulará de estrela em estrela se for preciso.

A jovem Marta conjurou a figura apavorada com um gesto cândido. As mãos embeberam-se na fluidez da mão de Fraser, e ela lhe disse também com doçura, mas sem palavras:

— Não pense em coisas más. Nós estamos sonhando todos juntos um sonho maravilhoso, e você acordará logo desse nosso sonho. É um sonho, como o que tínhamos em nossas camas.

Pela primeira vez, Jorge Alves sentiu piedade pela pequena "intrusa". Fraser acordaria de seus sonhos em Vênus, todos despertariam, e ela de seu sonho passaria àquele sono do qual a ciência ainda não soube dizer se é o fim de tudo ou...

O professor Alves tomava as orientações de chefe do pequenino exército fantasmagórico, partindo à conquista, mas não ao "desfrute", do planeta Vênus. Não poderiam ter trazido instrumentos, não poderiam colher amostras daquele mundo soberbo e tétrico, com reflexos violáceos nas rochas e pequenas campinas lamacentas e negras, aqui e ali marcadas pela sombra das nuvens, agora postas em remoinho crescente num largo painel de violências. De espaço a espaço, um caudal de vegetais ou cogumelos, volumosos, semelhantes a cascatas, despenhava de um recanto qualquer das rochas, dentro das quais, as mais áridas, se ocultavam pequenos lagos oleosos.

— Teremos de nos dividir em dois grupos. Como vocês sabem, a duração da *Operação Anima* é de três dias terrenos, mas, para a essência que nós representamos, o tempo não existe; não poderíamos determiná-lo de maneira alguma. Nossa busca tem um raio limitado de ação. Não nos devemos distanciar demasiado, pois no terceiro dia explodirá aqui o foguete anunciador da reincorporação.

Escolheu para que fossem seus companheiros os mais frágeis e difíceis aventureiros da expedição: Fraser e Marta. Quanto a Tamura, levaria consigo os irmãos Dickinson e deveria partir em direção contrária à sua. A contagem das pequeninas explorações seria feita de memória, até o número três mil, que um deles deveria dizer para os companheiros metodizando a parcela de tempo.

De seu lado, Jorge Alves deu a Fraser a incumbência da contagem. Isso talvez o desviasse de seu terror da esposa morta. Os três se distanciaram e logo se viram além da cascata formada de liquens ou cogumelos esverdeados. Principiava outra paisagem. Eles não tocavam o solo, e, por vezes, ao "esbarrar" um no outro, suas imagens se confundiam misteriosamente, num mimetismo que espantava mais que a própria e insólita aparência venusina.

Fraser ainda estava lá pela contagem dos duzentos e vinte, quando, sem esforço algum, chegaram ao topo de um daqueles morros, cortados como colossos mutilados. Viam-se tremulejando sob o bafo e a quentura que saía lá de dentro. Então, o desejo da descida do chefe bem se comunicou aos companheiros sem o sentido de uma ordem, mas como uma aceitação tácita. Eles escorregaram pelo interior brilhante, uniram-se uns aos outros na perspectiva que era rosada, depois vermelha, depois de um roxo sombrio. Haviam atravessado uma crosta poderosa, mas, antes que terminasse o declive pelo qual seriam conduzidos ao interior de um mar escuro de petróleo, perceberam uma clareira úmida e escaldante de vapores e lá ficaram inquirindo a matéria que brilhava por si mesma, mais faiscante que o ouro, mais luminosa que o diamante. Entretanto, não podiam experimentar a densidade do metal, pois seus dedos transpareciam na luminosidade das paredes da gruta. De qualquer forma, poder-se-ia saber que um metal, de resistência desconhecida na Terra, bem se encontrava ali em proporções gigantescas e constituía algo feérico, mais nobre que o próprio ouro, de uma ilimitada resistência ao calor.

O "relógio" Fraser, nessa altura, já somava pelos mil e seiscentos. Agora deveriam refazer a viagem, retornando à base que era a campina em que desceram.

Tamura viajou com os irmãos Dickinson — um deles contando metodicamente, e o outro queixando-se o tempo todo de sede, uma sede de álcool, que aquele mundo agreste nele despertou. Não saberia traduzir numa mensagem sem palavras o que era aquela sede cruel. Descobriram pântanos cobertos por nuvenzinhas negras e rasteiras. Conheceram uma sorte de flor de três pétalas que cobria a vegetação primitiva da planura do norte de Vênus, toda encharcada, que visitaram. Tamura, de súbito, percebeu que um dos Dickinson, exatamente aquele que não era o "relógio", esverdeava em torno à figura.

Nas aulas que tivera de Jorge Alves sobre as experiências por que passariam na *Operação Anima*, Tamura havia gravado aquele perigo de "desincorporação". Por um motivo qualquer, a *anima* repelia o mundo em que havia sido posta e tendia a uma reincorporação perigosa, fora da técnica usada por Jorge Alves. No caso de Dickinson, era a implacável sede que nele descarregava um desejo tão desesperado de beber que as forças de sua *anima* poderiam vir a arrebatá-lo, para longe de tudo, na fuga de possuir o corpo pelo qual pudesse satisfazer seu desejo monstruoso. Tamura percebeu o perigo e, quando o segundo Dickinson andava a contar por quinhentos e vinte, ele simplesmente passou para o mais velho a ordem que o outro recebeu e incorporou à sua vontade:

— De agora em diante quem conta é você.

Houve alguma relutância, mas ele compreendeu que nessa contagem estava sua própria sobrevivência, pois já esverdeavam as pontas de seus dedos, e soube também que o sintoma de desagregação era evidente. Num esforço indizível, puxou para sua consciência a fileira de números seguintes. Seu inferno de desejo acabaria com ele. Precisava reagir.

Vencido esse primeiro obstáculo, o segundo grupo — o de Tamura e dos Dickinson — conheceu a pobre flora de Vênus, aquelas flores que estrelavam brancas sobre o caudal esverdeado. Depois disso, a subida ao topo de uma montanha da qual o sol posto ao reverso alongava a sombra maciça e espessa como a de um tapume negro sobre a areia escaldante. Desertos e desertos mais longe, um fumegar de areias em suspensão, maltratando o solo.

— Dois mil e quinhentos — disse o beberrão Dickinson, com enorme esforço.

— É tempo de voltar.

A ordem de Tamura eclodiu pelas consciências irmãs. Em breve, todos eles se viram juntos, novamente, na grande campina-berço, aquela em que ao começo se aninharam uns sobre os outros, imagens translúcidas, a principiar um onde acabava o outro. O método se provara certo. Daí em diante fariam explorações individuais — mas sempre contando.

— • —

Quando o sol abrandou seu fulgor, não por ter "caminhado", mas pelo acúmulo de nuvens negras, Marta, que conhecera a história dos irmãos Dickinson, quis visitar a paisagem de flores, ver o outro lado das montanhas. O professor Alves a seguiu, então cronometrando a escapada, pois podiam cair no fixo mistério da eternidade, desligados no tempo.

Ele viu a figura da mocinha, as pernas finas, os cabelos negros, o vestido voejando como uma vela enfunada a subir e descer a encosta do monte. Estava agora ao lado dela e sabia que uma euforia de vida reconquistada, de libertação, era experimentada pela criatura. Ao mesmo tempo, como num desenho impressionista, via-lhe os cabelos às costas e podia apreciar seu rosto fresco e rosado. Percebia seus cotovelos fininhos e as pontas dos pés ágeis, deslizando em passadas miúdas sobre a perspectiva da paisagem, numa altura que seria a de meio metro acima do dorso da montanha. E depois pôde vê-la "acariciar" as flores, passando os dedinhos, entre os quais as pétalas escorregavam, como vindas de dentro de uma parede de água. Era intensa a alegria de Marta. Naquele momento, pareceu a Jorge Alves haver descoberto na companheirinha uma ninfa tocada pelo voluptuoso prazer de existir. Ela vinha e voltava, os pés ora abaixo, ora acima dos liquens e das flores. Às vezes, curvava-se como para respirar, num anseio impossível do que seria a experiência de um perfume desconhecido. E ele a viu assim, sorrindo, luminosa, feita flor, o rosto de menina misturada ao cenário: fresca, límpida, feliz como uma divindade. Foi exatamente nesse momento — andariam perto dos três mil — que Jorge Alves compreendeu: mesmo sem dispor de seu corpo, poderia vir a amar. Isso aconteceria enquanto a uma distância interplanetária, numa encosta do Corcovado, seu *eu* físico permanecia dormindo? E aconteceria contra sua vontade, anteriormente tão prevenida com a intrujona sentimental?

Mas essas considerações pessoais não podiam, não deveriam desgastar a impressionante prova científica. Depois, foi a vez do afastamento dos dois cientistas soltos, escapando como insetos ligeiríssimos, observando, aqui e ali, efeitos impressionantes das nuvens. Mais além, estudaram uma sombra gigantesca. Deveria medir talvez centenas de quilômetros. Constituía-se de poeira escura, semelhante à do carvão. Era um pouco obsessiva a teoria da contagem, mas, quando um parava, o outro recomeçava a contar, porque a base não poderia ficar muito distante. Pelo tempo em que estavam, fizeram apreciações sobre a duração do dia em Vênus. Na opinião de Tamura, seria equivalente a perto de um ano terreno, o que contradizia a última palavra da ciência oficial, na Terra. Por toda parte, nesse norte de Vênus, montanhas altas e decepadas, como monumentos destruídos. A areia cá e lá com brechas fortes, e, de longe em longe, a tinta inesperada de uma vegetação estalando aquela única flor sobre a qual a pequena Marta desatara a sua alegria e sua dança estontecida. Bem mais adiante, o deserto, com suas nuvens tórridas.

Quando voltaram, os outros estavam às voltas com Fraser. Dificilmente seria possível individualizar suas figuras apegadas às dos companheiros, como deuses asiáticos, onde pernas e braços sobressaíam do conjunto colorido.

Todos procuravam a uma só vez convencer Fraser de que ele havia tido uma alucinação: a morta não andaria por Vênus. Nenhuma religião seria capaz de apontar esse fenômeno de uma alma perdida, e sem corpo, a voejar pelo planeta, assombrando quem lá aportasse. Até mesmo os espíritas tinham a teoria da encarnação.

O professor ficou perplexo ao ver daquele *sabat* do desespero, aquele diálogo das almas irmanadas na mesma aflição, estalar a bênção de um pensamento de Marta:

— Fraser, você vai voltar para fazer muitas boas coisas no mundo. Você *sentirá* o perdão de Mary, tenho a certeza.

Com esse impulso, bem se desfez o conjunto formado daquelas *animas* sofrendo e vivendo a consciência de um único sentimento.

Porque não tivesse corpo, porque a palavra não fosse mais o objeto da distância entre os homens, Jorge Alves soube que Marta havia comunicado uma coisa simples, mas capaz de pacificar aquela explosão interior, e sentiu também que havia, no desapegar de *anima* para *anima*, ao recuperarem suas formas, a aurora de uma esperança diferente.

— • —

Muito mais tarde, comentaristas diriam que a *Operação Anima*, usando de apenas dois homens de elevada cultura científica, contendo no conjunto apenas um intelectual, mas decididamente neurótico, não poderia prestar os serviços a que bombasticamente a representação brasileira bem se propusera na tumultuosa sessão da ONU. Os terrenos não queriam aceitar aquela verdade de um mundo monótono, abafado por nuvens maléficas, dilacerado pelo excessivo frio nos polos tempestuosos, com seus intermináveis desertos lúgubres, corroído pela quentura de caudais destrutivos.

Mas até mesmo os irmãos Dickinson souberam guardar na memória aquele céu de brumas opalescentes, com tempestades remotas e a experiência do calor pelo tremulejamento de suas *animas*.

Quando veio o terceiro dia, no qual um foguete mancharia de violeta a paisagem do vale onde haviam descido, aconteceu a sublevação de Marta.

Todos eram um só pensamento que aguardava, na multiplicidade de suas *animas* reunidas, o grande borrão de nuvem roxa a anunciar o término da *Operação*.

Marta adejou graciosamente para fora do conjunto. Como uma borboleta brilhante, sua figura se desgarrou e se perdeu nos ares brumosos. Jorge Alves a perseguiu na mesma direção:

— Volte — disse ele. — Dentro de três contagens, no máximo, será o momento em que todos devemos estar juntos: você sabe que a distância e o tempo para nós agora são impossíveis de medir.

A cabeça escondida por nuvenzinhas, agora cintilando de cristais de granizo, a parte de cima de sua imagem embebida naquele nevoeiro faiscante, a moça lançou uma risada que só repercutiu dentro dele como se ele próprio sorrisse.

— Estou muito bem aqui e não quero voltar.

— Louca — manifestou o professor. — Dentro em breve, muito mais cedo do que você poderá supor, já que a medida terrena dos tempos não é mais a nossa, sua figura irá empalidecer, pois a *anima* guardará durante poucos momentos a forma do corpo humano. Louca! — ele insistia. — Você perderá a sua figura! Desaparecerá!

— E o que tem isso? É bom existir como um pouco de nuvem, como o fogo do céu ou as coisas que nada têm a ver com a figura dos homens. É bom viver, de qualquer maneira — disse ela. — Eu quero continuar a viver e não quero voltar.

— Venha — respondeu-lhe, e o desespero de Jorge Alves a alcançava também, nessa discussão posta além da palavra humana. — Não posso deixá-la aqui.

— Mas eu vou morrer, você sabe que eu vou morrer, e então a minha sobrevivência será uma dúvida. Eu não creio no céu como outras pessoas. Aqui, Jorge, eu poderia perder a minha figura, mas estou certa de que jamais deixaria de sentir a presença das coisas vivas que estão neste mundo.

Jorge Alves tentou a violência dos homens contra a teimosia das mulheres, mas seu braço apenas fundiu o ombro magrinho da menina, que lhe dizia dentro de sua própria consciência:

— Volte sozinho, não tenha pena de mim.

E aquilo doeu nele com a fúria de uma piedade desconhecida.

Ah, o tempo de Vênus não seria, mesmo, o tempo da Terra. Ele desenlaçou a figurinha de Marta e desceu vertiginosamente para junto dos companheiros. A neblina a havia engolido totalmente. Foi vendo Fraser, Tamura, os Dickinson. Todos juntos inquiriam com espanto enorme e pavor obsessionante o céu manchado do lado leste por uma explosão violácea. O professor Jorge apenas mostrou a direção na qual deveriam mover as figuras. Seria para o lado da grande chaga arroxeada, aberta pelo foguete na região beta dos céus de Vênus. Os irmãos Dickinson juntos partiram e se distanciaram com uma velocidade de insetos atraídos pela luz. Fraser e Tamura, em seguida, num impulso ativo e célere, juntaram suas figuras àqueles já indistintos companheiros varejados em suas silhuetas pela violenta luz arroxeada.

Jorge Alves sentiu ecoar em sua consciência antes deste desgarramento:

— E você?

Ele estava impulsionado e viajava ao contrário, redescobrindo o nevoeiro onde Marta era agora uma criança, brincando nas espumas de um mundo de brinquedo, cintilante de lâminas geladas.

— Ainda é tempo — disse ele.

Ela veio para a essência de Jorge como a água para a sede de alguém. Foi uma fusão perfeita. Numa eternidade, o universo todo contou para os dois a glória feérica de existir. Juntamente deslizaram para a planície. No céu, a leste, a explosão sanguínea não havia deixado qualquer sombra ou cor. Tudo era névoa. Seria impossível saber em que direção estaria vibrando a corrente capaz de reincorporar suas *animas* na volta ao planeta Terra. Talvez isso já houvesse ocorrido há tantos, tantos minutos ou anos, ou acabasse de acontecer.

Não foi triste, pois já agora haviam deixado de contar, e se desligavam assim do tempo do planeta Terra. Latejavam um no outro e foram possuídos por um violento êxtase, que sucedeu até mesmo além da ocasião em que os cabelos de Marta deixaram de existir, em que a mão poderosa de Jorge Alves deixou de fundir-se ao talhe fininho de sua companheira.

— • —

Um a um, eles foram recobrando a cor, sob atenta direção de Borges. Todos eles, descorados como mortos, foram como que iluminados violentamente pelas fulgurações que se desprendiam dos corpos em clarões curtos até o reaparecimento e, por fim, o despertar. O próprio Tamura estava de faces coradas quando descerrou os olhos e pôde abrir sua câmara vidrada. Mas, apesar de todos os esforços, Marta e o professor Alves permaneceram imutáveis, gelados.

Durante alguns dias, Borges e seus auxiliares tentaram desde expedientes científicos até invocações místicas presididas por um santo homem da Índia, secretamente levado à platibanda do Corcovado. Em vão. Ao estado de sono profundo, com um levíssimo bater de coração, tanto Marta quanto Jorge Alves passaram à morte comprovada por exames cerebrais, providência tomada quando alguns médicos-assistentes garantiram que eles *ainda* estavam em estado de hibernação.

Houve grande afluência na recepção aos viajantes de Vênus. Guardou-se, durante alguns meses, o segredo. Borges, obstinadamente, reivindicou o sigilo possuído por uma sorte de escrúpulo científico, enquanto se renovavam as experiências reanimadoras dos corpos de Marta e Jorge Alves.

Nunca mais o Brasil reivindicou na ONU outra oportunidade para uma *Expedição Anima*. Borges, sozinho, não saberia repetir o feito do jovem professor Alves. O que ficou de mais curioso sobre essa até hoje histórica expedição foi o livro de Tamura: *O planeta dos amantes*.

Quanto aos companheiros, dizem que um dos Dickinson morreu de beber, logo depois de ter sido reincorporado; que o outro foi tocado por uma centelha mística, assim como Fraser, intitulado posteriormente o "Venerável Fraser da Califórnia". Sustentava este que, sem o corpo, a *anima* conhece, enfim, os abismos de seu erro. Até velho, pregou e edificou por onde andasse, como um missionário do cosmos.

A derradeira imagem dessa aluvião de acontecimentos que se seguiram à volta do planeta Vênus foi um instantâneo de Tamura, apontando o sumário "mapa" por ele feito do planeta Vênus. Numa emissão em imagem concreta, fechou assim sua entrevista:

— Não quero saber nem posso fazer uma ideia de como será a existência de Marta e do professor Alves. Mas que eles ainda estão lá, isso eles estão.

# A FICCIONISTA

(Narração de um filho de laboratório)

Inquiram, benzinhos, os mais famosos cérebros eletrônicos das universidades, o consultor máximo do Estado, a respeito de Jonas André Camp, cognominado, como vem logo nessas respostas em série: o pai da Ficcionista, se quiserem a respeitosa legenda. Se quiserem, porém, a verdade, em cama e mesa, eu darei todos os pormenores. Há gente que diz: "Nasci nos montes, sou um bicho da serra". Há também quem diga: "Nasci perto do mar, sou um caranguejo da praia". Pois eu fui, além de ter sido filho de laboratório, uma espécie de traça da roupa de Jonas André. Conhecia-o até pela débil resistência do tecido, e por aquele bafejo de poeira de papel de que já estava impregnado. Criei-me ligado intimamente à sua pessoa, sabendo que ninguém jamais me veria em minha pequenez. Deixem-me buscá-lo *como era,* em seu escritório, onde se desdobrava de si mesmo, como um artista fabuloso.

Darão licença, com todos os seus preconceitos contra a raça daqueles que não vieram da cama, para que eu diga: parecia mais um palhaço do que um sábio! Pois, ainda mesmo que não me autorizem a blasfêmia, é o que direi. Calvo, uns tufos de cabelo que vi pratear e branquear acima das orelhas, o nariz escorregando sobre os lábios que não decaíam com a idade, mas subiam nos cantos, era inteiramente diferente de seus lisonjeiros retratos. Aparentemente distraído, ele gostava de dar os saltos mais inesperados e jogava com o susto para impor seus pontos de vista aos interlocutores. Era comum vê-lo andar lentamente, serenamente, de costas para as visitas e, de súbito, deslizar, altear a voz sempre velada e dizer uma grosseria ao visitante. Não se choquem, donzéis. Não disse que só diria a indecente da verdade? Ele sabia muito bem como ferir o próximo e em que exato momento. As graves importâncias, que desfilavam nas poltronas, vinham róseas, escanhoadas e pulcras, de vincos nas calças, cheirosas. Essas personalidades costumavam encerrar suas entrevistas inteiramente confusas, suarentas, amassadas, e, se eu não receasse a minha memória de meninote, diria que até mesmo de barba crescida, em seu arrasamento, como às vezes sucede com os defuntos, cujos pelos crescem com os primeiros sinais da devastação.

Desde esse tempo longínquo, em que a Ficcionista era apenas objeto de uma teimosa arenga de Jonas André, eu já estava rente a ele, os olhos abertos para aquele espetáculo para mim sempre delicioso, daquilo que chamam de dignidade ofendida, de amor-próprio ferido. Sua teoria era esta:

— Muitos homens acreditam que só as (...) humilhadas podem reagir convenientemente. Pois eu não faço distinção entre sexos, nesse particular, e, para mim, enquanto subsistir isso que chamam de respeito nas relações, um homem nunca se afirma perante outro. Humilhar, eis a questão.

Eu tinha, então, muito pouca idade para estranhar esse processo pelo qual Jonas André iria conseguir o capital fabuloso de que carecia. Mas um dia, como já me permitisse ter algumas ideias, não de todo parecidas com as que deveriam iluminar um ente criado dentro daquela atmosfera impregnada do espírito solar de Jonas André, disse-lhe que uma criada me revelara que "com vinagre não se apanham moscas", fazendo uma longa exposição que me pareceu bem acertada sobre o assunto.

— Pois eu lhe digo que isso é uma burrice pegajosa, e você deve livrar-se dela. Se há prostitutas — eu já sabia muito sobre elas e seus nomes —, se há invertidos — também já estava inteiramente informado a esse respeito —, se há criminosos, é que eles desejam, mais do que o lucro, do que a satisfação de suas naturezas, do que a vingança que mencionam, eles desejam chegar ao êxtase supremo, que é a humilhação, sentimento cada vez mais difícil de ser experimentado.

E, por mais que se escandalizem, benzinhos, que importa? Devo render minhas homenagens, a meu modo, a esse príncipe do conhecimento humano.

Jonas André conseguiu espatifar tão bem com Sálvio Marconi, dentro desse processo, que ele se tornou o glorioso, o para sempre louvado mecenas da Ficcionista. Não me lembro mais, exatamente, das honrosas contundências na amigável palestra sobre os começos de sua fortuna e a moral de sua família, que a Ficcionista arruinou, totalmente, como se sabe. Lembro-me de que Jonas falava mal de todos quando queria arejar um pouco a conversa, tentar um começo de cordialidade. Um dos seus argumentos mais felizes, nessas ocasiões, era de que toda gente detesta gente e que até hoje a arte do mundo só tem feito com que o homem recorde o que mais deseja esquecer: seu *próximo.*

Então, perdia o seu jeito histriônico e, por momentos, parecia um bom pai sonhador, desejando o melhor futuro para a prole:

— A Ficcionista será um grande respiradouro. Vícios e neuroses se acabarão. Paixões de toda a espécie serão *exorcizadas* — ele fazia uma careta —, e a história passará aos tempos benignos, depois de emergir de séculos e séculos dos tempos conturbados. Todos os principais problemas do homem serão resolvidos...

O ilustre-visitante-qualquer, que por fim se tornou o nosso nunca assaz louvado benfeitor, ponderava:

— Mas é uma ilusão... E talvez nós pudéssemos fazer mais pelo homem se... se resolvêssemos o problema da fome... ou se criássemos não o sonho, mas a resposta às suas indagações. Perdão, mas eu não concordo...

O pai amantíssimo, encarnado por Jonas André, cedia, então, lugar àquele gênio da grosseria, num repente costumeiro:

— Pois as indagações que vão à (...). O homem é um desgraçado por natureza e não sossega enquanto não for enganado convenientemente. Pois nós lhe vamos dar a Ficcionista, e ele não quererá saber de outros engodos. Da religião, da paixão, do amor... Quer saber mais? É possível até que a Ficcionista o livre da cama. E isso seria, sem dúvida, a sua maior vitória num mundo abarrotado de gente, que detesta gente, e cada vez produz mais gente detestável.

Jonas André não se referia aos que vinham ao mundo como eu, pois ainda éramos uma pequena minoria.

Ele caçava o olhar do visitante confuso. Captou-o, cobrou-o ao seu:

— Ainda não lhe posso dar senão uma longínqua ideia do que seria a Ficcionista. Mas você é bastante infeliz, meu pobre amigo, e bem merece uma experiência, ali ao lado. Terá, assim, em sua desgraça, um longe de consolo e uma anunciação do que virá a ser o paradisíaco invento dos tempos benignos.

Jonas André deu ainda uma última olhadela sobre o desmonte de Sálvio. No momento, ele repuxava o pescoço e, com todos os seus milhões, era mais um pobre-diabo de nossa triste procissão.

— Acompanhe-me. Vai fazer um teste — disse Jonas caminhando lépido, à frente do magnata das Redes Marconi de Imagens Concretas. — E verá que até mesmo este brinquedo, isto que lhe vou mostrar, comparado à Ficcionista, está como o foguete de seu filho para um comboio espacial e é cem vezes mais atraente do que sua velha imagem concreta.

Como eu ficasse para trás, sem saber que estava testemunhando a história, Jonas André me estimulou com o apelido carinhoso de que eu mais gostava:

— Coisa, venha você também.

E agora vou fazer uma pausa.

Não gosto dos olhares de vocês. Acham que sou um verme, mas pensam que precisam de mim, hein? Era assim mesmo, era bem esse Jonas André que conheci. Se ele me chamava de *Coisa,* às vezes adoçava, e lá dizia um *Coisinha.* Ah, se ele conversasse com qualquer um de vocês, como iriam traduzir isso que chamam de *respeito* por um gênio? Olhem, pundonorosos efebos, ele seria bem capaz de lhes dar, e a esse belo sentimento que invocam, o nome de... Mas por que vou perder tempo com vocês? Estou aqui para desembuchar a verdade. E foi assim. Quando Sálvio passou à sala contígua, olhou atentamente o pequeno aparelho colocado em cima da estante. Dele pendiam duas chapas metálicas circulares, ligadas por um fio. Havia uma cadeira junto.

— Traga uma para você também, Coisa. Eu apago a luz...

Jonas devia estar animado. Via-se pela insistência da ternura.

A voz de Sálvio, daí a segundos, em pura covardia que se quer fazer de ânimo, vibrou no aposento:

— Ei, já fiz um completo exame cerebral.[*] *Vide nota da recolhedora do relato.* Sou normalíssimo. Que é que pretende investigar?

E riu, ou rosnou, enquanto — eu sabia, pois aquilo era a minha rotina — Jonas colocava a chapa circular em sua cabeça. Eu agarrava o diadema de cobre e o apertava na testa. Já estava ligado o aparelho. Mal se sentara e ouvira o clique. E, como sempre acontecia, a coisa principiou por um arrefecimento do cérebro. Tudo branco, os pensamentos se evaporavam dentro de mim. Eu me esvaziava, me purificava de qualquer ideia. Depois, como se nascesse de novo, me vi numa praia, de madrugada, com três crianças chinesas. E corríamos, e havia uma pescaria, e barcos sem conta, coloridos, vinham chegando, emergindo da névoa rosada. Então, eu participava já de uma festa de pescadores. Um dos três meninos havia ficado para trás. Eu procurava por ele e o descobria estudando gravemente, meio encoberto por um pequeno monte de areia, o amor de dois noivos, seus beijos, sua sôfrega espera do que lhes seria o bem maior.

---

[*] Nota da recolhedora: as pesquisas no futuro anterior revelam que os exames cerebrais serão ainda bem semelhantes ao eletroencefalograma.

Estão gostando, hein, donzéis? Pois eu estou vendo que à simples recordação me faço até mais inteligente. Pode ser que tenha colaborado, avivado um pouco as cores, só para lhes fazer água na boca. Por exemplo, essa *sôfrega espera* foi ideia minha agora. Creio que os noivos se beijavam mansamente e se enlaçavam lentos e apenas ternos na redoma do barco.

Foi aí que ouvi novo clique. A luz se fez. Mas Sálvio continuava imóvel na cadeira.

Jonas André desapertou-lhe a chapa, retirou-a de sua cabeça, e ele continuava, parecia, em hipnose. Por fim, respirou fundo e disse:

— É uma loucura. É uma loucura de beleza! Mas — e se voltava para mim — estamos esperando saber o que aconteceu com a festa na Espanha.

Aquele dualismo sempre me divertira:

— Para mim foi na China... acredite.

— Qual nada! Havia até três meninas espanholas, bem morenas, de pernas nuas, que corriam comigo. E uma delas aprendia, espiando para dentro de um carro, onde havia noivos que se beijavam, como se ama de verdade...

— Para mim eram três chinesinhas. E os noivos estavam no fundo de uma barca...

— Absurdo total... Eu vi!

Jonas André quase puxou Sálvio da cadeira. Estava eufórico, mas sua voz era disfarçada em displicência.

— Mais tarde faremos outro teste. Agora isto aqui está tão abafado que se sente até cheiro de sujeira de gato. Vamos à outra sala, que eu lhe tenho de explicar algumas coisas.

Mas seus frágeis dedos, brancos e evanescentes, dentro da meia obscuridade, tateavam Sálvio já com uma ufania de posse; eram pálidas garras que haviam encontrado a presa.

— • —

Vamos queimar as etapas. Sálvio já havia sido inteiramente encampado por Jonas André, como até uns ingênuos iguais a vocês poderiam ver. Essa encampação se tornou evidente pela multiplicidade do noticiário, entrevistas, enfim, pelo mais assombroso movimento na rede de imagens concretas. Primeiro, foi só sobre os raios Camp.

Ei, meninos, vocês já estão fartos de saber o que são esses raios, mas naquela época era novidade, lembrem-se. Jonas André Camp havia descoberto o raio que permitia estudar toda a dinâmica do pensamento humano, aquele pelo qual, em ondas *merk,* duas pessoas podiam, ao mesmo tempo, viver a mesma ideia — e não apenas isso, já que tais estudos iam adiantados nesses dias em que seus avós frequentavam o colégio. Mas aquele velhinho dos velhinhos, que em sua divulgação em imagem concreta era o mais suave, o mais doce, o mais simpático dos velhos, já tateava no rumo da propaganda de seu invento. Seria possível realizar, mecanicamente, uma transmissão sistemática que oferecesse o maior espetáculo jamais visto ou ouvido pelo homem, mas *vivido,* realmente, em seu *interior?* Seria possível a total vivência na arte?

Era ainda moda nesse tempo, meus anjos, um gênero que chamavam de *science fiction,* e houve quem fizesse sátira, dizendo que o múltiplo velhinho das Redes Marconi das Imagens Concretas estava fazendo mais ficção do que ciência.

Recordo-me de que muitas vezes assisti a seu lado à emissão de filmes em imagem concreta, e aquele homem com que participava, como já disse, da mais estreita e indissolúvel intimidade, então me causava assim uma espécie de interesse meio assombrado. Ele adorava ver-se em entrevistas retransmitidas nas imagens concretas e estalar sua tênue figura dentro das sombras da casa. Era um narcisista e me perguntava sempre:

— Não acha, Coisa, que eu concretizo muito bem?

Com a marcha, porém, desse alastrante movimento das Redes Marconi, começou a tombar a última resistência em relação à transmissibilidade dos raios Camp. Entretanto, Jonas André teve, até chegar a esse ponto, de passar por algumas dificuldades. A verdade é que duas das primeiras experiências de transmissão para a cadeia formada por Sálvio Marconi naufragaram, pelo menos parcialmente. Algumas das pessoas submetidas ao teste de impregnação da história tiveram apenas o *branco* em suas cabeças, isto é, caíram num lapso de memória e de vida interior, enquanto outras normalmente aceitavam o episódio transmitido, oferecendo-lhes a riqueza de seu inconsciente que colocaria os pormenores. Foi então preciso saber o que significava essa espécie de muro de defesa da consciência contra a circulação dos raios Camp. Defeito de transmissão? Ou haveria algum cérebro totalmente fechado à penetração desses raios? Felizmente, não havia. Era uma ínfima questão técnica, com que não vou perder tempo agora, que significou esse isolamento da corrente de raios. O plástico, por exemplo, podia transformar-se em *agente protetor contra a ação dos raios,* e assim em fator de insucesso. Desde esses tempos, que seriam os últimos antes da abertura dos proclamados tempos benignos, a dinheirama de Sálvio começou a correr. Primeiro, foram os cientistas, os professores, os políticos, toda uma ilustre corja que recebia dinheiro das mãos de Marconi para essa monumental sacudidela na opinião pública, antes do famoso lançamento comercial de... a Ficcionista.

— • —

O nome não foi escolhido pelo gênio. Não, minhas belezas. O nome veio assim meio espontaneamente, como nasce uma piada, como circula uma anedota. Foi na fase um tanto adversa, atravessada por Jonas André Camp, quando ele se referiu, embelezado e espigado pelo operador sabujo da imagem concreta, que seria possível construir, utilizando-se os raios Camp, uma emissora como centro da ficção, de onde, segundo Camp, viria para o ser humano um êxtase jamais atingido por qualquer espécie de arte.

Perguntaram-lhe, na série de questões que choviam de todos os cantos do país, se aquele centro seria afinal mais um dos velhos e inumeráveis cérebros eletrônicos que se viam, já meio esquecidos, nas universidades, nas repartições públicas.

— Não — disse André Camp —, nada disso. Os cérebros eletrônicos são uma sorte de fria presença da ciência, mas meu empreendimento não visa às bobas respostas certas que nós temos em toda parte. O sonho é condição normal e essencial na vida do homem. *Cada vez sonhamos menos.* As estatísticas provam que a gente de nossa época sonha um quinto menos do que sonharam os nossos pais e já, vejam bem, menos da metade do que sonharam nossos avós. A Humanidade está-se reprimindo perigosamente, e eu pretendo através dos raios Camp, em nossa central da ficção, fazer circular as mais imprevistas, mais excitantes, mais absorventes, mais inesquecíveis histórias, variando sempre de receptor para receptor, de que o mundo já tomou conhecimento.

Nessa ocasião, um gaiato perguntou:

— Quer dizer que essa máquina... Quer dizer, então, que o senhor vai construir uma Ficcionista?

— Sim — respondeu Jonas André. — Vou construir a Ficcionista de todas as ficções e, para essa realização inigualável, quero obter auxílio dos mais ilustres e conhecidos autores desta nação. E mais ainda: as Redes Marconi estarão, de amanhã em diante, espalhando aos ficcionistas de todo o mundo a minha mensagem, para que cooperem na organização do inconsciente da nossa central.

— • —

Sim, urgia construir, meus espantados donzéis, o fabuloso, o inesgotavelmente rico inconsciente da Ficcionista. Não seria possível — e o público se cansaria facilmente, se, através dos raios Camp, lhe chegasse algo como o episódio linear que assegurara a vitória sobre Sálvio. Não seria possível mandar, eternamente, historinhas ingênuas, que uns fariam passar na Espanha, outros na China. A Ficcionista deveria ter assegurado, antes de mais nada, um fabuloso tesouro de invenções.

E, para que isso circulasse na delicada engrenagem do pensamento humano e se fizesse vivência, seria necessário que muita gente diferente trabalhasse com Jonas André Camp. Para tal fim, a retórica esmagadora de Jonas, na intimidade, não seria suficiente. Para isso, urgia fazer correr um verdadeiro mar de cifras.

— • —

Malgrado as dificuldades domésticas — e por isso mesmo, segundo Jonas —, Sálvio Marconi se dissolvia em dinheiro, enquanto o gênio lhe dizia palavrinhas amistosas e gentis sobre as mais que prováveis infidelidades da mulher:

— Afinal — sustentou ele —, você é apenas mais um engano na lista dolorosa dos homens bem-sucedidos em nossa terra. Seu único consolo será poder passar todo mundo para trás. E isso nós iremos fazer brilhantemente. E você ainda ganhará dinheiro, como nunca pensou que poderia ganhar.

De repente, no topo da onda de arregimentação de escritores, o *slogan* já sendo espalhado, "Todos os ficcionistas para a Ficcionista!", surgiu, sem se saber, ao começo, se seria um espertalhão para aproveitar, em reflexo, a notoriedade de Jonas, ou um apóstolo de ideias caducas, o sensacional "Vaca Sagrada". Seu nome era Mário Regente. Morenão, enorme, fabuloso, era uma torrente de palavras vivas e acusadoras.

Concorrentes de Sálvio mandaram as imagens concretas do opositor da Ficcionista aos quatro cantos do país. Ele se dirigia, pateticamente, aos colegas escritores:

— Até aqui — dizia o Vaca Sagrada — nós temos sido um tanto absorvidos pela técnica, e nossas histórias já nos pertencem muito mal. Mas eu aviso a todos vocês que estão trocando inspiração, sangue e alma por um pouco de dinheiro, realmente muito pouco, se se considerar que vocês estão perdendo todas as oportunidades de sobrevivência.

E o Vaca Sagrada, às vezes, usava piadinhas absolutamente desprovidas de graça, com aquela sua voz de profeta:

— A Ficcionista causará mais prejuízo à glória das Letras do que todas as academias fundadas e por fundar.

Dita a graçola, os olhos meio asiáticos do Vaca Sagrada luziam concretizados no primeiro plano:

— Meus colegas, meus irmãos, a Ficcionista poderá vir a ser o nosso fim!

Em torno do debate apareceram figuras menores, das quais, débeis meninos, não guardei nem sequer os nomes. Uma dessas personagens diria que "um ficcionista é um ficcionista, é um ficcionista". E que Mário Regente não havia conseguido uma única história que valesse a pena reter. Então, se os mais notáveis escritores já estavam trabalhando para a Ficcionista, que importância tinha a opinião de um indivíduo sem qualquer mérito, literariamente falando? Todavia, com sua pele azeitonada, sua voz de trovão, seus passionais olhos veludosos, o Vaca Sagrada foi arrastando alguns escritores para a sua posição.

Quando as coisas estavam nesse pé, procurei descobrir um Jonas André diferente em sua fraqueza. Ele deveria estar bastante aflito, o que constituiria uma novidade para mim. Aí, sim, bichinhos, ele me pareceu preocupado:

— Minha fé na capacidade de humilhação do ser está em jogo. Se eu perder desta vez, perco tudo. Creio mesmo que terei de refazer todas as minhas noções sobre o comportamento humano.

Inculquei-lhe:

— Mas os escritores, sem dúvida, representam uma elite. São mesmo chamados a suma de todas as elites. São seres excepcionais.

Ele estava de costas para mim e se voltou, com o costumeiro trejeito de palhaço:

— O que é um escritor? Ou melhor, o que é um ficcionista? Um ser aparentemente amadurecido, mas que acredita bastante nas mentiras que prega. Uns neuróticos, são eles todos, capazes de viver as suas fábulas... Pois bem: direi que é mais fácil enganar um escritor do que qualquer outro sujeito.

DINAH FANTÁSTICA • COMBA MALINA | **241**

E, obscuramente, o instinto da humilhação de que já lhe falei, nele fala muito mais alto. Oitenta por cento das histórias correntes atestam sobre vivências decepcionantes e malogros experimentados. O escritor prefere as experiências negativas e não faz outra coisa senão contar pormenores desabonadores para ele próprio. Essa é a regra geral para os tais que se dizem mais perto da vida. Quanto aos outros, aqueles que se vangloriam de fazer ficção pura, são ainda mais neuróticos do que esses, portanto mais fáceis ainda de serem enganados.

Guardei essas palavras como o resumo de toda a sabedoria campiana. Jonas André Camp tinha sempre razão. O Vaca Sagrada, que chegou a reunir um respeitável grupo de literatos, foi aos poucos perdendo terreno. E, em breve, um tipo que assumia a terceira posição, diante desses debates, chamou a atenção geral:

— No atual avanço da ciência, há tantas maravilhas para serem alcançadas pelo conhecimento humano que não concebo mais a perda de tempo com a ficção. É no próprio progresso científico que a humanidade encontra o seu êxtase. Os ficcionistas serão destruídos, proximamente. Mas não por essa ridícula central de sonhos. Ridícula, principalmente, por se tratar de uma experiência que eu reputo romântica num tempo de seguras aquisições científicas.

Com esse, Jonas ficou zangado. Mas por pouco tempo, porque as "adesões", melhor diria, as compras de ficcionistas iam prosseguindo normalmente. O presidente da Academia, Nicolau Célia, fechou contrato com Jonas André para utilização das suas principais obras. E, com muita elegância, nós o vimos surgir em nossa sala, concretizado pelas Redes Marconi, a expor seus pontos de vista:

— Cabe-me, aqui, como presidente da Academia, relatar a palavra desta instituição diante do projeto de Jonas André. Nós somos, apenas, nós, os escritores: os intérpretes de um único espírito, de uma única inteligência, que visa à cultura de todo o povo. Estamos seguros de que a nossa ação não individualista, vejam bem, através do chamado "inconsciente" dessa máquina tão seguramente planejada pelo gênio de Jonas André Camp, tornará melhor o homem em si mesmo. A Academia, acusada de ser vaidosa, dá, assim, uma prova de humildade, dentro do interesse cultural de nossa terra. Acredito mesmo que a Ficcionista venha a ser um poderoso viveiro para os escritores do futuro. Creio que ela deverá despertar vocações desconhecidas até hoje.

Com esse discursinho, Jonas André vibrou. Deslizava, saltava sob o impacto de sua alegria:

— Estão no papo! — gozou.

Um mês depois, o Vaca Sagrada tinha um distúrbio circulatório[*] e era levado para o mais próximo hospital espacial, onde suas células ficaram em repouso, enquanto o movimento de repulsa à Ficcionista descia progressivamente, até cair a zero.

Sálvio Marconi obteve com o seu prestígio várias coisas realmente importantes. Conseguiu comprar o antigo Palácio dos Governadores para a empreitada da Ficcionista e, em seguida, moveu os políticos. Uma lei foi proclamada na Câmara, e tratava de maneira extremamente tocante, para nós, dos interesses da Fundação Jonas André. Por essa lei, seria crime contra o Estado qualquer dano material ou ainda qualquer acusação visando à desmoralização do invento. A intangibilidade da Ficcionista fora assegurada.

Passamos, então, a uma fase de furioso trabalho com o material recebido e dirigido para os vários setores do inconsciente. Nessa arregimentação de toda ficção conhecida, Jonas André fez sobressair seus pontos de vista; por que apenas a ficção pura? Seria necessário recolher o folclore com as lendas de todos os países e mais o conteúdo das religiões. O ópio estava sendo convenientemente armazenado. E os mais credenciados escritores foram coligidos, juntamente com grosseiras anedotas ou róseos relatos de viajantes siderais. O inconsciente da Ficcionista dispunha de tudo: do

---

[*] Nota da recolhedora do relato: minhas pesquisas no futuro anterior provam também que os distúrbios circulatórios continuarão a ocorrer, aliás com mais frequência do que hoje.

DINAH FANTÁSTICA · COMBA MALINA | 243

sensualismo das lições do amor do Oriente, das feéricas narrações interplanetárias, das íntimas revelações de romances de costumes, de satânicas e antigas feitiçarias, ou ainda de vigorosas vivências de heróis, mártires e santos.

Conheci muita gente ilustre, nesse tempo, que, às vezes, me tratava mal em meu trabalho pelo fato de saber que eu era um filho de laboratório e, às vezes, me tratava bem demais pelo mesmo motivo — pois a verdade é que nunca fui tratado com perfeita naturalidade por quem quer que fosse.

Meus inocentes, conheci, então, criaturas aparentemente tão diversas, mas tão especialmente parecidas em sua concordância em valorizar, ao máximo, o trabalho intelectual! O Departamento de Direitos Autorais era um sorvedouro, um abismo de dinheiro. Foi ali, diante dos juristas da equipe, que conheci minha Márcia. Não era uma ficcionista. Nem uma erudita. Era uma moça que trabalhava para nós, resumindo lendas e costumes da Amazônia. Fora isso, uma gata. Branca, de olhos verdes, silenciosos. Márcia foi para mim a revelação da mulher. E, ainda que tivéssemos trabalho até o pescoço, Jonas André interessou-se, como sua experiência que sempre fui, por saber se minhas reações de apaixonado seriam exatamente as de um rapaz comum. Não sei se foram.

— • —

Nós deixávamos o escritório central da Fundação Camp — ela meio enervada com um diretor de serviço que "implica comigo", e eu gozando agora o seu silencinho, a sua respiração doce, apesar da zanga, andando a seu lado no parque. Quando Márcia andava sob o sol, era um animal tão bonito e sadio que dava vontade de alisar. Vocês, bobocas, jamais conhecerão uma moça como aquela. Era das últimas mulheres do mundo que conservariam o cabelo castanho natural como ele lhe nasceu e o nariz conforme o fizera a natureza, trabalhando no seio da mãe. Era legítima, autêntica, tanto quanto eu era um ser formado e crescido num laboratório. Mas não pensem que de algum modo — alguém entre vocês todos! — pudesse ganhar de mim em aspecto físico. Aliás, é conhecida a boa aparência dos filhos de laboratório. E se nem sempre eles são felizes no amor, pelo menos, ora, se ainda hoje há este preconceito, imaginem, meus pequenotes, naqueles dias!

Mas eu me entretinha a ver Márcia caminhar a meu lado e a notar como o exercício e o sol davam um tom entre dourado e rosa a seu decote. E, de súbito, aquilo que deveria ser, segundo eu imagino, a reação de um rapaz comum explodiu. Enlacei-a, sim, patifes repugnantes, ousei enlaçá-la, malgrado minha origem, e a beijei logo abaixo do pescoço, onde vislumbrara o atraente colorido. Então, a gatinha Márcia deu um suspiro, suspendeu-se na ponta dos pés e buscou minha boca. Pois naufragamos ali, num beijo longo, doa ou não em vocês, pamonhas. E íamos andando, e íamos parando, e os beijos se repetiam. Até que, quase sem fôlego, à saída do parque, perguntei:

— Márcia, você quer casar comigo? — E ajuntei, enquanto um formigamento (esperava que qualquer rapaz normal sentisse isso depois dos beijos de Márcia) me subia pelo corpo todo: — Você sabe, tenho ganhado muito dinheiro e posso...

Márcia me olhou lentamente, e os olhos traziam o reflexo das folhas gloriosas de sol:

— Casamento, não. Amor, sim.

Compreendi. Ela iria até o ponto em que constituir família com o filho de laboratório poderia trazer problemas, especulações sobre o gene... Mas já era tão grande a minha felicidade:

— Amor, sim.

Seria amor.

— • —

E houve amor, amor do melhor, do mais profundo, do mais capitoso, no apartamento de Márcia. E o velho Jonas sabia da história pela rama, mas se divertia, eu apurava pelos olhares de viés, nos exames em nós dois. Deveria ter orgulho da vida que criara — ou simplesmente se ria de Márcia, tão bonita, de Márcia que se dava com açúcar para um filho de laboratório, quando podia escolher quem ela bem quisesse! E podia, mesmo, palermas, pois era a coisa mais deliciosa que os meus olhos já viram.

— • —

Jonas André Camp deu ordens ao diretor que implicava com Márcia:

— Ela precisa de umas férias bem remuneradas.

Deu-me corda, também, isto é, mais dinheiro. E possuímos os três mais solares meses de amor. E, terminadas as longas férias, eu ainda sentia o formigamento já descrito com qualquer beijo de Márcia.

Mas voltávamos ao trabalho, pois era a fase de mudança de instalação da portentosa Ficcionista.

— • —

Depois das férias, fiquei momentaneamente desambientado em meu trabalho. Vocês jamais saberão, em suas sagradas parvoíces de filhos de camas consagradas pelo matrimônio, como é bom ser cria de laboratório e apreciar a sua mulher verdadeira. Realmente, Márcia era quase um milagre para mim. A redescoberta de cada porção de minha amada parecia ser, então, o mais deleitoso fim de minha pesquisa. Isso me embotava um pouco para a ciência de Jonas. E ele percebeu imediatamente, quando me achei com ele na sala da gravação.[*] Centenas de pessoas esperavam ali, para fazer gravações, enquanto outras tantas dirigiam o meticuloso trabalho que era o de regular e acompanhar a linha ondulante, fixando, em chapa metálica, os atentos pensamentos dos que serviam de transmissores para as histórias.

---

[*] Pesquisas da recolhedora não deixam dúvidas. Era uma gravação, de fato, semelhante em muitos pontos àquilo que os contemporâneos conhecem.

Fiquei meio descosido, naquela multidão afanosa que, no entanto, operava quase em silêncio, uns sob o cuidado de outros, em pequenos compartimentos abertos. Jonas André riu e corou como um bêbado comovido, porém falou baixinho:

— Você não pensou que estivéssemos tão adiantados! Durante sua ausência catalogamos os transmissores em vários tipos: naquela fila de mesinhas estão os *imaginativos*; naquela faixa da parede, os *lineares*; naquele canto os *deformadores*. Aqui estão os *sugestivos,* lá sob a luz azul estão os totalmente *abstratos.* Atrás de você ficaram os *românticos,* mais adiante duas filas, *os sensuais.* Cada tipo com sua contribuição pessoal na dinâmica do pensamento para...

— Através dos mesmos raios Camp ser retido — julguei ser prudente dizer. — Mas e a papelada imensurável que foi recolhida?

— Coisinha, um pouco mais, e Márcia o teria feito tão feliz quanto são os mais burros. Cada um desses indivíduos acaba de aprender uma história, ou a passagem de um episódio qualquer, lá na outra sala, a Psicoteca. Agora estamos simplesmente recolhendo o material para a transmissão. No ritmo de trabalho em que vamos, ela não demorará muito!

— • —

Não demorou. Vinte dias depois, foi principiada a instalação da estação transmissora sob os olhares febricitantes de Jonas André. Sálvio Marconi andava por ali, tropeçando em tubos, fios, esbarrando nos operários que nem sequer lhe pediam desculpas. Perguntou-me, nessa ocasião, com um risinho arisco, pálido e preocupado:

— Você acha que isto vai dar mesmo o dinheiro que se espera?

— Não sei — disse-lhe com um esportivo prazer de atormentar. — Acho que será preciso contar com gente que tenha lá dentro. A maior parte das pessoas vive mais lá fora.

E, novamente, os operários que vinham — lembro-me bem, esses trazendo enormes cubos com gás Letis 40, naquela ocasião já em uso nas câmaras de execução de dois estados do sul e que constituiriam a defesa da Ficcionista — empurraram o nosso benfeitor, que ficou perdido lá atrás, enquanto eu seguia com os homens que deveriam garantir a integridade do invento do século.

— • —

Deixem-me, mimosos rapazinhos, dizer-lhes como era a Ficcionista. O engenheiro que compôs a planta, sob as ordens diretas de Jonas, deu a esta Central da Ficção a vista de um altar. Dificilmente se poderia conjugar tantas e tão complicadas séries de grandes e pequenos instrumentos, compondo todo um variado painel de tubos cintilantes de cobre, com a leveza quase aérea de sua aparência. Era belíssima a nossa Ficcionista. E cintilava de longe.

No fundo da imensa sala do ex-Palácio dos Governadores, ela mostrava seu esplendor. Levantada peça por peça, era um prodígio de acertos sucessivos, todos eles devidos ao nosso gênio. Dividia-se a Ficcionista em três partes: a primeira, o inconsciente; a segunda, o consciente; e a terceira, que chamávamos, à falta de melhor nome, de telepata. O consciente tinha, na sala, um sistema de tradução oral para as histórias, utilizado que era um único tipo de imaginação para essa transmissão de auditório. Todos os que depois faziam fila para ouvir a Ficcionista ali bem se impregnavam de sua voz ciciante, mas poderosa como o vento, que porejava de todos os cantos. Ali, só ali, a Ficcionista falava por ela mesma, enquanto à distância, através dos raios Camp, mandava a cada um a espécie de visão interior que ele poderia ter.

Quando se provou, pela primeira vez, essa majestosa fala da Ficcionista, ouvimos em seguida, por um dispositivo que ele mandara criar, a própria voz de Jonas André, ciciante, avassaladora, a nos banhar com seu envolvente som, da cabeça aos pés.

— A Ficcionista sou eu — disse ele para experimentar os milhares de pequeninos amplificadores crivando a parede. E aquilo me pareceu curioso. Pois, logo após a fala mecânica, a sua vinha com espantosa semelhança.

Nós três, Sálvio, Márcia e eu, fomos os únicos que assistimos ao primeiro teste. Antes, numa dependência distante, tivemos a nossa experiência individual. Tocou-nos uma narrativa erótica. Lembro-me de que tudo, depois do frio e do branco, principiou por um pé. Um pé nu de mulher, que sumiu quase, vinha em primeiro plano. Era a história de um pezinho de cortesã. Então, um mundo de sugestões se desprendia daquele objeto de estudos. E o pé ria, e o pé ensinava coisas marotas e por ele falavam requintes asiáticos.

Márcia recebera a história com diferentes aspectos: em vez de pé, um umbigo; a dança, a sua presença no amor, o seu "uso" como capitosa inspiração erótica. Por fim, soubemos que Sálvio vira um pé de mulher a princípio calçado e descalço, após. E, entre o calçar e o descalçar, ocorria a história maliciosa.

Depois disso, Jonas André à frente, caminhamos por salas e corredores até o vastíssimo salão da Ficcionista. Sentamo-nos, perdidos, pequeninos, nas grandes poltronas meio aéreas, que flutuavam quase, macias e doces, balançando com os movimentos que fazíamos. Em breve, a voz da Ficcionista penetrou, parece, em cada parte de nosso ser. E fomos sacudidos, arrastados por sua invenção. A Ficcionista dava-nos o mais delicioso enredo baseado num pé feminino. Um pé que conhecia as ruas das cidades, que viajara, que fora instrumento de amor e, por último, simplesmente se distanciava do outro, surgido por fim. *Dois pés que se apartavam*, concluiu ela. Com isso, apenas, a sugestão do amor era oferecida à plateia. Demoniacamente sugestiva, sim, convenhamos. Mas fiquem sabendo, jovens cabritos excitados, que não tenho nenhum interesse em dar mais detalhes. Enfim, estou ou não contando a verdade sobre Jonas?

— • —

Muito mais do que Jonas André, Sálvio Marconi entrou em tensão nervosa quando houve a inauguração da Ficcionista. Encostado à parede, enquanto autoridades se comprimiam ao lado de nosso mecenas, na plataforma que encimava o auditório, eu acompanhava aquela quase divinização do gênio, sabendo bem o que ele estaria pensando, enquanto careteava modesto, diante dos aplausos estrondosos de uma plateia brilhantíssima. Jonas André Camp não fez dessa vez os discursinhos patéticos que costumava repetir em imagem concreta, na fase ainda da propaganda. Num gesto meio encolhido, designou aquela aérea montanheta dourada ao fundo do salão:

— A Ficcionista falará por nós todos: por Sálvio Marconi, pelos autores responsáveis pelo enriquecimento de seu inconsciente, por todos os operários e colaboradores, assim como por seus engenheiros e técnicos. Tem a palavra a Ficcionista.

A luz se apagou, houve uma espera um pouquinho longa demais, principiaram, até, uns idiotas risos nervosos, enquanto Sálvio dizia baixo em sua trêmula e já doentia excitação:

— Bobos! Bobos!

De repente, o murmúrio da Ficcionista rompeu de todos os pontos. Deu-nos uma completa imersão em sua capitosa narrativa:

— Além dos asteroides... além dos asteroides há uma zona que perfazia o mundo mais sensível do espírito. — E a voz continuava, enervante: — Além dos asteroides onde, antes da Grande Explosão, houve a Cidade do Espírito, bem se situa a Cúpula da Inspiração do Universo. Os raios Camp, ligados diretamente a essa cúpula, nos trazem a memória de um tempo inefável e perdido, quando o homem só vivia pelo espírito. Mas agora foi feita a descoberta de onde se acha o núcleo. Foi desvendado o mistério da origem da ficção. E eu vou descrever para vocês como é esta abóbada sob a qual nasce e renasce em ondas sucessivas o êxtase das mais imprevistas inspirações e descobertas: deixando a órbita de um dos asteroides, o Balkiss, o viajante de súbito é envolvido por

250 | DINAH SILVEIRA DE QUEIROZ

uma sorte de euforia cintilante... Auroras se criam e se desvanecem diante dele. É que se aproxima o ponto onde a força de todas as criações do espírito se concentra. Mais de um viajante tem sido tragado por esse ímã poderoso onde, sob um esplendor solar, borbulham, furiosamente embriagadoras, todas as chispas da energia que, muito diluída entre nós, cria ainda a pobre inspiração humana. Pois hoje eu lhes vou contar a história de uma dessas explorações... Fica além de Balkiss o caminho para a grande voragem...

O sucesso da noite fora esmagador, mas a esse impacto da inauguração ocorreu uma sorte de marasmo.

Sálvio Marconi vinha procurar Jonas André Camp, e esse sempre se eclipsava:

— Por enquanto — dizia-me ele — só as elites estão interessadas, fora do auditório, que é uma atração para o público. Parece mesmo que só os escritores, que mandaram suas histórias, estão ligando os receptores. Mas, se o contrato que lhes fiz incluía a posse de um aparelho receptor, quer dizer que, por enquanto, estou tendo prejuízo!

Sabia que aquela fase seria superada em breve. Mas, na ilegitimidade de filho de laboratório, eu encontrava um infinito prazer em imitar o meu pai, quando desagradava:

— Eu não lhe disse que há mais gente com lá fora do que com lá dentro?

Durante algum tempo foi assim: a Ficcionista se tornou uma espécie de distração para os mandarins da intelectualidade. Havia uma corriola que falava dela em imagem concreta, por sinal que tão delicada quanto vocês. Mas a sua penetração seria instilada como um vício. Era questão de experimentar umas duas ou três vezes, e o sujeito se tornava escravo da Ficcionista. Mais do que isso: ficava pertencendo a uma confraria — porque dois sujeitos que a "ouvissem" só queriam falar de suas descobertas individuais. Cada um pretendia extrair de sua experiência um sentido melhor e mais profundo, uma graça toda especial e particular malícia. Entre dois ficcionantes não caberiam outros assuntos, e seria impossível falar de negócios e de política, e até mesmo de mulheres, pois às suas descobertas artísticas juntavam-se as descobertas de suas próprias imaginações. O grande êxtase se avizinhava. Estávamos, de fato, alcançando os tempos benignos.

— • —

Sálvio Marconi, porém, não conseguiu transpor a etapa. Creio que, depois da décima vez em que, inutilmente, tentou falar com Jonas André sobre a precária audiência da Ficcionista, veio encontrá-lo em certa manhã de inverno no escritório do Palácio. Imagino que ele houvesse preparado uma fala de altivo ressentimento para — mais uma vez ausente Jonas André Camp — lançar sobre mim os despautérios. Muito lépido, corado, de nariz vermelho, os tufos de cabelo branco mais crescidos — pois não tinha sequer o tempo de apará-los no barbeiro* —, ele o recebeu com um escarninho: "Salve, Sálvio!".

Parece que dentro de Sálvio tantas foram as forças contraditórias que uma onda de raiva explodiu. Sálvio principiou a falar, com algum senso sobre a mistificação de que fora vítima, mas depois incluiu em sua arenga algumas frases totalmente desconexas. Parecia ter caído, então, em estado vertiginoso. Eu poderia tê-lo feito sentar-se, mas permanecia na mesma atitude de Jonas André, que se interessava, friamente, pelo término do caso de Sálvio, talvez cientificamente esperado, dentro de suas conjecturas de gênio.

Pois Sálvio Marconi circunvagou, com passos bambos, duas ou três vezes pela sala, procurou sentar-se numa cadeira. Sentou-se, afinal, ficou lívido, transpirando copiosamente.

— É agora — disse. — O homem está ruim mesmo.

Mas não morreu ali, o que seria glorioso para sua história de mecenas da Ficcionista. Morreu no banho, no dia seguinte.

---

* Os barbeiros evoluíram apenas em sistema, mas estão perfeitamente integrados no tempo de Jonas André. As pesquisas provam a cotidianidade do barbeiro.

A Fundação Jonas André custeou os funerais de seu mecenas. Ainda tinha bastante dinheiro para prosseguir nos gastos das vésperas dos tempos benignos.

No dia do enterramento, houve a emissão de uma história do menino Sálvio Marconi que veio do nada para criar um mundo, a fim de desfrutá-lo com desconhecidos. Era uma tão tocante história que os ficcionantes experimentaram até a opressão no peito, e lacrimejavam, depois, na rua, e confraternizavam contando a outros as particularidades da inefável grandeza do infinitamente bom e saudoso Sálvio Marconi. E então um ou outro limpava uma lágrima esquiva, recordando pormenores de suas infelicidades nos amores e nas torpezas de sua infiel companheira.

Essa história, eu a ouvi do auditório da Ficcionista, e, quando sua transmissão terminou, dentro de mim estalaram as palavras:

— Humilhar, eis a questão.

— • —

Então, de súbito, logo após a morte de Sálvio, o termômetro da Ficcionista começou a subir: moda, onda, imitação das elites que haviam contado maravilhas sobre o invento? De súbito, até nas casas mais pobres, mediante sacrifícios da mesa, com as altas prestações, aparelhos foram instalados. A profecia de Jonas André bem se cumprira: a Ficcionista se tornava o grande respiradouro. Quanto aos vícios e às neuroses, ele também acertara em cheio. Primeiro, o termômetro baixou em relação à compra do cigarro.[*] Depois, houve a mesma queda com as bebidas alcoólicas. Começaram a aparecer as primeiras pacificações de crises de neuroses de angústia. Era mesmo a cura pelo êxtase. Ninguém até então havia mergulhado nessa inteira possessão da arte sobre os sentidos, e o sonho construído por Jonas André Camp avançava pelas consciências,

---

[*] O futuro anterior também prova, de forma insofismável, que existirão fumantes em tal época.

desinibia, confortava, era uma felicidade ao alcance de cada um. E ele também havia previsto que o homem não quereria saber de outros ópios: da religião, da paixão, do amor. Num domingo, de súbito, as igrejas ficaram apenas com a metade de seus fiéis. Quatro ou cinco semanas depois, contavam-se os fiéis pelos dedos, e, em seguida, acreditem, a infidelidade foi geral.

Mas havia a última, a mais inefável entre todas as predições. Seria possível que nesta também Jonas André Camp triunfasse? Ele havia acenado com a perspectiva de que talvez a Ficcionista livrasse o homem da cama, num mundo abarrotado de gente que detestava gente e cada vez produzia mais gente detestável.

Foi a última etapa, antes dos tempos benignos. Os namorados pareciam imunes à absorvente vivência da Ficcionista: pareciam, mas não o eram. É preciso lembrar que a Ficcionista significava a felicidade sem o terrível e cruel problema da participação alheia que o amor propõe. Era o êxtase que não dependia de um companheiro, não exigia nada de sua fidelidade. Qualquer desavença, qualquer desapontamento poderia fazer um enamorado cair no jugo da Ficcionista, como anteriormente se buscava no álcool. E, como raros são os amores sem inquietudes, a Ficcionista aos poucos ia vencendo, com seus sortilégios, o próprio amor.

Então, nos lares já visivelmente desinteressados por assuntos de limpeza e disciplina doméstica, alguns já iam esquecendo a hora do jantar. Quando ainda se mostravam estatísticas em imagem concreta, a volumosa criança que representava, perante o adulto, o seu esmagador problema, de súbito minguou. A criancinha agora baixava a nível raso em relação aos nascimentos anteriores à Ficcionista.

Os tempos benignos começavam a mostrar suas róseas perspectivas. Todo mundo estava plenamente satisfeito, se bem que nos estados do norte, onde a Ficcionista penetrou mais cedo, começassem já a aparecer os primeiros casos de morte por inanição diante dos aparelhos. O Parlamento entrou em recesso mais cedo. As emissoras de imagem concreta anunciaram que, devido a questões técnicas, teriam de entrar em reforma, e suas emissões seriam suspensas. Os serviços públicos caíram em crise, os transportes escassearam, mas ninguém se queixava. Uma opressa calmaria desceu sobre a nação.

Mas é preciso que vocês saibam, amiguinhos, que talvez devido ao meu psiquismo de filho de laboratório e, quem sabe, se por estar do outro lado dos segredos da Ficcionista, eu ainda e sempre preferia Márcia — Márcia sempre com açúcar para mim.

Uma noite, quando — a mão posta no braço deliciosamente bom de apalpar de Márcia — eu olhava pela janela a rua deserta, infestada de cães vagabundos, os papéis a revolutear sob o foco de luz, uma noite, Márcia, que adoravelmente me proporcionava os seus pensados silencinhos, de súbito me atirou a frase como quem atira uma flor:

— Mário Regente tem razão.

— Quem? — perguntei. E logo em seguida lembrei-me: o Vaca Sagrada. — Por que você se está lembrando dele?

Ela não respondeu, e eu já estava tão habituado aos mutismos de veludo de minha Márcia que procurei raciocinar por ela com as dificuldades naturais de um cérebro de laboratório a alcançar a mente de um filho do leito conjugal.

— Foi por motivo do abandono das ruas?

Aí a secreta Márcia assentiu com a cabeça.

Três ou quatro dias depois, exausto pela longa caminhada, pois estava sem transporte para ir até o Palácio, soube por Jonas André Camp que o Vaca Sagrada, inteiramente recuperado em suas células, depois da estada num hospital do cosmos, estava reorganizando, febrilmente, uma ofensiva contra a Ficcionista. Mas suas dificuldades eram inúmeras, porque o relaxamento emocional no meio de intelectuais era a nota dominante nesse auge da deleitosa vaga dos tempos benignos.

Durante alguns meses, ele — parece — pregou no deserto. Prometiam-lhe aparecer no próximo encontro e não apareciam. Asseguravam-lhe trabalhar pela causa, pois segundo o Vaca Sagrada, em discursos em prédios arruinados e abandonados, com lixo à porta: "O Espírito estava apodrecendo, desviado pelos baixos expedientes da Cortesã, a Ficcionista, e não apenas os intelectuais eram relegados a um plano de total esquecimento, a maioria estava esquecida até de si mesma. Ameaçado estava o sentido da própria civilização!".

Num desses dias, um sujeito que saíra à rua para comprar carne condensada e voltar ao receptor viu o pequeno *meeting* secreto — por acaso — no edifício. Irritou-se:

— Há uma lei contra essa corriola! — berrou. Mas não insistiu na briga. Estava ansioso por retornar à Ficcionista. Outros esquivos passantes, alguns já meio pálidos e esgotados, pediram explicações, fizeram alguns gestos obscenos de protesto, enquanto o Vaca Sagrada cerrava a janela. Um operário, espia da Fundação, bem nos informou sobre o juramento que estava sendo exigido a todos os partidários de Mário Regente: aparelhos deveriam ser quebrados, e uma frente de reparação moral seria erguida. "Não conversar nunca sobre a Ficcionista. Mas mostrar, sempre que possível, para qualquer amigo ou parente, a excelente organização do próprio lar, a boa saúde dos filhos." E, à pergunta fatal, responder: "Não. Nesta casa não há ficcionantes".

Era o que Mário estava preparando, meus sempre espantados ouvintes. Fundado no instinto de defesa de cada um, seu programa conseguiu algum interesse que se desfazia no ideal de extrema simplificação da vida de então, para a maioria das pessoas. Alguma comida, algum sono e a paixão de uma vivência múltipla. Cada um descobrindo maravilhas dentro do próprio eu. Cada um voltado para a infindável aurora.

Recordo-me que, por sinal, estava chegando ao trabalho sempre mais tarde, devido à capitosa doçura de Márcia. E Jonas André Camp, pela primeira vez, em lugar de mostrar satisfação diante da normalidade de minhas reações, me recebeu com um:

— Coisa, você está abusando. Quer que lhe corte a permissão de sair do Palácio?

Essa súbita reviravolta em relação a nossos amores me deu o que pensar:

— Não é possível que se leve a sério uma bobagem como esta do Vaca Sagrada.

Jonas André Camp então fez valer sua condição de gênio:

— Foram eles que o construíram, eles que contribuíram para o inconsciente da Ficcionista. Foram eles que trabalharam na sua propaganda. E serão eles agora seus únicos inimigos.

— Ahn?

— Sua revolução hormonal, Coisa, está provocando uma diminuição acentuada nas suas faculdades de atenção. Você está tão distraído quanto uma saciada mulher grávida.

— Mas o senhor... não disse? Isto é...

— Você sabe que eu me refiro aos escritores, Coisa. A capacidade de humilhação absolutamente notável que mostraram está cedendo diante de um imperativo vital: a inveja. Eles estão simplesmente com inveja da Ficcionista. Se houvesse possibilidade de evasão nos escritos para essa imensa inveja, eles seriam capazes de se agarrar a isso, e talvez a Ficcionista lhes vivificasse a vocação. Mas ninguém mais quer saber deles. Nem mesmo um colega mais próximo deseja agora ouvir a leitura de qualquer papelucho. Perderam, totalmente, a oportunidade, o seu público, mas têm, em comum, o ódio. Eles virão até aqui, pode estar certo. Ninguém mais, senão eles, se interessará em transgredir uma Lei de Defesa do Estado. Eles virão de barriga gelada, loucos por destruir, como outrora compareciam a solenidades, embora reprimidos, onde eram esmagados pelo mais vivo sentimento de ciúme profissional. Espero a qualquer momento esses patifes...

Eu não pude deixar de rir. Nunca acreditara que o Vaca Sagrada pudesse reunir alguns ex-escritores — pois nessa época já não existia mais nenhum em atividade, que eu me lembre.

À noite, consegui obter licença para ver Márcia, dizendo que me havia esquecido de recolher um resto de material sobre a Amazônia que ainda estava em seu poder. Jonas resmungou:

— Arrase-se de uma vez para sempre e se esqueça de Márcia em seguida, porque, de agora em diante, lhe cortarei todas as permissões para sair do Palácio.

Nessa noite, ao empurrar a porta de Márcia, dei com sua branca silhueta enquadrada à janela:

— Estamos morrendo — disse.

Tanta coisa dita por quem pouco dizia me confundiu e me projetou no desespero, como um mau sinal.

— Não. Nós estamos vivendo, Márcia.

Ela me empurrou quando eu já a beijava, ansioso.

— Mas nós não temos nada a ver com essa situação. Entre nós dois nada há... que tenha mudado. Eu continuo louco por você, Márcia.

Ela me olhou, e seus olhos se descobriram, nus e duros, e seus cabelos se rodearam da claridade difusa da noite:

— Hoje, não.

Perdido de desgosto, mirei em torno e percebi o chamadinho tênue dos papéis dentro da pasta realmente esquecida. Recolhi o pobre pretexto, de cima de um móvel, com furiosa piedade de mim mesmo. Ah, triste filho de uma cuba de porcelana!

Voltei em desespero pelas ruas desertas. Atropelavam-me obscuras palavras, que eu poderia ter dito a Márcia. Tentavam-me imagens em que eu a capturaria enfim com a eloquência dos meus beijos, a maneira de revolvê-la entre meus braços. Eu não fizera nada disso, voltara escorraçado e triste. Márcia deixara de ser doce, de repente. Não era zanga: era um desligamento, como se...

— Mas será possível que até Márcia esteja contaminada pelo despeito para com a Ficcionista?

Afinal, isso seria um absurdo completo, pois ela nem sequer era uma escritora. Entretanto, bem me falara de

Mário Regente... Súbito, uma pergunta que em seguida julguei idiota afluiu no meio de minhas preocupações: "Será que ela tem estado com o Vaca Sagrada?".

Procurei consolar-me, desafrouxando palavrões[*] como qualquer homem normal, e eles protegeram um pouco meu cérebro escaldante.

Jonas André manteve durante algum tempo em fogo sagrado o seu desejo de filósofo de "humilhar, eis a questão". Embora a Ficcionista entrasse numa fase rotineira e proporcionasse à Fundação o lucro fabuloso e maciço que ele esperava, Jonas permanecia agora numa tensão de espera. Falava dos escritores a propósito e sem propósito, numa preocupação mesquinha. Era uma espécie de bisbilhotar sobre o antegozo de um encontro previamente marcado. Cortara todas as saídas do Palácio. Quis burlar a sua perspicácia, inventando um sem-número de motivos para visitar Márcia. Tudo foi em vão.

— Deveremos estar em guarda porque eles vêm aí, Coisa.

— Eu não teria tanta certeza. Já não fomos informados de que as reuniões do Vaca Sagrada estão em minguante?

— Eles virão. Ainda não encontraram um bom motivo para cercar o Vaca Sagrada. Todavia, têm todos as suas excelentes razões para um encontro com a Ficcionista. Eles virão, e nós vamos esperá-los aqui.

À noite, depois que findava a última transmissão, duas da madrugada, íamos dormir, ou então eu ia simplesmente para o leito e virava presa das formigas desatadas por invisíveis beijos de Márcia. Até eu mesmo, decerto, já começava a odiar a Ficcionista. Achava que estaria sendo vítima da louca fantasia de Jonas André. Não acreditava que os paspalhões, que haviam fornecido a base de nossa central, viessem com qualquer intuito mais perigoso. Eram uns pobres seres vencidos, forrados de um dinheiro inútil, uns joões-ninguém condenados à ociosidade, naquele mormaço da preguiça que se

---

[*] Nota da recolhedora: os estudos também provam que todas as aquisições técnicas não haviam conseguido aniquilar os xingamentos, muitos exatamente iguais aos de hoje, numa impressionante tradição humana.

alastrara por toda a nação. Sinceramente, eu não podia crer que alguém — um pequeno grupo que fosse — tivesse forças para tomar uma atitude de revide. Naquele tempo, eu achava que os homens eram mais ou menos do tipo delicado de vocês, mocinhos. Sentia mesmo algum contentamento em supor que, por incrível que parecesse, o homem mais homem que eu conhecia era um pobre filho de laboratório. Apenas lastimava não estar Márcia mais por mim com seu açúcar, para que eu pudesse provar o que sentia. Se ela estivesse, eu já teria entrado na revolução.

— • —

Jonas André, inutilmente, corria todos os enormes corredores à frente da patrulha de empregados que organizara. Durante mais de um mês, enquanto a Ficcionista movia, diligentemente, seus enredos, tremeluzindo dourada na penumbra do salão, nenhum vulto suspeito apareceu. Havia já um começo de desrespeito entre os servidores. Um chegou a vociferar para Jonas André, pois não suportava mais a reclusão. (Jonas, por motivos óbvios e pessoais, proibia os empregados de usar os aparelhos, e no auditório apenas ele e eu entrávamos dominando a plataforma, de onde, a cada dia que passasse, abrangíamos um número menor de pessoas, pois, a essa altura, os transportes estavam totalmente paralisados nas cercanias.)

Foram dias aborrecidos, plenos de resmungos, de discussões abafadas entre os empregados, ou de obstinados silêncios entre mim e Jonas, que às vezes, depois de horas de ensimesmamento, escorregava seus passinhos e me surpreendia risonho, caçoando de mim:

— Você não se aguenta mais, hein, Coisa? Mas está por pouco. Eles não demoram.

— Não demoram? Há quanto tempo estou ouvindo isso? Logo os intelectuais! Logo essa raça indolente, inimiga do esporte, seria capaz de fazer a enorme caminhada até o Palácio? Mastigando as suas pílulas, cercados do conforto que seus direitos autorais lhes deram, admito que desejam, sim, destruir a Ficcionista. Mas isso deve ser uma ficção, a última ficção que lhes resta agora.

Jonas riu estridente, então usou contra mim a sua pior arma:

— Você já imaginou, Coisa, como os olhos de veludo do Vaca Sagrada devem comover Márcia? Dizem que ele conta muito com sua presença física para atuar sobre as mulheres.

Corei como um rapaz normal deveria corar em condições semelhantes:

— Está então esperando uma invasão de mulheres? — chasqueei. — Será o último medo que nos falte!

Jonas começou a rir silencioso, e eu me vi, já na minha solidão da noite, entregue aos demônios do ciúme. Seria normal aquele estranho instinto que me fazia imaginar encontros de Márcia com Mário? Foi assim durante algum tempo: palavras cortantes, atritos, enervamentos, o tempo correndo, e nós todos reunidos naquele palácio, onde, no auditório, os visitantes escasseavam. Em nosso pequeno observatório, no alto do salão, esperávamos fantasmas.

— • —

Acho que, embora não dissesse, pois jamais faria ele o papel de quem reconhece o erro, Jonas, um dia, aparentemente deixou de esperar os desforços. Senti isso quando, no topo de nosso mirante sobre o anfiteatro, ele me disse, sem voltar a cabeça:

— Quando terminar a última transmissão, você poderá sair, Coisa, se não quiser dormir. Sua atmosfera carregada me faz mal e me perturba. — Ele estava iniciando os estudos sobre irradiação da personalidade mediante a atmosfera de cada um, que vocês hoje conhecem graças às suas primeiras e sempre geniais pesquisas.

Senti-me mais leve. Olhei a sala, onde três ou quatro assistentes da vizinhança se deixavam banhar pelo ciclo da Ficcionista, numa aventura histórica de nostalgias interplanetárias.

Dentro de mim, o tempo se anulou; eu venci as horas e caminhei para os braços de Márcia. Desta vez, ainda que ela me empurrasse, eu saberia encontrar argumentos para renovar indefinidamente a minha porção de felicidade:

— Até que enfim! — suspirei. E a alegria foi tanta que perdoei aquela mesmice da espera absurda.

Às duas horas, o último, gordo, untuoso murmúrio da Ficcionista se apagou. Três pessoas — não sei se velhas, mas seguramente de pernas bambas, como andava a maioria então — saíram tão vagarosas que me deu gana de empurrá-las. Recordo-me, franguinhos, de um instante de alegria quando espiei do alto a tremeluzente e fina arquitetura dourada. Quase me sentia reconciliado com a Ficcionista. Jonas André desaparecera e, à imaginação das boas coisas que certamente me ocorreriam, aliada à minha segura técnica amorosa, tive um longe de ternura por meu pai de laboratório. Seria capaz de lhe dizer até um eufórico "até logo", se estivesse perto.

— • —

Quando já descia a rampa que ligava a plataforma à sala de espetáculos, parei, surpreendido por um confuso tropel que se avizinhava. Dado um efeito da acústica do auditório, era como se eu já ouvisse estalar dentro da sala os passos e as vozes meio abafados, mas precipitados, numa nervosa onda que se extravasava pelo salão. E, antes que a luz se extinguisse, percebi, nitidamente, uma discussão em que vozes estranhas se intercalavam às nossas bem conhecidas dos empregados da casa. Isso ia acontecendo como que em relâmpagos. Nunca vi nada mais rápido do que aquela torrente de diálogos estranhos, que se imiscuía no bojo do salão da Ficcionista e estalava perto de mim. Então retrocedi, porque do alto estaria mais apto a avisar o que iria acontecer. E, quando novamente atingi o topo, eles já estavam desembocando no salão, mas então vinham silenciosos e tensos.

À frente aparecia o Vaca Sagrada, chispando raiva pelos olhos de fulgor úmido. Logo atrás, reconheci Nicolau Célia, representando a Academia. (Estava magríssimo, com jeito de sonâmbulo, as roupas a dançar no corpo.) E, mais adiante, descobri alguns antigos figurões das Letras. Era uma procissão desarvorada, cansada, melancólica. A quantos, entre eles todos, que vinham entrando meio abobalhados e plenos de desconfiança, não havíamos pagado verdadeiras fortunas em direitos autorais? Pareciam ratos-mendigos, saindo tontos do buraco: "Humilhar, humilhar, eis a questão". Enfrentei aqueles roedores do próprio orgulho com um súbito, sensual e lancinante gozo. Eu, o íntegro filho de laboratório, eles, os grandes intelectuais comidos pela Ficcionista. Aquelas silenciosas pessoazinhas me espiavam lá de baixo. Em vão procurei Jonas André. Justamente quando ele deixara de esperar!

Mas o Vaca Sagrada decerto estouraria se não mugisse logo uma de suas tiradas:

— Jonas André Camp! Em nome da cultura nós exigimos...

— Aqui não há Jonas André! — berrei para desconcertá-lo.

Um falatório baixo se espraiou. Continuavam a chegar mais e mais sombrias pessoas.

O presidente da Academia disse baixo qualquer coisa ao ouvido de Mário.

— Jonas André Camp ou a pessoa que o estiver substituindo. Exigimos uma pessoa — disse o mugido que subia da fundura da sala, aludindo à minha condição.

— Ninguém o substituirá — chasqueei novamente. — Ninguém estará disposto...

Correu um novo sussurro, ainda baixo, é verdade, mas já denotando alguma reação entre eles.

Não senti, entretanto, doçuras, o menor medo. Seria possível — e a ideia novamente me vinha — que aquele rato crescido, de olhares lúbricos, Mário Regente, conhecesse a minha Márcia?

De cima, eu podia vê-lo tremer da cabeça aos pés:

— Viemos como homens de honra. Pretendemos limitar, unicamente, as transmissões...

— Ah! Sim? Mas por que não cuidaram disso em seus contratos?

— Queremos falar com Jonas André Camp!

— Falem com a Ficcionista — gargalhei. — Ela não está muda? Poderá ouvi-los...

Continuavam a chegar pessoas. Lá do fundo um sujeitinho muito jovem foi empurrando, abrindo passagem. Mário Regente e Nicolau Célia o acolheram, conversando baixo. O pequenino estava mais lépido e excitado que os demais:

— Jonas André Camp! Em nome da Mocidade das Letras, nós o desafiamos a aparecer! Velho matreiro, você está escondido! Vamos, apareça!

Mais criaturas espertas vieram, aos encontrões, lá do fundo da sala. Eram focinhos de jovens ratos humanos que se levantavam para mim. Mudei o tom sarcástico:

— Saibam que há uma Defesa do Estado!

O pequenino, embora empurrado pelo presidente da Academia, largou seu desafio:

— A questão é saber se ainda existe Estado. Se a Ficcionista continuar... não temos dúvida. Ela, sim, aniquilará com ele!

O moço comunicara uma onda de quase entusiasmo. Outro menino berrou:

— Somos um comitê de salvação pública! Estamos morrendo.

Curioso... Márcia já dissera: "Estamos morrendo...".

Os comentários já se desgarravam do bojo acústico e subiam agressivos até mim.

— Previno que nós temos assegurada a Defesa...

Não terminei a frase. Mais gente se imiscuía na sala, abrindo passagem, com furiosa decisão. Compreendi que algo realmente grave estava para acontecer.

— Se nós não temos o direito a um encontro em termos de dignidade humana — vociferou o Vaca Sagrada, enquanto Nicolau Célia procurava abrandá-lo em sua cólera —, que os moços façam o que bem lhes aprouver!

Cinco ou seis mocinhos correram à frente. O tumulto aumentava, e o som quase se agredia fisicamente agora, rebentando crescido, a meus ouvidos.

— Alto lá! Se avançarem... morrerão.

Mas os jovens ratinhos estavam endemoninhados e não pararam. Atônito, vi-os — esperem... eram cinco, bem me lembro... —, cinco a atravessar o breve espaço livre, depois das primeiras poltronas, e se lançaram, afinal, com fúria sobre a Ficcionista. Então, como se as desesperadas pancadas que vibrassem fossem responsáveis por aquele estranho movimentar de toda a delicada e altíssima engrenagem, imediatamente os milhares de crivos da parede principiaram um abafado e amplo rumorejar. Interditos, os meninos suspenderam a ação. Toda a sala silenciou. Uns segundos a mais, e do balbucio e do chiado saiu incólume a voz enorme, baixa, abafada, e só houve um mocinho que ousou gritar:

— Está-se repetindo, caduca?

Mas ninguém riu. Todos pararam, varejados pela fala envolvente:

— Além do asteroide Balkiss, onde um dia houve a Cidade do Espírito, existe a abóbada sob a qual nasce e renasce o magnetismo das inspirações... Os pilotos são tragados pelo ímã... Eles viajam para a luz da Grande Aurora... Além do asteroide Balkiss, está o eixo de toda a inspiração do Universo... Uma tênue faixa dessa energia se propaga à Terra, mas haverá um desvio, caso a Ficcionista seja destruída...

Mário Regente pretendeu sacudir a estranha e súbita apatia em que todos mergulharam. Vociferou:

— Ela está remoendo a velha história. Vamos acabar com ela...

— O choque produzirá um desvio do eixo de irradiação dos raios Camp. E nenhuma... e nenhuma ficção, e mais nenhuma história brotará de qualquer cérebro... Se a Ficcionista morrer, a ficção morrerá com ela, pois será destruído para sempre o contato da Terra com...

Mário Regente, ele mesmo, investiu sobre a base da montanheta. E a voz secou. Simplesmente secou. E então a violência se alastrou pela sala. Os mais jovens gritavam e corriam para a Ficcionista. Vi, assombrado, os primeiros tubos de cobre atirados longe, num estardalhaço de sons, sob a algazarra que me entontecia. Que podia fazer? Pedaços dourados se desgarravam, sensíveis colunas vinham abaixo. Molas levíssimas eram suspensas no ar.

Só então Jonas André surgiu, com aquele esgar seu, de palhaço. De repente, ele apareceu ali. Teria estado escondido todo o tempo? Sim, benzinhos, ele deveria estar escondido em algum canto. E se mostrou a todos, os tufos nevados, trementes, arrepiando a cabeça:

— Dou apenas dois minutos. Dois minutos para que se retirem.

Careteou sua risada. E eu o acompanhei com delícia. Mas ninguém pensava em sair. Pelo contrário. Sempre iam entrando mais pessoas, e o clamor já maltratava meus tímpanos:

— Disse. Dois minutos. Já correu meio... Um...

Uma última criatura empurrava a última compacta fila de pessoas. Todo o sangue que me emprestaram um dia então me veio ao rosto. Era Márcia. Márcia. Dourada, rosada, pela animação, que pretendia fazer seu caminho no meio da furiosa gentalha.

— Márcia! — gritei. Mas ela era uma coisinha perdida no meio daquela turbulenta onda humana e decerto não me ouviu.

— Espere! — disse a Jonas. — Olhe, ali está Márcia... Olhe!

Ele parecia bêbado de prazer. Continuava a contar, imperturbável:

— Um minuto e meio...

— O que foi que fez? — perguntei, já apavorado, entretanto, com a vermelhidão triunfal que coloria a face de Jonas André.

— A Ficcionista está sob a Defesa do Estado, você sabe muito bem e até o disse. Dois minutos!

Então houve um silêncio. Estrugiram silvos, finos, e se desatou um nevoeiro baixo, como por sobre um pântano à noite. Cravei os olhos na pessoazinha de minha Márcia, já a meio de sua difícil caminhada. Ela desarvorou-se e me buscou com o olhar.

— Márcia, Márcia!

À medida que o gás progredia, ela dourava mais e mais, acendia como lampadazinha viva. Num instante eu a vi como a vira antes do nosso primeiro beijo, toda aquecida de sol. E não soube de mais ninguém. E os ratos eram ratos, e só Márcia contou para mim.

Vocês já assistiram a uma execução com o gás Lelis 40? Não? Mas devem saber que não há tempo para muita coisa. Os seres encandecem, vão transparecendo, nós vemos em segundos todo o interior do corpo humano. Assim vi morrer Márcia. As vísceras. Os ossos. Uma última sombra roxa... esverdeada... e depois... coisa alguma. O silvante nevoeiro crescendo de nível.

— O gás está subindo! — gritei a Jonas, que pendia fascinado para a nuvem da sala.

Ele não me ouviu. E eu não tive coragem de morrer com Márcia. Empurrei a porta externa, deslizei pela escada do parque e me vi largado, chorando na relva. Eu não era um verdadeiro ser humano. Eu era um filho de laboratório, como vocês já estão fartos de saber. Como todos estão fartos de me atirar na cara. Era menos do que os repugnantes indivíduos que haviam morrido com Márcia.

— • —

Por que não continuei com a Ficcionista? Bem que o quis. Mas Jonas, atingido também pelo gás, e como me enfastiam as discurseiras sobre sua morte de sábio e de herói!, havia tomado antes precauções de dono. Ninguém, nem mesmo eu, conhecia plenamente a Ficcionista. Muitos detalhes eram secretos e pertenciam, exclusivamente, ao gênio.

Ah, bem que tentei fazer reviver a Ficcionista. Cheguei a cuidar que estivesse acertando... Qual! Ela cortava de branco suas historietas repetidas. Emperrava, perdia a lógica, desvirtuava no fim o sentido que dera ao começo de qualquer história. Misturava enredos. Era uma bêbada decrépita então. Cedo se enfastiaram de suas falhas técnicas. Um dia, alguns homens munidos de uma ordem judicial — a engrenagem do Estado voltava a funcionar — vieram para retirá-la. O Palácio voltava ao Governo. A nação como que acabava de acordar de um longo sonho. A náusea da ficção começava.

— • —

Sabem quantos escritores morreram naquele dia? Dois mil e sessenta. Quase a totalidade dos colaboradores do inconsciente da Ficcionista.

Isso não me comoveu nem deve comovê-los, ó filhos dos tempos científicos. Vocês eliminaram simplesmente a ficção de sua vida, e para vocês os ficcionistas não existem. Afinal, o homenzinho que tomou a terceira posição, contra Jonas e Sálvio, foi quem acertou sobre o que viria a acontecer. A Ficcionista era um plano romântico já num tempo de seguras aquisições científicas. O êxtase seria criado pela própria ciência pura. Mas vocês o conhecem... hein, amiguinhos?

Por que estremecem tanto com meu estouro de riso? Por que esses protestos e esses rubores virginais? O fato de que ele tenha acertado... e de que o mundo tenha tomado até nojo da ficção, como algo prejudicial à mente humana, não significa que vocês, que se dizem os depositários do saber, sejam melhores ou mais importantes entre as gerações dos filhos da cama. É bem capaz que a Ficcionista (ou Jonas André falando por ela mesma) tenha contado a verdade... A tal ligação com a cúpula de todas as inspirações, hein? A verdade é que as histórias se acabaram para sempre. De qualquer maneira, benzinhos, ficou o germe de um sonho insidioso. Sabem como é: "Além do asteroide Balkiss...".

Nesta semana — está aí! — não vieram a saber que outro piloto se perdeu além da zona dos asteroides?

É o caso de perguntar, cientificamente, bem entendido: o estúpido e progressista planeta Terra foi posto mesmo fora da célebre faixa pela qual se ligavam os raios Camp à cúpula de uma solar inspiração universal?

Eu, bastante diferente dos rapazes de meu tempo, preferia sempre Márcia com açúcar. Mas muita gente conheceu um êxtase que vocês, gentis filhos da era da ciência pura, jamais saberão o que seja.

Agora, se quiserem, façam de tudo isto um busto[*] para Jonas André. E não se esqueçam de escrever por baixo dele: "Humilhar, eis a questão".

---

[*] Nota da recolhedora: nas minhas pesquisas históricas do futuro anterior, encontrei bustos até dois séculos além da época de Jonas André Camp.

# A VERDADE DO VERTIGINOSO ABISMO SIDERAL

Quando a ficção científica de Dinah Silveira de Queiroz aporta o indizível da realidade

"Estamos numa época em que a solidão humana ganhou uma perspectiva capaz de produzir verdadeiras alucinações." A sentença de Dinah Silveira de Queiroz (p. 17) apresenta seus motivos para submergir na ficção científica, considerando que um mergulho no vertiginoso abismo sideral daria conta de trazer à superfície o indizível em dias conturbados. Uma arte da imaginação e da indignação, com um drama próprio de seu momento histórico, mas com inclinações sociais feministas reconhecíveis no agora.

Esta edição contém os contos de ficção científica de Dinah Silveira de Queiroz publicados nos livros *Eles herdarão a Terra* (1960) e *Comba Malina* (1969). Engendra uma tarefa fundamental para a literatura brasileira: a reconstituição de nossa memória literária. Algo tão frágil, tão ameaçado por governos ditatoriais, seleções obtusas de obras e a falta de incentivo público à literatura. A presente reconstituição é feita pela editora Instante ao reunir os contos em volume único, pois alguns do primeiro livro foram publicados no segundo, e ao incluir o famoso prefácio, "Carta a um incerto amigo", no qual Dinah se desculpa por escrever esse tipo de literatura, acrescentando "você poderá amar se guardar, como a maioria das pessoas, uma criança escondida dos outros" (p. 15), convidando quem a lê a um pacto profundo de respeito às literaturas da imaginação. Ainda, a edição atual manteve as dedicatórias, como a homenagem a Lúcia

Benedetti (1914-1998), escritora que assinou, entre outros textos, "Correio sideral" em 1961 (Matangrano & Tavares, 2019, p. 106), propiciando novos estudos sobre a escritora e suas referências.

## A ficção científica como saída para expressar o real

Os dois livros de contos aqui reunidos foram publicados em contextos históricos bastante distintos, embora somente nove anos separem as duas edições.

O primeiro livro foi publicado durante o governo de Juscelino Kubitschek, lançado no mesmo ano da inauguração de Brasília, com o plano urbanístico elaborado por Lúcio Costa — o Plano Piloto. Esse feito repercutiu na literatura, a exemplo do manifesto da poesia concreta, *Plano-piloto para poesia concreta* (1958), com autoria dos irmãos Campos, Augusto e Haroldo, e Décio Pignatari. Um momento histórico no qual a ideia de futuro era louvada no slogan "50 anos em 5", uma capital montada nas asas de um avião, fazendo do concreto algo leve nas curvas niemeyerianas.

Alguns ecos sobre temores e desejos desse impacto urbanístico podem ser lidos no conto "A Universidade Marciana", no qual se sugere, logo no início, uma Copacabana em escombros, uma fantasmagórica aparição sobre o peso da mudança de capital. Segundo comentário de Elizabeth Ginway:

> [...] a história começa com um cenário no qual a cidade fora destruída e jaz amplamente abandonada. Isso reflete o temor real, em 1960, de que mudar a cidade para Brasília fosse devastar o Rio e, após a perda de sua rica e poderosa elite, a cidade se tornaria um tipo de terra devastada. (2005, p. 81)

Aos poucos, o local recebe os "primeiros edifícios da nova arquitetura" (p. 28) e, ao final, apresentará um "novíssimo perfil da avenida de edifícios convexos, suas novas cores, os cristais lilás e superpostos das construções (p. 60). Essa visão futurística do Brasil logo se borrará nas páginas da literatura e nas notícias de jornal, até serem substituídas por receitas de bolo e sonetos de Camões, com os anos de Ditadura Militar a partir de 1964 e finalmente a decretação do AI-5 em 1968. O pesadelo da censura retorna, espectro nefasto na História do Brasil em várias ocasiões, a exemplo da faustosa queima de exemplares em praça pública de *Capitães de areia*, de Jorge Amado, em 1937. O clima de proibição afetará drasticamente o imaginário nacional e também o que era possível realizar como literatura publicável.

Assim, *Comba Malina*, livro de Dinah Silveira de Queiroz de 1969, incorpora várias críticas ao período, utilizando a velha técnica da ficção científica de retratar absurdos brasileiros como se transcorressem em outros planetas, a exemplo de "Os possessos de Núbia", conto orwelliano sobre pós-verdades, chegando a fazer caricaturas de militares e do controle de informações públicas em um planeta distante: "[...] o capitão Welsch, chefe do grupo de pioneiros, era um chefe e tanto, censurando tão sabiamente as notícias da Terra que, ali, o indivíduo viria automaticamente a detestar o planeta em que havia nascido" (p. 172).

Outra tática de Dinah foi transportar críticas ao passado. No conto "Comba Malina", o texto refere-se a fatos reais, pois a perseguição e a deportação da população cigana ocorreram em 1718, sob o comando de d. João V, traçando um óbvio paralelo ao que acontecia violentamente com algumas populações no presente histórico da publicação.

Em entrevista a David Dubar em 1972, a escritora reconhecerá suas artimanhas: "Hoje nós dizemos essas verdades usando marcianos e outros seres que nós mesmos sabemos que não podem existir". É por meio de sua ficção científica que Dinah consegue penetrar nas camadas autoritárias e mergulhar em outros imaginários possíveis.

## De antecipação a marcianos: do que é feita a ficção científica?

"Agora, pomos um pé em cima da janela para o salto e apelamos para nossa imaginação, a fim de sondar a verdade do vertiginoso abismo sideral. Em breve veremos nosso mundo, *mas do lado de fora*." Nessa sentença (p. 17), Dinah explica com muita lucidez um dos mecanismos clássicos da ficção científica: a mudança de perspectiva, o estranhar nosso próprio mundo. É por meio desse deslocar de ótica que muitas coisas inenarráveis podem ser representadas.

O que é ficção científica? Podemos apelar para a piada de que é quase a definição de pornografia: você não sabe o que é, mas você sabe ao bater os olhos (Glassy, 2005, p. 2). Na crítica, a formulação mais sedimentada hoje é a de Darko Suvin: uma literatura que oferece estranhamento cognitivo, uma narrativa que causaria perplexidade ao que é conhecido, a partir da irrupção do *novum*, uma inovação tecnológica. O crítico ainda frisa: é uma literatura de raiz na cultura popular (Suvin, 1979, p. 4). Imagino que seja esse o principal motivo do afastamento da ficção científica e de outros gêneros explorados por Dinah de listas de leituras recomendadas. Popularizar a literatura nunca esteve na ordem do dia no Brasil, ainda mais em um país no qual a elite cultural permanece bacharelesca e aguerrida a um senso beletrista.

Em "Carta a um incerto amigo", a escritora marca a ficção científica como "literatura de antecipação", consideração acertada, pois a ficção científica faz do futuro seu grande campo de provas metafórico para o presente. Ainda a escritora ressalta o uso do termo *"science-fiction"*. Sobre o histórico da palavra, seu primeiro uso foi feito por William Wilson em 1851, entretanto é inegável que sua popularização se deve a Hugo Gernsback nos anos 1920.

A autora ressalta a dupla Wells-Verne para o estabelecimento do gênero. Na formação da crítica especializada sobre ficção científica no Brasil, destaca-se o livro *Introdução ao estudo da "Science-Fiction"*, de André Carneiro (1968). Carneiro

DINAH FANTÁSTICA | **273**

concorda com Dinah, realmente apontando Júlio Verne como "pai da ficção científica" e logo H. G. Wells como "o segundo criador da FC moderna" (Carneiro, 1968, pp. 39-41). Embora várias periodizações sejam possíveis, inclusive a de André e Dinah — afinal, se definir ficção científica é difícil, precisar o seu início é muito pior —, a citação ao eixo Verne-Wells é comum, pois parecem mais "literários" que seus sucedâneos do outro lado do Atlântico, nos Estados Unidos, com suas revistas baratas, impressas em papel de má qualidade, vendidas à massa operária em estações de trem. Entretanto, Mark Bould e Sherryl Vint hoje decidem iniciar sua *História concisa da ficção científica* justamente com a era das revistas *pulp*, quando as publicações de 7 × 10 polegadas faziam sucesso. A justificativa é muito simples: era um momento histórico no qual todas as pessoas envolvidas no processo — do público ao editorial — sabiam do que se tratava. Exatamente por esse motivo, Dinah Silveira de Queiroz e André Carneiro são hoje considerados vozes da Primeira Onda da Ficção Científica Brasileira: já sabiam o que faziam e gostavam disso.

### Poder, sexo e tecnologia

Assuntos recorrentes nos contos de Dinah são o poder (ou a falta dele), principalmente sob a perspectiva das mulheres; a presença do erotismo; a tecnologia, muitas vezes vista com desconfiança, com o olhar de quem não pode detê-la, algo recorrente na ficção científica latino-americana. É delicioso ver, em "O Carioca", o que uma viúva faz com os robôs de seu novo namorado, um cientista chato: ela domina completamente as máquinas (inclusive, sem se esquecer da deixa inicial, a protagonista possuía um aparelho "elétrico, de fazer massagem", que guardava no banheiro). As narrativas adotam, assim, uma perspectiva bastante feminista, embora com as limitações do período — por exemplo, um conceito equivocado é a sensualização exacerbada da mulher cigana em "Comba Malina", dentro de uma abordagem contemporânea. Mesmo assim, Dinah logra apontar o *mansplaining* do cientista chato, namorado da viúva, que "explicava tudo, como um adulto fala à criança" (p. 75).

Em um dos contos mais potentes do livro, "Eles herdarão a Terra", a autora elege a narrativa de um homem, justamente para sublinhar como Tuda (que possui o nome de "tudo") é só uma mulher-joguete em diferentes mãos, das alienígenas às patriarcais. A falta de voz de Tuda é o que aumenta toda a densidade. Sobre o tratamento dado aos alienígenas, não deixa de ser curioso como é diferente da literatura em inglês: uma certa camaradagem, uma gentileza, que já convida quem chega para entrar e tomar um café, algo que se assiste na recepção de Tuda ao estranho recém-chegado. Nesse conto, é marcante ainda a presença do tema ecológico em 1960, bastante precursor em seu momento histórico, e a configuração do *alien* como um vegetal mais evoluído.

## Destinos da ficção científica de Dinah

Das coisas mais tocantes de estudar a obra de Dinah Silveira de Queiroz é contrastar seu apagamento com a força ininterrupta de tantas pesquisas na contracorrente. Além de Elizabeth Ginway e Roberto Causo, dois nomes de referência nos estudos de ficção científica brasileiros, destacam-se Marlova Soares Mello e Rita Lenira Bittencourt, a última assina o prefácio desta edição. As duas organizaram um livro, com o apoio do CNPq, reunindo vinte ensaios de diferentes autorias, todos dedicados à ficção científica de Queiroz.

Em uma nota pessoal, há um acontecimento que sempre cito, um pouco dramático. Mas, como Dinah era dramática, gostaria de fechar este posfácio com este causo: era tarde da noite, e eu trabalhava em um levantamento bibliográfico sobre o livro de contos *Comba Malina* para uma matéria para o *Suplemento Pernambuco* em 2019. Com olhos doloridos e decepcionada com meus parcos achados, parei e comecei a chorar sobre o teclado. Que absurdo. Como a Dinah, uma mulher dessas, com obra de tal envergadura, pode ter sido tão esquecida? Filmes e filmes, colunas no rádio e no jornal, vários *best-sellers*... Um nome esquecido. Levantei, troquei áudios via Telegram sobre minha frustração. Aos poucos, recobrei o ânimo, lembrando que, se o *Suplemento* queria o texto, havia uma força submersa ali. Prossegui.

Naquela mesma noite, encontrei um bilhete de Dinah. Manuscrito. Era uma foto com a pergunta: "Que destino terá a obra de um escritor de nossa época quando raiar o século XXI?".

Desfiz o fio subjacente ao bilhete. A pergunta havia sido escrita à mão em 1971. Mas foi recuperada por Bella Jozef quando publicou o perfil *Seletas de Dinah Silveira de Queiroz* (1974). Depois, Cláudia Tomé recuperou a pergunta em *Literatura de ouvido* (2015), sobre as crônicas de Dinah veiculadas no rádio. Agora, a pergunta chega a você.

Observando minhas estantes, vejo a capa de galáxias do livro de Marlova Mello e Rita Bittencourt; vejo ainda as capas de outros volumes da Dinah, recém-publicados pela editora Instante. É tarde, estou com os olhos cansados, mas as coisas parecem estar bem. Longe de sentir aquele desamparo, só vejo uma obra sendo a cada dia mais revivida. Assim, de forma dramática, bem ao gosto da autora celebrada, só deixo a pergunta para você, que está com este precioso livro em mãos: qual destino misterioso será esse?

## REFERÊNCIAS

BOULD, Mark & VINT, Sherryl. *The Routledge Concise History of Science Fiction*. Londres: Routledge, 2011.

CARNEIRO, André. *Introdução ao Estudo da "Science-Fiction"*. São Paulo: Imprensa Oficial, 1968.

DUNBAR, David Lincoln. *Unique Motifs in Brazilian Science Fiction*. (Tese em Filosofia). Departamento de Línguas Românicas, Universidade do Arizona, 1976.

GINWAY, Mary Elizabeth. *Ficção científica brasileira: mitos culturais e nacionalidade no país do futuro*. Trad. Roberto de Souza Causo. São Paulo: Devir, 2005.

GLASSY, Mark. *The Biology of Science Fiction Cinema*. Jefferson: McFarland, 2005.

LOUSA, Pilar Lago & RÜSCHE, Ana. "Na máquina do tempo de papel: *Comba Malina* e a importância da ficção científica de Dinah Silveira de Queiroz". *Revista Abusões*, n. 11, v. 11, ano 6, 2020.

MATANGRANO, Bruno & TAVARES, Enéias. *O fantástico brasileiro — O insólito literário do romantismo ao fantasismo*. Curitiba: Arte & Letra, 2019.

RÜSCHE, Ana. "*Comba Malina*: a ficção científica de Dinah Silveira de Queiroz (e seu apagamento)". *Suplemento Pernambuco*, out. 2019.

THOMÉ, Cláudia. *Literatura de ouvido: crônicas do cotidiano pelas ondas do rádio*. Curitiba: Appris, 2015.

Dedico este texto a Ana Cristina Steffen,
Maria Carolina Casati e Pilar Lago e Lousa,
minhas companheiras nos abismos siderais da verdade.

**Ana Rüsche** é escritora. Doutora em Estudos Linguísticos e Literários pela Universidade de São Paulo (USP) com tese sobre feminismo e utopia na ficção científica, realiza hoje pesquisa de pós-doutorado sobre ficção científica e mudança climática na mesma instituição. Seu livro mais recente é *A telepatia são os outros* (Monomito, 2019), finalista do prêmio Jabuti. Participa da coletânea *Depois do fim: conversas sobre literatura e Antropoceno* (Instante, 2022), com o ensaio "Floresta é o nome do mundo", sobre a obra de Ursula Le Guin.

# SOBRE A AUTORA

Dinah Silveira de Queiroz nasceu em 1911, na cidade de São Paulo, em uma família profundamente dedicada às letras: filha de Alarico Silveira, advogado, político e autor da *Enciclopédia Brasileira*; sobrinha de Valdomiro Silveira, um dos fundadores da literatura regional brasileira, e de Agenor Silveira, poeta e filólogo; irmã de Helena Silveira, contista, cronista e romancista, e do embaixador Alarico Silveira Junior; e prima do contista e teatrólogo Miroel Silveira, da novelista Isa Silveira Leal, do tradutor Breno Silveira, do poeta Cid Silveira e do editor Ênio Silveira.

*Floradas na Serra* é seu primeiro livro. Lançado em 1939, tem como personagem principal Elza, que viaja para Campos do Jordão para tratar-se de tuberculose, doença que na época tinha elevadas taxas de mortalidade no país, e se apaixona por Flávio, também em tratamento. Tornou-se de imediato um *best-seller* — a primeira edição esgotou-se em pouco mais de um mês. Após ser contemplado com o Prêmio António de Alcântara Machado, da Academia Paulista de Letras (1940), foi editado na Argentina e em Portugal. No Brasil, foi adaptado para o cinema em 1954, em filme estrelado por Cacilda Becker e Jardel Filho, e tornou-se um sucesso da cinematografia nacional.

Em 1941, publicou o volume de contos *A sereia verde*. Uma das histórias, intitulada "Pecado", foi traduzida para o inglês por Helen Caldwell e obteve o prêmio de melhor conto latino-americano, escolhido entre cento e cinquenta trabalhos de ficção.

*Margarida La Rocque* (1949) logo despertou a atenção de editores estrangeiros. A personagem que dá título ao livro confessa sua história a um padre: a trágica profecia que precedeu seu nascimento, a mocidade cercada de cuidados e mimos, o casamento, até chegar ao ponto central da trama — o período em que foi abandonada em uma ilha habitada por animais e seres estranhos. Foi vertido para o francês, com o título de *L'île aux démons* [A ilha dos demônios], e recebeu da escritora Colette o elogio *"Le meilleur démon de notre enfer!"* [O melhor demônio do nosso inferno]. Foi também lançado na Espanha e no Japão.

Depois de ter sido apresentado em capítulos na revista *O Cruzeiro,* o romance *A muralha* é publicado integralmente em 1954. O livro, que homenageia a terra onde nasceu, foi outro *best-seller.* Recebeu a Medalha Imperatriz Leopoldina por seus méritos históricos, e, no ano de seu lançamento, a autora foi contemplada com o Prêmio Machado de Assis, da Academia Brasileira de Letras, pelo conjunto de sua obra. *A muralha* foi por várias vezes objeto de adaptação no rádio e na TV brasileiros e lançado em Portugal, no Japão, na Coreia do Sul, na Argentina, na Alemanha e nos Estados Unidos.

A obra de Dinah Silveira de Queiroz abrange romances, crônicas, contos, artigos e dramaturgia — e a ficção científica nacional teve na autora uma pioneira, uma vez que foi das primeiras escritoras a publicar dois livros de contos nesse gênero: *Eles herdarão a Terra* (1960) e *Comba Malina* (1969).

Em 1980, Dinah Silveira de Queiroz tornou-se a segunda mulher eleita para a Academia Brasileira de Letras (a primeira havia sido Rachel de Queiroz). Faleceu dois anos depois, em 1982, aos 71 anos.

São também de sua autoria: *As aventuras do homem vegetal* (infantil, 1951), *O oitavo dia* (teatro, 1956), *As noites do Morro do Encanto* (contos, 1957), *Era uma vez uma princesa* (biografia, 1960), *Os invasores* (romance, 1965), *A princesa dos escravos* (biografia, 1966), *Verão dos infiéis* (romance, 1968), *Café da manhã* (crônicas, 1969), *Eu venho (Memorial do Cristo I, 1974), Eu, Jesus (Memorial do Cristo II, 1977), Baía de espuma* (infantil, 1979) e *Guida, caríssima Guida* (romance, 1981).

# SOBRE A CONCEPÇÃO DA CAPA

Bebendo na fonte do futurismo dos anos 1960, pesquisamos edições de obras clássicas do gênero escritas por mestres como Isaac Asimov, Frank Herbert, Philip K. Dick, Arthur C. Clark e Pierre Boulle.

O grande destaque do layout é a fonte. Para reproduzir o estilo das publicações retrô, partimos em busca de uma tipografia que fosse marcante e feminina ao mesmo tempo, já que precisávamos homenagear Dinah, autora brasileira pioneira nesse estilo literário no país.

A combinação de cores vibrantes, como magenta e verde cítrico, e o uso em degradê são características que capturamos das ilustrações de ficção científica e que nos remetem ao espaço, aos planetas e aos seres de outros mundos (imaginários ou não).